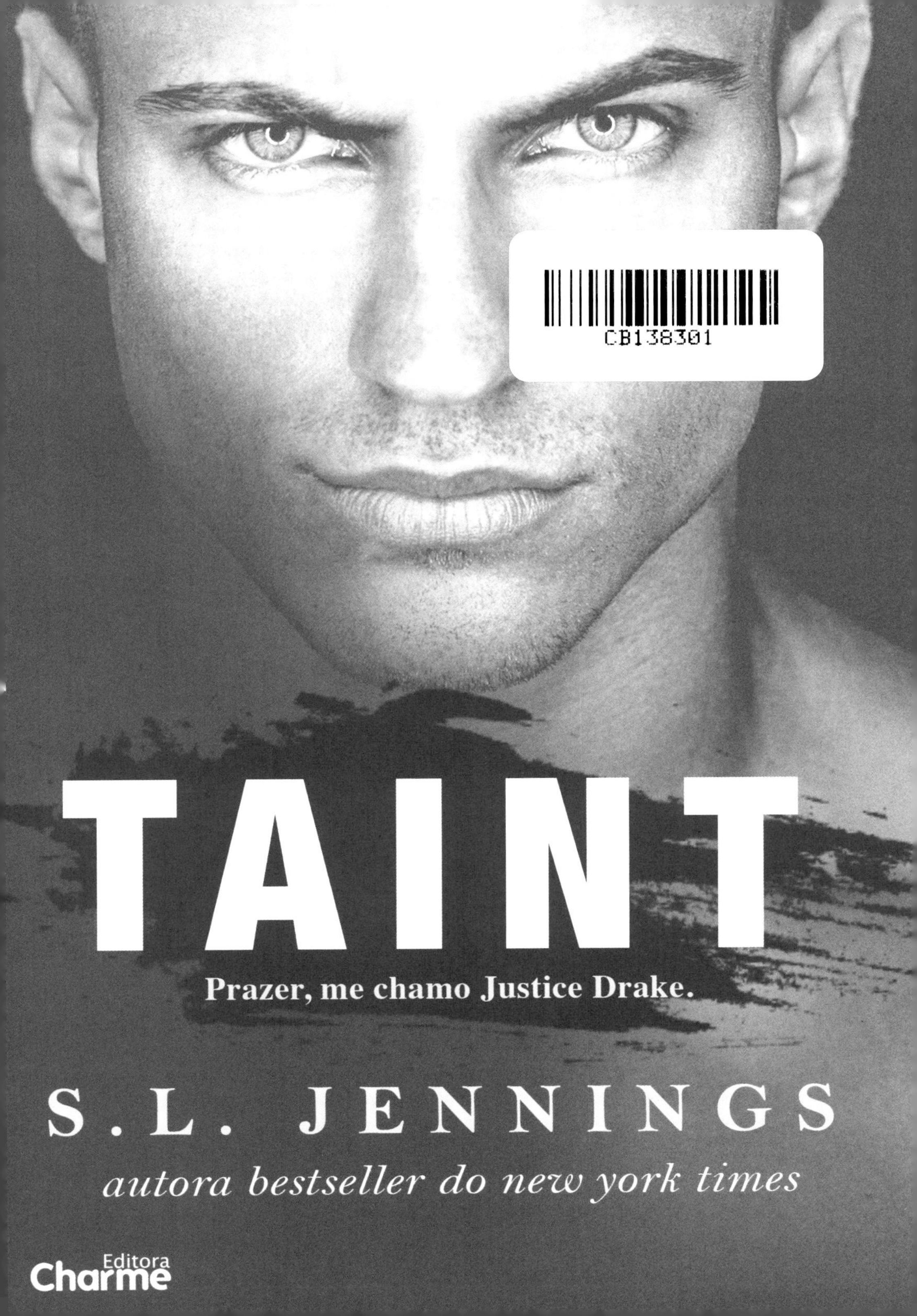
TAINT
Prazer, me chamo Justice Drake.
S.L. JENNINGS
autora bestseller do new york times
Editora
Charme

1ª Impressão 2015

Produção Editorial - Editora Charme
Capa - Regina Wamba with MaelDesign.com
Modelo da Capa - Michael Thurston
Fotográfo - Chris Davis with www.broosksaibphotography.com
Criação e Produção Gráfica - Verônica Góes
Tradução - Vic Diaz
Revisão - Cristiane Saavedra e Ingrid Lopes

Esta obra foi negociada por Bookcase Literary Agency em nome de Rebecca Friedman Literary Agency

Este livro segue as regras da Nova Ortografia da Lingua Portuguesa.

CIP-BRASIL, CATALOGAÇÃO NA PUBLICAÇÃO
SINDICATO NACIONAL DE EDITORES DE LIVROS, RJ

Jennings, S. L.
Taint /S. L. Jennings
Titulo Original - Taint
Editora Charme, 2015.

ISBN: 978-85-68056-19-6
1. Romance Estrangeiro

CDD 813
CDU 821.111(73)3

Editora Charme

www.editoracharme.com.br

TAINT

Prazer, me chamo Justice Drake.

S.L. JENNINGS

autora bestseller do new york times

Tradução - Vic Diaz

Editora Charme

TAINT

verbo

1. manchar, contaminar ou sujar (nome ou reputação de pessoa).

2. corromper moralmente.

3. desonrar, violar.

substantivo

1. defeito ou imperfeição.

2. mácula.

3. um toque, tom ou influência infectante.

Não tente destruir o idioma inglês.

Posso pensar em algumas outras coisas que prefiro sujar.

Justice Drake

INTRODUÇÃO

O primeiro dia é sempre irritante pra cacete.

As lágrimas. Os olhos vidrados de confusão enquanto tentam entender onde suas relações tediosas deram errado. As perguntas estúpidas e intermináveis sobre eu poderia cumprir a minha palavra e merecer cada centavo da pequena fortuna que seus maridos pagaram para mandá-las para cá.

Sente aí e fique calada, querida. Um de nós é um profissional. Agora, se eu precisar de ajuda com a porcaria de um sanduíche ou para tirar a mancha de vinho tinto da toalha da mesa, peço a sua opinião. Caso contrário, feche esses seus lábios rosados e faça uma pose bonita.

Isso é no que elas são boas: ficarem lindas, cozinhar, limpar. Cuidar dos capetinhas abomináveis e inúteis.

Esposas perfeitas. Troféus. Prostitutas educadas de alta classe.

Elas parecem perfeitas em todos os sentidos. Lindas, inteligentes e elegantes. O acessório perfeito para um homem que tem tudo.

Exceto uma coisa.

Elas são tão sem graça quanto água morna quando colocadas deitadas em suas costas perfeitamente elegantes.

Como dizem, as aparências enganam. Ser sexy nem sempre equivale a um bom sexo. Na maioria das vezes, essa teoria é verdadeira. Se não fosse, eu não estaria nesse negócio. E, deixe-me dizer, o negócio é bom. Muito bom.

Tomo um gole de água enquanto sondo os vários rostos em choque e horror que geralmente me seguem no discurso do primeiro dia. Essa classe é maior do que a última, mas não me surpreendo. É o fim do verão, uma temporada em que usar menos roupas do que o estabelecido é socialmente aceitável. Os olhos de seus maridos se desviam, assim como seus paus. E, num esforço para salvar a imagem de um casamento perfeito, elas me procuram, esperando que, por algum milagre, eu possa fazer com que eles as olhem e vejam mais do que corpos e cabelos bem cuidados e enfeitados.

Uma mão delicada levanta, e eu aceno para a morena jovem e magra que treme mais do que vara verde em seu vestido *Prada* florido. É horroroso e faz com que ela pareça uma senhora de meia-idade. Ela me lembra de uma daquelas esposas reprimidas do seriado *Mad Men*. Não a secretária gostosa, mas aquela que só fica sentada em casa, comendo bombons na frente da televisão preto e branco, enquanto o marido trepa com tudo o que se move.

— Então... o que exatamente você faz? É professor ou algo parecido? — ela pergunta, quase sussurrando.

— Sou mais como um consultor. Vocês compartilham uma questão muito séria e eu espero orientá-las com algumas sugestões que podem corrigir a situação.

— Que situação?

Puta merda. Testando, testando. Será que o cérebro dela ainda funciona ou já começou a ser corroído pelo *botox*?

Dou um sorriso forçado em meio à irritação. Paciência é uma parte fundamental na minha profissão. Na maioria dos dias, me sinto mais como uma funcionária de creche que trabalha demais e ganha pouco do que um "*treinador de estilo de vida*".

— Acho que expliquei a situação, Sra... — Desvio o olhar para o arquivo à minha frente, combinando o rosto com o nome. — Cosgrove.

Lorinda Cosgrove. Como em Cos-Mart, um lugar onde se pode comprar rosquinhas, lingerie barata e um revólver nove milímetros às três da madrugada, usando shorts curtos e desfiados, e *crocs*. Sem mentira, tem sites dedicados a essas porcarias. É só jogar no Google.

— Sim, estou a par da sua avaliação, por pior que seja. No entanto, o que você espera conseguir?

Balanço a cabeça levemente. Sempre tem uma na classe. Aquela que não quer aceitar a verdade nua e crua que está estampada bem na cara dela. Mesmo tendo lido o manual, assinado o contrato e se submetido a todos os exames necessários antes de vir, ela ainda não consegue compreender a realidade: as setas brilhantes em neon indo em direção à sua vagina frígida.

Ainda bem que eu não tenho nenhum problema em lembrá-la.

— Você é péssima na cama — respondo, sem expressão.

Suspiros audíveis escapam dos lábios, quase todos cheios de colágeno, mas continuo o meu discurso.

— Vocês não satisfazem seus maridos sexualmente, e é por isso que eles querem trair vocês, se é que já não traíram. Vocês até podem ser fantásticas como esposas, mães, donas de casa ou o que quer que sejam, mas vocês são amantes horríveis. E isso destrói todo o resto.

Lorinda aperta o peito com uma mão trêmula e unhas perfeitas. A mulher sentada ao seu lado, uma dona de casa quarentona e enorme, cujo casamento foi transformado em um circo na mídia por causa de seu marido com crise de meia-idade e apaixonado por mocinhas, dá um aperto maternal em seu ombro. Ah, que lindinho.

— E isso vale para todas vocês — digo, lançando meu olhar por toda a sala. — Vocês estão aqui porque sabem que estão prestes a perder a única coisa pela qual trabalharam duramente para conseguir: seus maridos. Vocês amam o estilo de vida que têm, e, ao invés de lamber suas feridas e seguir em frente, preferem consertar o casamento destruído. E estou aqui para ajudá-las.

— Mas como?

Um sorriso lento e sarcástico se espalha pelo meu rosto.

— Eu vou lhes ensinar a trepar com seus maridos.

Mais murmúrios. Mais apertos no peito. E até alguns gritinhos de *Ai, meu Deus!*

— Mas isso não é... — Lorinda protesta acima da onda de descontentamento. — Não é apropriado. Não é digno.

E lá vamos nós.

Esse é o motivo pelo qual seu marido, Lane Cosgrove, gosta de ter sua linda secretária loira inclinada sobre sua mesa, chamando-o de "Papai" enquanto ele a fode sem parar. Ele tem uma tara por anal, por dar e receber. Sua secretária guarda um vibrador no armário trancado ao lado da sua mesa para as noites de quinta. Lane sempre trabalha até tarde às quintas, deixando Lorinda livre para seu clube de leitura, estudo bíblico, degustação de vinhos e etc... Nada do que Lane faz às quintas é apropriado. Deixar sua secretária enfiar-lhe um vibrador de 25 cm, enquanto a boca dele está estufada com a calcinha dela para abafar os gritos, não tem nada de digno. E ele sabe. Esse é o motivo pelo qual Lorinda não consegue satisfazer suas necessidades. E deixar seu marido, poderoso e rico, sair de casa insatisfeito é o mesmo que dar a ele uma arma carregada. Cedo ou tarde, ele vai querer atirar.

Seguindo a deixa, minha assistente Diane entra, seguida por membros da minha equipe. Hora de fazer mudanças nessa pequena festa de recepção antes que lágrimas sejam derramadas.

— Senhoras, se acham que não precisam desse curso e acabaram aqui por engano, por favor, sintam-se livres para ir embora. Nossos motoristas estão a postos para levá-las direto para o aeroporto, e vocês receberão reembolso total. Apenas pedimos que honrem o acordo de confidencialidade que vocês e seus esposos assinaram.

Ninguém se levanta, então eu continuo:

— Se querem ficar e aprender como melhorar sua vida sexual e, consequentemente, seu relacionamento, nossa equipe irá mostrá-las os quartos. Vocês perceberão que eles são totalmente equipados com suítes particulares e outras facilidades, e ainda dispõem de um gerente e funcionários vinte e quatro horas. A casa também possui um centro de academias, SPA e salão de beleza para suas necessidades pessoais. Bem-vindas ao Oásis, senhoras. Queremos que considerem esta a casa de vocês pelas próximas seis semanas de treinamento.

Onze pares de olhos me encaram, esperando pela primeira ordem. Ninguém quer ser a primeira a levantar da cadeira, agitando os braços como se gritasse *Me escolha! Me escolha! Me ensine, eu quero aprender!* Todas elas querem isso, todas querem o segredo da felicidade conjugal. E todas sabem que tudo o que eu disse é verdade.

Cada uma dessas mulheres sabe que outra pessoa está transando com seu marido porque elas não sabem como satisfazê-los.

E, no fundo, sinto pena delas. Droga, eu até simpatizo com elas. Elas fizeram de sua meta na vida encontrar e casar com alguém que as tiraria da sua educação medíocre e as levaria a um conforto de riqueza e luxo.

É uma síndrome comum do filme *Uma Linda Mulher*. Elas transam de graça ou por alguma promessa inconsequente de compromisso, na forma de um anel de diamante falso e barato, para depois terem mais joias do que poderiam um dia usar. Mas o que essas mulheres não conseguem perceber é que tudo o que têm que fazer para prender seu Richard Gere é continuar fazendo isso — e ainda mais — para conseguir mantê-lo.

A equipe direciona as mulheres para seus quartos, deixando-me sozinho na sala grande enquanto o sol do Arizona começa a se dissolver lentamente, indo para baixo do céu azul. Ele se molda em uma tela enorme de sombras laranjas, rosas, azuis e roxas, uma vista de tirar o fôlego, não prejudicada pelos arranha-céus e rodovias imensas. Oásis está escondido bem longe da civilização, paparazzi, designers idiotas e reality shows.

Essa é a minha parte favorita do dia, quando a gravidade puxa o escaldante sol do deserto, obrigando-o a se esconder atrás dos braços abertos e irregulares das montanhas e cactos. Até a alma mais perturbada procura conforto e isolamento.

Atravesso o pátio, indo na direção da casa de hóspedes. Eu sou o proprietário, mas não durmo na casa principal. Há um grau de privacidade e profissionalismo que é preciso preservar, e estar fechado em uma mansão isolada com onze mulheres pode ser... difícil. Meu negócio é sexo. Vivo e respiro sexo. E preciso dele, assim como seus maridos traíras.

No entanto, graças à minha política de "onde se ganha o pão, não se come a carne", aguento seis semanas sem sexo durante o treinamento, satisfazendo minhas necessidades sexuais apenas entre os quatro cursos que dou por ano. Mesmo assim, sou discreto. Agir de outra maneira não seria rentável na minha área de trabalho.

Depois de um banho para me purificar do cansaço do dia, me visto e vou para a sala de jantar. As senhoras aparecem, uma de cada vez, silenciosamente sentando ao redor da grande mesa. Elas estão todas aqui. Onze mulheres desesperadas por se reconectarem aos homens com os quais esperam estar ligadas até a morte. O homem que jurou mover céus e terra em troca de suas promessas de compromisso. O homem que quebrou os votos para saciar seus desvios sexuais ou alimentar seu ego.

Estão silenciosas enquanto são servidas com o primeiro prato. Quase ninguém toca a entrada de *foie gras*, elaboradamente combinado com uma calda de maçã cozida e figos. Nem mesmo um arranhão na porcelana chinesa ecoa na grande sala.

Mastigo lentamente, analisando as onze mulheres perfeitamente sentadas à mesa. Todas estão determinadas a evitar o contato visual, enquanto fingem mordiscar suas saladas e entorpecer seus nervos com vinho.

— Então... — eu começo, atraindo seus olhares relutantes. — Quando foi a última vez que vocês se masturbaram?

Uma sinfonia de tosses e engasgos faz nascer em minha boca um sorriso presunçoso. Esse grupo vai ser divertido.

— Como é que é? — alguém zomba depois de virar de uma só vez seu vinho tinto. Uma atendente se move para encher sua taça novamente com a dose de coragem, sabendo que ela vai precisar.

— Eu gaguejei? Ou você não sabe o que significa se masturbar?

— O quê? Eu sei o que é... — ela se encolhe, perturbada, e balança a cabeça, envergonhada — ... *masturbação*. Por que você sente a necessidade de fazer perguntas tão rudes e inapropriadas?

Examino a ruiva exuberante que ainda está me encarando, seus lábios cor de cereja apertados com irritação. Seus olhos enormes, quase desenhados, estreitam-se com desgosto, me queimando com julgamentos silenciosos. Mesmo com seu rosto contorcido de raiva, ela é deslumbrante. Nada de glamour em excesso. Ela é a antiga beleza de Hollywood, e ainda assim há algo simples e revigorante nela.

Franzo a testa porque esse tipo de beleza é demais para esse lugar. Mesmo não sendo suficiente para o mundo em que ela vive.

Allison Elliot-Carr. Filha de Richard Elliot, dono e diretor executivo de um dos maiores bancos de investimento no país. Seu marido, Evan Carr, é um investidor iniciante de uma influente família de políticos e queridinho do pai dela. Ele também é um lindo mulherengo sem escrúpulos que transa com qualquer coisa em sapatos de salto alto, de Miami a Manhattan. Claro, esse pedaço de informação não é público. É meu trabalho saber essas coisas. Entrar em suas mentes. Expor seus segredos sombrios e fazer com que elas os confrontem com a verdade impiedosa.

Allison franze os lábios e balança a cabeça, sua boca se curvando em um sorriso irônico.

— Você gosta disso, não é? Humilhar a gente? Nos fazer sentir cheias de falhas e defeitos? Como se nós fôssemos a causa dos nossos casamentos não serem perfeitos? Como se fôssemos as culpadas pela maneira que os tabloides nos destroem? Você não me conhece. Não conhece nenhuma de nós. Mesmo assim, você acha que pode nos ajudar. Eu digo que é bobagem.

Coloco meu garfo no prato e limpo a boca com o guardanapo antes de dar a ela um sorriso malicioso.

— Bobagem?

— Sim, totalmente bobagem. Quer dizer, quem você acha que é?

Um sorriso se espalha lentamente pelos meus lábios. Imagino-me lambendo costelas como um leão antes de devorar uma gazela delicada e charmosa. Eu me levanto.

— Eu sou Justice Drake — declaro presunçosamente, sem me desculpar. Uma promessa e um presságio em duas palavras embrulhadas para presente.

Ela se levanta.

— Bem, *Justice Drake*... você, meu amigo, é uma droga de profissional. E não sabe nada sobre a nossa situação. Não existe mágica nem remédio para curar nossos casamentos. Mas você não saberia disso, porque não sabe porcaria nenhuma sobre nós. Não é parte do nosso mundo. Merda, você provavelmente faz suas pesquisas no site de fofocas TMZ.

Com uma onda de arrogância distinta, ela resolve voltar a se sentar e beber seu vinho, os olhos azuis alertas em minha expressão de frieza.

Imitando suas ações, sento novamente e coloco os dedos na frente do queixo, os cotovelos apoiados nos braços da cadeira. Um segundo passa enquanto meu olhar mergulha no dela, revelando traços escondidos de dor, vergonha e ódio, sentimentos que lhe foram ensinados a mascarar em público. Mas nem mesmo uma grande quantia de maquiagem de primeira é capaz de esconder o inegável inferno marcado na sua pele marfim.

— Allison Elliot-Carr, mulher de Evan Winston Carr e filha de Richard e Melinda Elliot. Formada em Columbia com graduação em Negócios e Finanças em 2009, porém, sua verdadeira paixão é a filantropia, e você passa seu tempo livre trabalhando com vários grupos de caridade e sem fins lucrativos. Foi aceita no Kappa Delta Nu no segundo ano, onde conheceu Evan, aluno do último ano, membro e presidente da fraternidade irmã. Você namorou de forma exclusiva Evan durante a faculdade, e, no Natal de 2008, ele te pediu em casamento na frente de ambas as famílias, na casa de inverno de seus pais em Aspen. Vocês se casaram no verão seguinte, em Nova York, e passaram a lua de mel no Caribe. Odeia aranhas, filmes de terror e acredita que suéteres deveriam sair de moda. Não vive sem Starbucks, tem um vício quase doentio por reprises da série *Friends* e toma sorvete todos os dias. Acredito que menta com pedaços de chocolate é a sua droga atual. E, de acordo com a mídia, seu marido está transando com a sua melhor amiga e tentando seduzir metade das mulheres da cidade. Não esquecendo que vocês dois não fazem sexo há meses. Mas esses são apenas detalhes que eu não encontrei no site. — Levanto uma sobrancelha de forma divertida e me inclino para frente, notando sua expressão assustada. — Devo continuar?

O silêncio devastador cresce e se transforma em uma desconfortável e dolorosa pressão nas minhas têmporas, esmagando meu crânio, servindo como punição pelo meu fracasso de consciência questionável em intervir. Os olhos de Allison embaçam com lágrimas, se transformando em um oceano azul infinito de dor. Eu não me importo. Não deveria me importar.

— Bem — ela diz com a boca seca e sua taça de vinho vazia. — Parabéns, seu idiota. Você sabe como pesquisar na Wikipédia. — E tão graciosamente quanto a gazela elegante que ela nasceu para ser, ela desliza sua cadeira para trás e se levanta, saindo da sala de cabeça erguida.

Volto a me deleitar com o meu jantar enquanto o resto da mesa encara vagamente o espaço que antes, por um curto período, abrigou Allison. Uma já se foi, ainda faltam dez. Ela não é a primeira e não será a última.

— Faça-a ficar — uma voz mansa suspira baixinho.

Lorinda. A adequada e perfeita dona de casa, mais preocupada com o fato de ser digna do que em onde seu marido enfia o pau.

— Por que eu deveria?

— Porque ela precisa de você. Todas nós precisamos de você. — Muitas cabeças acenam em concordância ao redor da mesa. — Talvez ela mais do que qualquer uma de nós.

Mais acenos. Até alguns murmúrios das clientes.

Exalo um suspiro de resignação, sabendo exatamente o que vou fazer, mesmo que vá contra todos os princípios com os quais aprendi a viver nos últimos seis anos.

Jamais se envolva emocionalmente com uma cliente.

Jamais pressione ou estimule-as; tem que ser escolha delas.

E nunca, de maneira nenhuma, se desculpe por alguma técnica não convencional, por mais cruel ou ousada que pareça.

A porta do quarto dela está entreaberta, mas eu bato mesmo assim, deixando-a ranger ao abrir.

— O que você quer? — ela vocifera, recusando-se a desviar o olhar da mala que continua enchendo furiosamente com roupas.

Eu entro, sem me importar em esperar por um convite, e fecho a porta.

— Vai a algum lugar?

— Para casa. Isso é um erro.

— Engraçado. Nunca te imaginei como uma pessoa que desiste.

— Sério? — ela pergunta sarcasticamente, lançando um olhar de raiva através de olhos molhados e inchados. — Porque você sabe tudo sobre mim, não é? Conhece a história da minha vida. Altura, peso, número de identidade... Droga, você tem meu ginecologista na discagem rápida?

— Não seja ridícula. — Abro um sorriso forçado e balanço a mão. — Você sabe que eu jamais conseguiria descobrir o verdadeiro peso de uma mulher.

Allison levanta os olhos da mala *Louis Vuitton* e balança a cabeça, repudiando a mim e a minha tentativa estúpida de ser engraçado. Mas, antes que ela possa se virar, um pequeno indício de sorriso se revela no canto da sua boca.

Me aproximo o suficiente para sentir o perfume *Chanel* levemente espalhado atrás de suas orelhas.

— Sra. Carr, é meu trabalho cuidar da sua vida. Para que eu possa oferecer o melhor para os meus clientes; confiança total é o segredo. Não há espaço para segredinhos sujos aqui. Todos nós temos um, e, confie em mim, o seu é mínimo se comparado à maioria. Acredite ou não, ninguém naquela sala de jantar está aqui para julgar sua situação. Todas elas estão mais preocupadas com o seu próprio motivo para estar aqui.

— Dito tudo isso, peço desculpas se você sentiu que minha honestidade explícita foi demais para você. Foi insensível da minha parte. Mas, mesmo assim, não é motivo para jogar a toalha. Não quando nós mal rabiscamos o esboço.

Ela solta uma risada forçada e olha na direção da janela. Um mar de estrelas brilhantes marca o céu escuro, iluminando o caminho em direção à lua cheia. A luz da noite inunda o quarto, banhando sua pele clara na cor expressiva de diamantes e tristeza.

— Você disse que eu era exclusiva. — Ela suspira baixinho, sua voz distante, mas forte o suficiente para ecoar na minha cabeça.

— Como é?

Ela se vira para mim, olhos marcados com angústia.

— Você disse que *eu* o namorei de forma exclusiva na faculdade. Mas não disse o mesmo sobre ele. Como se eu fosse fiel, mas ele não.

Ela não está brava ou surpresa. Nem mesmo envergonhada. Está presa em algum lugar entre cansaço e indiferença. No vazio perpétuo, se contorcendo na dúvida de sentir-se magoada pelas palavras ou não dar a mínima para elas.

Ela precisa se importar. Preciso que ela se importe se eu quiser ajudá-la a salvar seu casamento.

— Estou ciente, Sra. Carr. E você também.

Allison sorri meio que fazendo uma careta. O tipo de sorriso contorcido pela mágoa profunda e pela vergonha.

— Você acha que sou idiota, não é? Que, já que eu sabia o tipo de homem que ele era desde o começo e mesmo assim me casei, eu mereço isso?

— Não é minha função achar nada, Sra. Carr.

— Certo. — Ela sorri. — Seu trabalho é apenas mostrar o que estamos fazendo de errado na cama.

Abro a boca para discordar, mas ela levanta a mão para impedir.

— Eu entendo, sabe? Nós todas assinamos isso. Sabíamos no que estávamos nos metendo. Mas isso não faz com que seja menos humilhante.

Olho para ela, *olho-a de verdade*, e minha cabeça dá giros agitados.

Claro, ela é linda, todas elas são, mas Allison é absolutamente perfeita. Ela usa pouca maquiagem, e seu rosto é imaculado de cirurgias plásticas e injeções. Pequenas sardas marcam seu nariz esguio, dando a ela uma aparência jovial, quase inocente. O fato de ela não tentar esconder esse pouquinho que a sociedade deve repelir me deixa intrigado. Droga, isso faz com que ela pareça selvagem. Um pequeno ato de rebeldia, ainda assim um enorme "Vai se ferrar" para um mundo que celebra o narcisismo e as aparências.

Os cabelos vermelhos de Allison caem em seus ombros em ondas gigantes. É cheio e volumoso, mas sem exageros com produtos químicos. É apenas ela. Simples. Clássico. Perfeito.

— O que você está olhando? — ela pergunta, a voz envolvida por uma mistura de irritação e diversão.

— Você. — A palavra sai da minha boca antes que uma mentira possa começar a esconder a verdade. Merda.

— Por quê? — Menos irritação, mais diversão.

— Você tem sardas.

Ela curva a boca de lado e levanta uma sobrancelha cinicamente.

— Sim, eu tenho. Você gostaria de contar meus dentes? Posso até ter algumas cicatrizes escondidas também.

— Não foi isso que eu quis dizer. É só que... você não fez nenhuma cirurgia a laser ou clareamento. Você não tenta escondê-las.

— Olha, eu sei que não sou perfeita, mas você não precisa ser um babaca...

Quando ela tenta se virar com o rosto vermelho de raiva, eu seguro seu cotovelo. Nossos olhares colidem antes de desviarem para o braço dela, onde minha mão segura com força ao redor de sua pele macia. Afasto-me antes que aconteça algo tão fora dos padrões quanto meus pensamentos traiçoeiros.

— Eu gosto.

Impossível. Parar. O. Vômito. De. Palavras.

Eu sou muitas coisas: grosso, teimoso, estupidamente honesto, prepotente, mas uma coisa eu não sou: descuidado. Conheço meus limites e nunca os cruzo. Em um negócio no qual linhas podem ser tão facilmente misturadas, tais limites são desenhados com caneta grossa, traçados por gasolina, e depois ateado fogo, assegurando que ninguém chegue perto o suficiente para inalar a fumaça da tentação.

E, aqui estou eu, tocando, tentando, testando os limites. Implorando para ser queimado por um anjo de cabelo de fogo.

— Peço desculpas, Sra. Carr. — Eu me endireito, minhas mãos teimosas cerradas ao meu lado. — Asseguro a você...

— Você gosta?

Olho em seus olhos, tão grandes e brilhantes como a lua, espalhando um brilho etéreo sobre seu rosto. Tão perto, muito mais perto do considerado inocente, vejo que eles não são azuis como pensei no começo. Pontinhos verdes e dourados iluminam a íris, e eu me perco nas profundezas, imaginando os segredos que eles guardam, qual a dor do passado escondida atrás desses grandes cílios castanhos com tons de ruivos.

Sim, eu gosto. Muito mais do que um idiota narcisista como eu deveria gostar.

Gostar dessas mulheres não é o que faz de mim o homem que eu sou hoje. Isso não é o que construiu minha reputação sólida. Não sou conhecido por ter um bom coração ou uma língua cheia de palavras doces. O que eu conheço são resultados. E isso é tudo o que Allison, ou qualquer uma, não importa a situação, irá ter de mim, e nenhuma porcaria a mais.

Estou de frente para a porta do quarto dela quando percebo que a deixei de boca aberta e sem respostas. Imagino aqueles pequenos e confusos olhos azuis-esverdeados com o meu comportamento estranho, mas me forço a não olhar. Não há nada para ver que eu já não tenha visto. Apenas a pobre menina rica.

— A aula começa às dez da manhã. Não se atrase. — Meu olhar se fixa na madeira escura da porta. As paredes estão se aproximando, me sufocando, pedindo que eu me vire e encare minha covardia. Que eu confronte minhas fraquezas, borbulhando como bile no momento em que passo pelo limiar da porta para longe daqueles olhos enigmáticos e da tentação de ligar os pontos daquelas sardas, na esperança de descobrir mais da sua linda pele sem manchas.

Primeiro Dia. E estou completamente fodido.

ATRAÇÃO

— A menos que ele esteja completamente desesperado ou drogado, um homem não vai querer — e não vai — transar com o que não lhe dá tesão.

Menos sussurros dessa vez, mas todos os rostos perfeitamente maquiados estão vermelhos de vergonha, fazendo nascer um sorriso sarcástico em meus lábios.

Verdade seja dita, eu amo essa merda. Adoro bagunçar as camadas metodicamente organizadas delas. O desconforto óbvio me diverte. Ver o rubor de timidez através do blush é como um bálsamo para a minha pequena e sádica alma.

— E, nesse caso — continuo —, vocês não os desejarão mesmo. O que vocês querem é vê-los babando nos seus sapatos *Jimmy Choo*. E vamos admitir, senhoras... isso não vai acontecer. E por que vocês acham que não?

Cri, cri, cri... Malditos grilos.

— Alguém? Vamos lá, queridas. Só consigo ajudá-las se vocês quiserem. Portanto, a menos que todas tenham casamentos perfeitos e maridos que transem como deuses, regularmente, eu deveria ver algumas mãos.

Dessa vez, sou recompensado com suspiros de quase onze mulheres. Todas ainda aqui. Todas desejando se despir de corpo e alma, em uma tentativa de reacender a chama apagada entre suas pernas.

Está vendo, mulheres são mentirosas.

Sim, eu disse M-E-N-T-I-R-O-S-A-S.

Elas querem intimidade tanto quanto os homens, mas, para elas, intimidade é mais do que apenas a parte física do sexo. Elas querem ser valorizadas, mas também anseiam por algo mais. Querem carinho, mas desejam ser comidas como uma prostituta barata. Querem um homem que trepe a noite toda e ainda tenha energia para beijar, abraçar e conversar sobre a relação depois.

Vejam bem, senhoras. Nós estamos cansados de fazer o trabalho sozinhos! Por que vocês não tentam nos imitar e transar feito coelhos, fazendo piruetas como no *Cirque du Soleil*, e vejam se ainda conseguem manter os olhos abertos? Se a gente desmaia depois do sexo, deveria ser um cumprimento, uma comprovação do quanto foi bom. E, francamente, se o cara depois acorda e vai trabalhar ou correr uma maratona, e ainda tem fôlego para mais sexo, ele só cansou de transar com *você*.

Para minha surpresa, sobe uma mão, atraindo minha atenção. E é claro que o destino tem um senso de humor doentio.

— Você está dizendo que nossos maridos não sentem mais atração por nós? — Allison declara categoricamente.

Por mais que eu queira discutir sua resposta e amaldiçoar a desculpa patética para um homem conhecido como Evan Carr, mantenho meu jogo em ação. Estático, olho minhas anotações, não confiando totalmente em minhas habilidades. *Negócios, Drake,* repito para mim mesmo. *Negócios antes de tudo.*

— Exatamente, Sra. Carr.

— Ally — ela retruca, me fazendo quase engasgar com as palavras.

— Como é?

— Me chame de Ally. Apenas Ally. Ninguém me chama de Allison desde a primeira série na escola. E se você me chamar de Sra. Carr de novo, terei que te processar por difamação. *Sra.* Carr é minha *querida* e *graciosa* sogra... — ela responde com um toque de ironia.

Finalmente, alguém que fala a minha língua.

Não é nenhum segredo que a Sra. Elaine Carr é uma cadela nojenta em saltos de grife. Desde sua aparição na série *The Real Housewives* há alguns anos, ela tem sido chamada de "A bruxa malvada do lado mais rico da cidade". Quando a série exibiu um de seus longos discursos movidos a excesso de vinho *Pinot*, envolvendo um garçom gay, baixarias e calúnias, ela não foi convidada para a temporada seguinte. Ficou furiosa, claro, e ameaçou processar a rede de televisão. Não porque precisava do dinheiro. Foi a humilhação de ter sido demitida que a deixou furiosa.

Para a sorte dela, Allison se recusou a ser filmada, mesmo com o marido Evan sendo tão biscate de câmera quanto a mãe. Apesar de ele adorar trepar com donas de casa, ser uma pareceu ainda mais atraente para ele.

— Bem — digo, limpando a garganta. — Onde estávamos? Atração, senhoras. É uma coisa poderosa. É o que os prende, cativa e os mantém voltando para mais. E isso vai muito além de atributos físicos. Direto ao ponto: vocês têm que ser o que eles querem. Oferecer o que eles desejam. Sabe, os homens são criaturas simples. Queremos o que desejamos. E se vocês não são o que desejamos, vamos encontrar algo, ou alguém, que desejamos.

— Isso é nojento — murmura alguém no fundo da sala. Olho para cima, imediatamente reconhecendo o cabelo loiro platinado e o rosto descontente de Lacey Rose, esposa do lendário roqueiro Skylar Rose, que é também quarenta anos mais velho do que ela. Eles se conheceram e se casaram quando Lacey tinha apenas dezesseis, e isso rapidamente provocou uma tempestade na mídia em torno das intenções da noiva adolescente e do músico atraído por jovenzinhas estúpidas. Isso foi há dez anos, e agora que Lacey floresceu e teve duas crianças, Skylar tem procurado na loja *Forever 21* e em praças de alimentação de shopping outra jovem flor para polinizar.

Essa porcaria parece errado para mais alguém?

— Nojento, mas real, Sra. Rose — respondo com um aceno.

— E então... receberemos tratamentos de beleza? Temos que mudar o que somos só para mantê-los atraídos por nós?

— Não necessariamente. Pensem em vocês mesmas como presentes perfeitamente embrulhados. Todas gastam milhões em aparência e por isso não temos muito o que trabalhar nisso. Nós só queremos apresentar a embalagem de uma maneira diferente. Sem mudar o que vocês têm, apenas explorem isso. Permita que eu te mostre. Sra. Rose?

Saio do meu lugar atrás do atril e vou para a frente dela com uma mão estendida. Relutante, ela coloca sua mão na minha, e se levanta, me deixando levá-la para a frente da sala.

— O que você vai fazer comigo? — ela pergunta, seus olhos correndo ao redor da sala nervosamente, enquanto eu me movo atrás dela.

— Relaxe, Sra. Rose. Como todas vocês leram nos documentos que assinaram, eu jamais vou machucá-las ou violá-las fisicamente. Em alguns casos, no entanto, vou ter que tocar em vocês. Guiá-las. Se em qualquer momento se sentir desconfortável, apenas diga pare. Isto é tudo. Agora, posso te tocar, Sra. Rose?

Seus ombros sobem e descem com o movimento de sua respiração, antecipando a sensação de minhas mãos sobre ela. Esta é a parte complicada. Eu sei o que eu faço com essas mulheres. Sei o que elas veem e sentem por mim. Elas estão acostumadas a homens poderosos, são atraídas por eles, e esse fato por si só as atrai para mim. Adicione isso a olhos azuis e 1,86m de predominância física, e me torno o doce mais caro e desejado pelas próximas seis semanas. É por isso que mantenho as coisas muito profissionais. Meu tom é sempre incisivo e direto ao ponto. Mesmo que eu tente ser cordial, jamais sou excessivamente amigável. Então, embora elas possam se sentir atraídas pelo físico, sou arrogante demais para justificar avanços indesejados de donas de casa solitárias.

— Sim. — Ela suspira. Quase posso ver as pálpebras dela vibrando para fechar.

Inclinando-me sobre ela por trás, roço as pontas calejadas dos meus dedos levemente nas laterais de seus braços e aliso sua pele num sussurro áspero. Ela estremece sob o meu toque, sua respiração saindo rápida e ofegante, enquanto o resto das mulheres para de respirar completamente, suas bocas abertas em invejável luxúria.

Aproximo-me, moldando a frente do meu corpo às suas costas. Ela estremece por apenas um segundo antes de derreter nos contornos rígidos do meu peito com um suspiro.

— Você tem braços incríveis, Lacey — digo um pouco mais alto do que um sussurro, meus lábios quase colados em sua orelha. — Tonificados, bronzeados e suaves. Seus ombros são sexy. Alguém já te disse isso? Imagine mãos massageando-os, bem de leve no começo, e aliviando a tensão do dia, em seguida, um pouco mais de pressão. Mais forte. Mais forte ainda. Parece bom, não é? Imagine lábios trilhando beijos através deles antes de subir para o pescoço. Uma língua surge para te provar... tão doce... tão suave...

Quando um ruído ansioso escapa pela garganta dela, dou um passo para trás, fazendo com que Lacey caia em meus braços, canalizando sua Scarlett O'Hara interior. Antes que ela fique muito à vontade, eu a posiciono ereta, fazendo-a saber que não sou nem de longe o Rhett Butler.

Seu rosto fica corado com vergonha e excitação, e Lacey cambaleia rapidamente para seu assento, com dez mulheres atirando a ela olhares questionadores.

— Agora — grito batendo forte as mãos e atraindo a atenção delas. — Essa foi a arte da atração, trabalhando com o que vocês têm. Jogando alto com seus pontos fortes, e criando confiança em sua sexualidade. Mais alguma voluntária?

Onze mãos dispararam para o céu. Não, espere... na verdade, são catorze, algumas senhoras levantam as duas mãos.

Depois de um dia acariciando egos frágeis e mais um jantar estranho, assistindo dolorosamente a maioria das convidadas empurrar sua comida nos pratos fingindo comer, vou quase correndo para a cozinha principal para tomar uma cerveja gelada com a minha equipe.

— E aí, J.D.? Como as Onze Eróticas estão te tratando? — o sous chef do Oásis, Riku, pergunta. O garoto é uma anomalia. Metade brasileiro e metade japonês, ele está acostumado a ser atacado por donas de casa com tesão, que ficam encantadas por seu cabelo preto bagunçado, corpo largo, e pele cor de cobre, combinado com as finas características asiáticas. Quando perguntei como seus pais conseguiram misturar as culturas, ele respondeu: "Todo mundo é fluente na linguagem do amor".

Se ele diz...

Ainda assim, ele é um cara legal, mas um pouco imaturo quando se trata de assuntos do coração. Se alguém como eu tivesse amigos, Riku seria um deles. Mas, infelizmente, eu *sou* eu. Tiro duas cervejas da geladeira e abro, antes de entregar uma a Riku, que aceita alegremente.

Todos aqui sabem que, embora seja eu quem assina seus contracheques, estou tão longe de um chefe quanto possível. Não há Sr. Drake aqui. Sem advertências formais ou círculos para saltar. As regras são simples: se você quiser trabalhar comigo, ótimo. Faça o seu trabalho. Se não, por mim tudo bem, todo mundo é substituível. Com salário, benefícios e respeito mútuo entre todos os empregados, não importa se você é o lavador de pratos ou o chefe de cozinha, eu raramente lido bem com a tarefa de contratar ou demitir.

— As Onze Eróticas? Sei... não é muito diferente do último grupo. Como você as chamava? As Setes Furiosas?

Riku ri antes de virar sua cerveja, e, então, olha o rótulo.

— *Krombacher*? Onde você conseguiu essa?

— Na Alemanha.

— Foi onde você passou o verão? Corrompendo um bando de beldades em Berlim?

— Um dos lugares. — Dou de ombros. — Vamos dizer que eu apenas vaguei pela Europa. Parei em Amsterdã, Bruxelas, Praga e até mesmo consegui passar pela Espanha.

Riku balança a cabeça, sua boca se curvando em um sorriso.

— Você faz parecer como se estivesse viajando de mochila e dormindo em albergues ou alguma droga assim. Fala sério, cara. Você fez isso como o playboy que você sempre foi. Provavelmente encontrou sua própria modelo alemã, sua Heidi Klum, por lá.

— Não. Isso nunca.

Riku está meio certo. Eu vaguei pela Europa em grande estilo, dirigindo pelo litoral de Mônaco, ficando em resorts luxuosos e experimentando uma culinária incrível. Também aproveitei as mais apertadas vaginas europeias. Mas eu estava de férias.

— Claro, claro — ele comenta, nem um pouco intimidado pela minha indiferença. Ele já sabe que a privacidade é um grande negócio para mim e que eu dificilmente libero qualquer informação pessoal.

— Só lembra de mim se alguma vez você estiver com as mãos cheias demais para dar conta dessas modelos de lingerie que você gosta de manter escondidas.

Uma modelo de maiô. *Uma*. E de repente eu sou o senhor do pornô Hugh Hefner com um novo refil de Viagra.

Termino minha cerveja em silêncio, ouvindo-o divagar sobre as exigências insanamente frustrantes das nossas hóspedes.

— Sem manteiga. Sem glúten. Sem laticínios. Sem gordura, sem calorias, sem sabor. O que diabos essas garotas querem comer? Ar?

— Se você conseguir colocar ar em um prato e enfeitar com salsinha, vai ser um sucesso.

— Que se dane — Riku comenta, balançando a cabeça. — Eu quero uma mulher que coma. Alguém para quem eu possa cozinhar e alimentar enquanto ela fica enrolada ao meu lado me observando. Não posso fazer nada com um saco de ossos. Quer dizer, você viu a maioria delas? Merda, se elas virarem de lado, desaparecem totalmente. Prefiro peitos e bundas ao invés de esqueletos em qualquer droga de dia.

Eu concordo, sentindo a espada de dois gumes de suas palavras. É claro que essas mulheres querem comer. Elas desejam alimentos ricos e sobremesas açucaradas como qualquer outra pessoa. Elas detestam ter que passar cada momento do dia obcecadas com cada grama e caloria. Mas, quando se vive em uma sociedade que elogia os magros e envergonha qualquer coisa que não se encaixa nesse modelo extremamente pequeno, você faz sacrifícios. E isso é exatamente o que elas têm feito. Sacrificaram sua felicidade, sua paz de espírito, e, em muitos casos, até a saúde. E, no final, isso nem é sobre comida ou o formato do seu corpo. É apenas mais um ponto no bom e velho modelo americano.

Termino a cerveja antes de cruzar o pátio até minha casa. Está mais quente do que o normal, e, sob o manto escuro da noite, decido dar um mergulho para desanuviar a cabeça. Depois de tirar o terno e a gravata, mergulho na água azul-turquesa, deixando o frio invadir meu interior.

Desta vez, a sensação é diferente. Eu tenho estado neste negócio há anos, mesmo assim, me sinto estranhamente despreparado. É apenas o fim do segundo dia, e já estou no limite, a tentação se fechando sobre as bordas do meu raciocínio. Com este ritmo, eu não vou durar.

Ok, eu menti antes. Não uma mentira completa. Só não disse a verdade toda. Quando eu disse que suporto seis semanas sem sexo durante a instrução, o que eu quis dizer foi que eu tento suportar seis semanas sem sexo. Claro, quase sempre sou bem-sucedido, mas, devo confessar, há deslizes. É por isso que eu sempre mantenho uma garota na espera. Pouquíssimas pessoas de fora sabem onde a propriedade é localizada, e para poucas são dadas informações, e só em circunstâncias especiais. Sem promessas, sem expectativas, apenas alguém para lidar com esta coceira para que eu possa me concentrar na tarefa em minhas mãos.

Eu nado o comprimento da piscina, sentindo os músculos flexionarem e relaxarem, queimando partes diferentes nas minhas coxas, panturrilhas e bíceps. Vou ao limite, mais uma vez, forçando meu corpo a deslizar através da água. Porra, essa dor é boa. Quero continuar indo, continuar forçando, até que esteja esgotado demais para pensar sobre o que eu realmente desejo. Quero sentir essa queimadura de esforço até que atenue o fogo que está ardendo em mim.

A maioria das pessoas pensam que eu sou algum tipo obcecado por saúde. Elas me veem dando voltas, correndo, fazendo flexões como se estivesse preocupado com o meu corpo. Mas, na realidade, isso é necessário. Essa é a única forma de evitar o que realmente quero. Sem esse alívio, eu entraria em combustão de dentro para fora. Ou é isso ou me masturbar até que meu pau caia. Nada bom.

— Uau, não é de se admirar que não haja nenhuma porcaria decente para comer neste lugar. O proprietário é um atleta olímpico.

Faço uma volta e dou de cara com um par de pernas pálidas cobertas com seda floral até um pouco abaixo do joelho. Meus olhos curiosos trilham aquelas hastes, subindo até as curvas suaves de seu quadril, que afunilam em uma cintura estreita antes de florescer nas curvas de seus bem formados seios.

Algo me diz que ela não usando sutiã. Um segundo olhar me diz que seus mamilos estão praticamente piscando para mim de forma maliciosa por baixo do tecido fino da roupa de seda.

Minha boca saliva como um leão faminto e eu engulo, me forçando a olhar para longe antes que eu me permita ter certeza da resposta.

Não preciso ver o resto. Eu já sei. Posso quase sentir seu perfume no sussurro do vento que segue dela até mim. Inferno, eu quase posso sentir o sorriso, que, sem dúvida, repousa sobre aqueles lábios delicados.

— Sério, o que uma garota tem que fazer para conseguir um pouco de sorvete de verdade por aqui?

Pelo canto do olho, vejo Allison se abaixando para sentar na borda da piscina e timidamente mergulhar os dedos dos pés. Eu me viro para assistir, surpreso com a visão dessa frágil gazela na beira da água. Ela visivelmente estremece e seus olhos grandes e divertidos sorriem com um prazer maravilhoso.

Limpo a garganta, rezando para que, quando eu finalmente tiver coragem de abrir a boca, realmente som e palavras saiam.

— Talvez a cozinha seja o melhor lugar para direcionar o seu pedido, Sra. Carr.

Muito absorvido com todas as outras partes (proibidas) dela, eu nem sequer noto uma colher e um prato pequeno de sorvete em suas mãos.

— Sim, mas isso é alguma porcaria de leite de soja desnatado que tem gosto de cocô de bebê — ela responde, franzindo o nariz sardento.

Permito-me dar alguns passos em sua direção. Eu mereço. Tenho sido — quase — um bom garoto.

— E como você sabe qual é o gosto de cocô de bebê? — pergunto, levantando uma sobrancelha com cinismo.

— Bem, eu não sei, obviamente. Mas, baseado em como cheira, eu diria que esse sorvete é bem parecido. — Ela coloca o prato ao lado dela depois de fazer uma última careta. — Então, o que você está fazendo aqui fora? Pensei que estaria exausto depois daquela lição de hoje sobre toques. Muito esclarecedor, Sr. Drake.

— Bem, nós tentamos o nosso melhor, Sra. Carr — respondo com um rosto sem expressão, embora a minha voz esteja repleta de diversão.

Allison revira os olhos e balança a cabeça, seu cabelo roçando os ombros nus.

— Eu disse a você para *não* me chamar de Sra. Carr. Não tenho interesse nenhum em alimentar e sustentar jovens até que eles sejam velhos o suficiente para pagar seus próprios impostos. — Ela traz seus pés para a superfície da água e observa os dedos. — Então, é assim que isso vai ser o tempo todo?

— O que você quer dizer? — Dou alguns passos mais perto com a cara fechada.

— Quero dizer, você sempre vai ser tão intenso com a gente?

Antes que eu possa me preparar, seu olhar trava no meu e penetra diretamente através da minha fachada impassível.

— Você vai nos tocar daquele jeito? Dizer aquelas coisas pra gente?

— Todo o contato físico está especificamente descrito nos contratos, Sra. Ca-, desculpe-me, Allison. Agora, se em algum momento você se sentir desconfortável com a parte física ou sentir como se eu estivesse sendo demonstrativo demais, é só dizer a palavra pare, que vou parar. Entendeu? Você está dizendo isso porque eu a faço se sentir desconfortável, Allison?

Eu nem sequer percebo o quão perto estamos agora, como se o fluxo da maré do nosso mar com cloro, de alguma forma, tivesse nos juntado. Apenas centímetros de água, respiração e roupas nos separam, mas sei que qualquer espaço que compartilharmos vai parecer muito íntimo.

Eu sei o que eu preciso fazer. O que é o certo e responsável.

Preciso lhe dizer para ir embora.

Preciso mandar esta mulher de volta para o pedaço de merda do marido traidor e deixar que ela resolva seus próprios problemas, assim como o resto da América: com terapia, pílulas e más decisões ocasionais. Mas o mais importante é que eu preciso deixá-la fazer isso sem a minha ajuda. Porque, nesse momento, tudo em que eu consigo pensar é em ajudar a mim mesmo.

— Não — ela diz de repente, como se aqueles olhos brilhantes estivessem infiltrados em minha mente. — Você não me deixa desconfortável. E, lembre-se, é Ally.

Ela tira os pés da água e se levanta, coletando seu, agora derretido, sorvete de leite de soja desnatado com gosto de cocô de bebê. Antes de se virar para ir embora, ela sorri para mim, nem um pouquinho intimidada pela minha atitude fria, como eu esperava que ela ficasse.

Um lembrete: seja mais cretino ainda.

E consiga um sorvete de verdade.

TENTAÇÃO

Hoje, em destaque, no Hollywood Repórter, o bilionário playboy, Evan Carr, foi pego com outra mulher enquanto sua esposa está de férias sozinha em um SPA?

Fontes próximas dizem que o casal vem tendo problemas há meses, em meio a rumores de traições ultrajantes. Fontes dizem que a esposa, Allison Elliott-Carr, não foi a um SPA, mas sim a uma clínica médica depois de uma crise nervosa. Com ela indisponível para comentar e seu paradeiro não confirmado, Hollywood Repórter procurou Evan Carr, que não negou nem confirmou os rumores de infidelidade.

Desligo a televisão e coço a barba por fazer, nervoso. Que droga. É exatamente por isso que toda a comunicação externa é proibida durante o curso: merdas como essa acabam com as cabeças das mulheres, sugando todo o pequeno vislumbre de esperança que lhes resta e mandando-as correndo de volta para casa.

Claro que elas têm razão de ir, já que noventa e cinco por cento dessas histórias têm algum fundo de verdade. Onde há fumaça, há fogo, e o casamento de Carr tem sido um inferno ardente de mentiras e enganos desde antes de Allison dizer: "Eu aceito".

Eu deveria saber.

Com um acesso de raiva, vou em direção à casa principal, bem quando elas estão terminando o café da manhã e a ioga matinal. Uma por uma, elas entram na grande sala, silenciosamente tomando os seus lugares. Algumas delas olham para mim, através de longos cílios falsos. Outras mexem as mãos no colo, as bochechas vermelhas e quentes com as memórias de minhas mãos tocando-as, persuadindo seu interior a sair e brincar. No entanto, eu não ligo para isso. Não ligo para seus olhares desejosos. Continuo assistindo, esperando, até que ela entre.

Logo que a vejo se acomodando com o resto das senhoras, algo queima dentro de mim. É uma tortura. É um alívio. É confuso pra cacete. Estou muito nervoso, muito ansioso, e não há porra nenhuma que eu possa fazer sobre isso agora. O impulso assume, e caminho em sua direção no momento em que ela senta.

— Levante-se — ordeno. Eu não peço. Nunca peço o que eu quero.

— Desculpe-me? — Allison pergunta, franzindo a testa. Quero me aproximar e suavizar essas pequenas rugas, mas não o faço. Não sou tão narcisista assim.

— Levante-se, Ally. — Estendo a mão para ela, que a estuda com cautela antes de aceitar. Sua mão é quente e suave, bem como eu imaginava que fosse. Simultaneamente alisando o vestido para baixo na parte de trás, ela se levanta, eliminando o pequeno espaço entre nós.

Seguro a mão dela mais do que eu deveria, antes de puxá-la.

— Vire-se. Me deixe te ver.

— O quê? Eu... eu não entendo o que você...

Minhas mãos estão em seus ombros, a ousadia pegando-a de surpresa e fazendo-a ofegar. Eu a viro, girando seu corpo em 180 graus.

— Isso. Isto é o que determina se um homem quer trepar ou não, senhoras. A embalagem. O fascínio. A tentação. — Eu a viro de volta para mim, deixando aqueles olhos azuis cheios de perguntas perfurarem os meus descaradamente. Eu não consigo me afastar. Não consigo nem mesmo piscar. Falo como se ela fosse a única pessoa na sala, mas me certifico de que minha voz chegue aos outros ouvidos ansiosos.

— Os homens são criaturas visuais. Eles precisam ser seduzidos. Excitados. E enquanto vestidos folgados e sapatilhas podem ser confortáveis, eles não são sexy.

— Este é um vestido *Alexander McQueen* — ela zomba.

— E é feio pra cacete. Danem-se as etiquetas.

Seus olhos se arregalam no início, as bochechas rosadas de vergonha. Então, minhas palavras penetram e a dor se arrasta sobre essa tela de porcelana e sardas marrons. Eu não quero magoá-la, mas, merda, a verdade dói. A vida dói. Porra, dói pra caralho.

Antes que ela possa protestar, estou tocando seu cabelo, retirando os grampos prateados que o prendem em um coque prático. Brilho em cascata cai pelas suas costas, se espalhando por seu rosto e beijando os ombros. Enrolo um cacho ruivo no dedo e aproximo o rosto mais perto para que só ela possa ouvir as palavras que eu não deveria dizer. Estas palavras que ameaçam corroer a fortaleza de aço da minha lógica.

— Eu te acho muito sexy, Ally — sussurro, minha respiração acariciando a pele logo abaixo da sua orelha. — Só você ainda não sabe.

Com a mesma leveza, meu toque a abandona, e caminho apressado em direção ao púlpito, para longe dela. Longe da tentação de passar os dedos por aqueles cachos brilhantes antes de agarrá-los e puxar sua cabeça para trás, de um jeito que ela não tenha escolha a não ser olhar para mim. Mas é isso o que eu quero de verdade? Que ela veja quem eu sou realmente? Ou devo continuar a alimentá-la, tanto quanto todas as outras, com a ilusão de que suas mulheres sedutoras interiores serão libertadas?

Limpo a garganta, remexendo na lapela do meu casaco de linho. Allison ainda está de pé, olhando para mim com os olhos arregalados e a boca aberta. Isso era necessário. Eu tinha que dizer a ela. Quem sabe o tipo de história que os tabloides vão criar na sua ausência diante do público?

Sim, sim, tudo parte dos meus métodos de ensino.

Sou cheio de baboseiras.

Uma mão sobe, me poupando do tumulto do meu monólogo interior fodido.

— Sim?

O som da minha voz induz Allison a sentar novamente, e forço o olhar para Maryanne Carrington, a mulher corpulenta de meia-idade, que, desde o primeiro dia, provou ser a mãe do grupo. Provavelmente porque o marido gosta de trepar com menininhas tão jovens que podiam ser suas filhas.

— É evidente que eu não sou mais uma franguinha — diz ela em seu sotaque sulista cativante. — Não uso um tamanho 36 e a gravidade já fez seu trabalho. Não há muita coisa que eu possa usar sem parecer um palhaço de circo. Como posso ser atraente? O que posso fazer para que meu marido me ache sexy de novo?

— Sra. Carrington, perdoe-me, mas você tem peitos?

— O q... O quê? — ela gagueja, apertando o peito como se estivesse sentindo palpitações.

— Peitos? Você os tem, certo?

— Bem... sim. Claro. — Suas bochechas coram e ela solta uma risada nervosa.

— E bunda?

— Como?... Sim, eu tenho.

— Então, você pode ser sexy. Você *é* sexy. Você só precisa acreditar nisso o suficiente para fazer o seu marido ver também. — Examino os topos de cada cabeça sem falar com ninguém, mas precisando que todas me ouçam. — Não tem nada a ver com ser a mais magra, ter os seios maiores, ou a bunda mais gostosa. Nós não damos a mínima para seus lábios cheios de colágeno ou os apliques nos cabelos. Nós queremos apenas vocês. Somos criaturas simples, senhoras. Nos dê algo que faça dar água na boca. Desfile com aquela lingerie de renda e saltos, enquanto você espana os móveis, fingindo estar totalmente alheia aos nossos olhares. Se incline para pegar alguma coisa, com os primeiros botões da blusa abertos, nos dando um vislumbre de seu busto. Solte o cabelo para imaginarmos a sensação deles entre os nossos dedos puxando-os enquanto você grita de prazer.

Quase como se num ensaio, meus olhos encontram o olhar excitado de Allison. Ela pensa que estas palavras são para ela. Ela provavelmente pensa que é um pouco especial. Mas o que ela não vê é a verdadeira razão pela qual eu estou tão atraído por ela, tão tentado a macular sua fachada perfeitamente equilibrada.

Tenho pena dela.

Enquanto ela acredita que sou um estranho, um mero espectador do seu mundo, ela sofre com o mesmo destino. Esta vida de brilho, glamour e ostentação não é para ela. Ela e eu somos cortados do mesmo pano, desajustados entre os milionários.

Ela pode ter dinheiro e status, mas está fingindo. Ela não pode sequer ser honesta consigo mesma, e é por isso que, tanto quanto ela me intriga, ela me enoja.

Pelo menos é o que eu digo a mim mesmo.

Termino a aula, ombros rígidos pelo estresse, contando os minutos, os segundos, até que eu possa fugir para o único lugar onde posso ser livre. Já estou tirando minha cueca *Calvin Klein* no momento em que chego na porta da frente. Mas não coloco a sunga ou shorts de corrida como faço quase todas as noites. Vou direto para o chuveiro, colocando a água numa temperatura escaldante, mesmo que esteja quente lá fora, o calor seco do deserto sugando a vida da minha pele ressecada. A água queima, mas eu não registro a dor. Um tipo diferente de calor me consome agora, meu corpo dolorido para extinguir a combustão.

Pego meu pau nas mãos molhadas e escorregadias e o aperto, aliviando um pouco a pressão. Eu o sinto pulsar, me implorando para livrá-lo de sua miséria. Com as pálpebras pesadas e músculos tensos, acaricio lentamente, gemendo e xingando. Isso é tudo o que eu não merecia me dar por ser um filho da puta descuidado, mas preciso disso. Preciso me livrar desse desejo. Não sou melhor do que aqueles bastardos enganadores e traidores — *sou* um daqueles bastardos —, mas, ao menos, as minhas alternativas não machucam ninguém. Acariciar meu pau não me faz aparecer nas notícias. O TV Fama não vai mostrar vídeos da minha masturbação.

Com os olhos apertados, gozo com tanta força que meus joelhos se dobram, esperma quente se espalhando na minha mão antes de ir para o ralo. Sob o jato de água escaldante, fico ofegante, me apoiando contra a parede de ladrilhos de mármore. Mesmo com a pele vermelha pela água quente, sinto frio. Sinto-me vazio. Sinto-me... sozinho.

Horas passam antes que eu saia do chuveiro, uma toalha sobre o ombro e vestido para o meu mergulho noturno. Hoje, a noite está tranquila. Parada. Nem mesmo uma brisa para me fazer companhia sob o céu de estrelas brilhantes.

Eu nado até a exaustão me cumprimentar e meus pulmões queimarem. Meus músculos doem e tremem como geleia. No entanto, prolongo a tortura, empurrando meu corpo ao limite. Dores passadas, prazeres e todos os sentimentos juntos.

Ela não vem hoje à noite.

Talvez ela tenha pena de mim também.

ADORAÇÃO

— Existe somente uma coisa que um homem gosta mais que seja acariciado do que o pênis dele: o ego. Some dinheiro e poder e vocês verão um ego do tamanho do Hulk, que precisa ser alimentado o tempo todo.

Saio de trás do púlpito e paro ao lado dele com um sorriso diabólico nos lábios. Estou melhor hoje. Minha cabeça não está nublada com pensamentos de merda que eu não deveria ter. Minhas bolas não doem cada vez que o meu olhar se depara com o dela. E, depois de me matar correndo e nadando, meu corpo está dolorido o suficiente para servir como lembrete físico de por que eu não deveria dar a mínima para ela, ou seu rosto perfeitamente imperfeito, ou a cascata vermelha sedosa que a envolve nas costas.

Isso não é para mim. Nada disso é.

Allison não veio aqui porque quer trepar com Justice Drake. Ela veio porque quer que Evan Carr, seu marido covarde e impostor, transe com ela. Ela quer que ele a queira. Ela quer que ele a ame. Ela não estaria aqui se não o quisesse.

— Alimentem a fera, senhoras, e ela vai te procurar todas as vezes que estiver com fome. Façam seu homem se sentir como se ele fosse o maior, o mais malvado filho da puta na terra, dentro e fora do quarto, e ele vai te adorar.

Lacey levanta a mão e fala.

— Mas e se ele não for? E se ele for um velho enrugado que só consegue durar cinco minutos antes de gozar?

Algumas senhoras riem, mas minha expressão continua de pedra.

— Minta.

— Mentir?

— Minta pra cacete. Diga a ele o quão grande ele é, quão preenchida ele te faz sentir. Diga a ele que quase dói quando ele está dentro de você. Diga a ele que a sensação é tão boa que você quer morrer. Quem nunca fingiu um orgasmo?

Cada cabeça assente e murmúrios ressoam pela sala, agora menos surpresas e desgostosas com a minha audácia. Depois de alguns dias de instrução, minhas palavras quase perderam seu poder de chocar. Ainda assim, de vez em quando, tenho que agitá-las para evitar que fiquem confortáveis demais. Porque estar apaixonado e trancado no interminável purgatório espiral conhecido como casamento é tão desconfortável quanto parece.

— Bom. Então, vocês podem fingir todo o resto. Reguem seu homem com adoração e não deixarão espaço para outra mulher tomar seu lugar. Os homens são como crianças. Eles precisam constantemente de reforço positivo. E se não recebem, se contentam com o negativo.

— Você quer dizer que eles traem, certo? — Lacey interrompe, seus olhos azuis cristalinos e estreitos. Ela franze os lábios melhorados por plástica, fazendo-os parecer dois pacotes gigantes de chiclete.

— Correto. Não porque a mulher é mais bonita ou mais jovem, e sim pelo fato de que ela o faz se sentir como a porra do Super-Homem. Invencível. Todo-poderoso. Eles querem acreditar na fantasia.

Lacey se levanta, colocando as mãos nos quadris estreitos, e cada olhar é atraído para ela.

— Então, se não tem nada a ver com idade ou beleza, por que eles nos enganam a torto e a direita com esses docinhos recém-saídos do ensino médio?

Algumas senhoras murmuram em concordância. Maryanne Carrington até solta um aprovador: "Mmmm hmmm".

— Honestamente? Inteligência. Essas meninas são facilmente impressionáveis, portanto, fáceis de levar para a cama. Uma garrafa de champanhe, uma limusine, e é praticamente um acordo fechado. Eles não querem alguém que tenham que rebolar para seduzir. Para isso, eles têm vocês.

— Então, eles querem uma transa fácil?

— Precisamente. — Aceno com a cabeça.

— Mas isso não faz sentido — Lacey rebate, balançando a cabeça em descrença. — Somos suas esposas. É claro que eles podem vir até nós toda vez que quiserem sexo!

— Sério? — Saio do lado do púlpito e ando a passos largos até ela, que está confusa e não convencida. Invado seu espaço, dando um passo mais perto do que o que seria considerado confortável. Mas isso é exatamente o que eu preciso dela. Preciso dela desconfortável o suficiente para ser honesta. Preciso que ela veja onde está sua própria culpa, para que ela não tenha motivos para desconfiar de mim. Preciso que ela precise de mim.

Toco seu queixo com as pontas dos dedos, acariciando-o até sua orelha. Ela se mexe com o meu toque, absorvendo o carinho como se estivesse fria e faminta. E, de muitas maneiras, ela está. Está faminta por atenção e carinho. Fria por ser deixada sozinha e sem amor.

Estes são sentimentos que eu entendo. Sentimentos que tenho explorado para fazer de mim um homem muito rico.

— Lacey — suspiro baixo e rouco. — Você o vê pelo que ele é. Você vê além do dinheiro, dos carros e dos fãs adoradores. Você o vê despido e nu. E isso o assusta. Então, ao invés de encarar a sua covardia, ele trepa com garotinhas estúpidas para fazê-lo se sentir mais homem. Mas você não quer isso, não é?

Assisto os movimentos do seu pescoço esbelto quando ela engole antes de responder.

— Não. É claro que não.

— Então, você sabe o que tem que fazer, não é? Você tem que ser a sua garotinha estúpida. Tem que ser sua vadia, sua fã, sua seguidora. Tem que fazê-lo se sentir como se estivesse no topo do mundo quando ele está com você.

— Então, você quer que ela se rebaixe?

Olho para cima, e minha mão cai imediatamente ao meu lado, liberando Lacey do meu transe. Allison está de pé, seus olhos estreitos e os lábios franzidos. Mesmo com a irritação claramente estampada em seu rosto, uma sensação serpenteia até minhas coxas com a visão dela. Ranjo os dentes, mordendo sentimentos impulsivos.

— De certa forma, sim — respondo, me afastando de Lacey. Eu quase sinto vergonha, como se não devesse ter tocado outra mulher.

— A esposa conduz o navio. Ela é a mestre das marionetes. Mas, a fim de manter um lar feliz, você deve deixar o homem acreditar que é ele quem manda.

— Não é suficiente carregarmos seu nome e os deixarmos ditar o nosso futuro? — Allison zomba. — Agora temos que fingir ser idiotas só para que os nossos maridos não se sintam intimidados?

Quero dizer que ela está certa em se sentir indignada, mas isso seria uma total oposição ao que eu sei e acredito.

— Mais ou menos.

— Isso é besteira. Você e eu sabemos disso. Me diga, *Justice Drake*, garotas idiotas te excitam? Você gosta de estudantes risonhas aceitando cada palavra sua? A estupidez te deixa com tesão? — Ela está me desafiando, na esperança de me fazer engolir minhas próprias palavras. Olho fixamente para ela, sem me abalar, totalmente no controle.

Bem... quase. Tirando a rigidez na parte da frente das minhas calças.

Sem quebrar o contato visual, volto para trás do púlpito para esconder minha semiereção.

— Não, Allison. Elas não deixam. Mas, como você apontou, na semana passada, não sou uma parte do seu mundo. Sou um estranho, lembra?

Encaro-a com um olhar orgulhoso, desafiando-a a contestar minha afirmação, mas odiando o jeito que ela está, de alguma forma, me fazendo sentir necessidade de provar a mim mesmo. Quem diabos é ela para mim? Ela é uma cliente, outra dona de casa patética e solitária. Um cheque em vestido *Prada*, nada mais, nada menos.

Allison não me responde. Só permanece de pé, em silêncio, seus olhos vibrantes piscando com desdém. Sinto prazer com sua reação, desejando mais. Quero continuar empurrando-a até que ela finalmente recue.

Inclino-me para frente e descanso os cotovelos no púlpito, meus olhos treinados como um atirador de elite preparado para matar.

— E, *Sra*. Carr, por que você se importa com o que me excita? Não deveria estar mais preocupada com o que excita o *Sr*. Carr?

Observo enquanto o rosa de suas bochechas se torna vermelho-sangue, e seus olhos ficam escuros.

— Eu... eu não. Eu não estava dizendo...

— Oh? Então, você não se importa com o que me excita?

— Você é um babaca — Allison revida. Então, ela se vira rispidamente e sai da sala.

Missão cumprida.

O céu do deserto brilha no crepúsculo, trazendo com ele uma brisa fresca e revigorante. Sento-me na varanda, tomando uma cerveja, enquanto escuto a conversa abafada de dentro da casa principal. Olho para cima e fecho os olhos, bloqueando tudo. Isso é o que eu faço com a maior parte do mundo. A realidade é apenas um barulho de fundo.

— Qual é a porra do seu problema?

Olho para cima e encontro Allison pairando sobre mim, com estrelas cintilantes de raiva em seus olhos pálidos.

— Como é que é? — pergunto com uma sobrancelha levantada e um sorriso animado.

— Seu negócio. Seu problema. A razão de você agir como se alguém tivesse pisado no seu calo.

Gesticulo para Allison sentar ao meu lado, embora ela não se mexa.

— Eu entendo o sentimento, Sra. Carr...

— Ally, droga. Ally.

— Desculpe-me, Ally, eu entendo o sentimento, embora eu não saiba com certeza ao que você está se referindo.

Completamente imóvel, Ally lança punhais daqueles olhos azul-celeste, tão parada que nem tenho certeza se ela está respirando.

— Então, esse é o seu ponto de vista? — Ela finalmente sorri. — Eu entendo. Você acha que essa merda é engraçada, não é? Nós somos todas apenas um entretenimento para você, o seu próprio reality show ao vivo. Você não se importa em nos ajudar, só quer nos machucar mais do que já estamos.

Fico de pé em um segundo, roubando a brisa fresca que chicoteia através de seu cabelo vermelho.

— Nunca questione meus motivos, Allison. E nunca mais pense que eu poderia machucar você. Jamais.

Seus olhos se arregalam com minha proximidade e declaração calorosa, mas ela não se mexe. Ela divide este espaço e momento comigo.

— Tudo bem. Mas nunca mais pense que estou aqui por qualquer outro motivo que não seja consertar meu casamento.

Esta seria a oportunidade perfeita para ela cair fora, fogo saindo por trás dela como numa chama de glória. O período notório em sua declaração fervorosa. Mas ela permanece no lugar, compartilhando meu olhar sério, o dela tão obscuro quanto o meu.

Talvez eu não seja o único sendo desonesto aqui. Na verdade, eu sei que não sou.

Volto a sentar na espreguiçadeira e pego minha cerveja. Desta vez, ela se senta na cadeira ao meu lado. O ato é uma trégua silenciosa. Abaixamos nossas espadas por agora.

— Sei que você não é o idiota que quer que as pessoas acreditem que você é — diz ela depois de um longo momento. Abro o *cooler* ao meu lado e pego outra cerveja, entregando a ela. Ela sorri em agradecimento, e eu assinto.

— O que faz você pensar que eu quero que as pessoas acreditem que sou um idiota?

Ela dá de ombros, tomando um gole de cerveja.

— Eu não sei. É mais fácil dessa maneira, eu acho. Você rejeita as pessoas antes que elas tenham a chance de te rejeitar.

— Huuummmm — eu exalo. — Não sabia que você se interessava por psicologia. Parece que acabei perdendo alguma coisa na minha pesquisa.

Ally balança a cabeça antes de se inclinar para trás na espreguiçadeira.

— Nada a ver com psicologia. Tudo a ver com experiência.

Ficamos sentados durante vários minutos em um agradável silêncio, curtindo a brisa tardia do verão. As estrelas brilham mais esta noite, revelando formatos e padrões de uma gigante tela azul à meia-noite. Até a lua parece maior, mais perto do que nunca.

— Então, me diga, Ally. O que a trouxe aqui?

Ela vira a cabeça na minha direção e oferece um sorriso triste.

— Pensei que você soubesse tudo sobre mim.

Meus olhos permanecem parados no céu, mas eu a vejo. Vejo-a desde o dia em que ela surgiu em minha casa e na minha vida, um resplendor de fogo e olhos nascidos das estrelas.

— Eu sei. Mas quero ouvir você dizer.

Ouço-a engolir e, em seguida, o farfalhar silencioso de tecido enquanto ela mexe em uma corda solta de seu vestido.

— Eu pensei... Pensei que se eu fosse o que ele queria... Pensei que se eu pudesse ser...

— Mas você é. — Não sei por que a interrompo. Mas só o pensamento de ela acreditar que é nada menos do que perfeita faz com que eu aperte muito minha garrafa de cerveja. Recupero-me e coloco a cerveja no chão, antes que se quebre com minha força.

— Quero dizer... você é o que ele quer. Ele se casou com você, não foi?

— Sim. — Ela dá de ombros. — Mas é claro que casamento não mantém a mesma conotação que eu pensava que tinha.

— Tinha?

Ela não responde, mas ouço seu suspiro. Então, sem nenhuma explicação, eu me inclino e tiro a garrafa de suas mãos, colocando-a ao lado da minha.

— Vamos lá — eu digo, me levantando.

— O quê?

Estendo a mão, esperando ansiosamente que ela a pegue. E por que não pegaria? *Um homem estranho, sob a influência do álcool, lhe dizendo para segui-lo, sem nenhuma explicação, tarde da noite?* Parece legítimo.

Mas, com esses olhos cristalinos fixos em minha expressão séria, ela lentamente coloca a mão na minha. Ela está confiando em mim sem questionar, embora eu nada tenha feito para merecer tal presente. Mas, como o bastardo egoísta que sou, topo a parada, puxando-a até ficar de pé. Meus dedos impulsivamente se entrelaçam com os dela, causando uma mistura contraditória de alerta e conforto que surge em minhas veias. Olho para baixo, para nossas mãos juntas, enquanto nos afastamos.

— Vem comigo — eu digo, levando-a para a pequena casa de hóspedes.

Estou quebrando outra das minhas regras: *Nunca leve uma dona de casa para casa.*

— Acho que eu não deveria estar aqui — diz Ally, mas caminha para dentro, me acompanhando.

Eu sei o que ela vê: paredes brancas, nuas, sem fotos, sem toques pessoais. Nada que mostre quem eu realmente sou.

— Há quanto tempo você mora aqui?

— Aproximadamente oito anos — respondo, observando-a enquanto ela tenta esconder sua reação.

— Nossa. É tão... limpo. — Ela abre um sorriso simpático antes de olhar para o chão.

Eu franzo a testa. Sei o que ela realmente quer dizer: frio e sem vida. E o fato de que ela sinta a necessidade de sentir pena de mim, como se eu fosse inferior a ela, me irrita. E eu aqui pensando que compartilhávamos uma história comum — que ambos éramos almas incompreendidas neste mundo de falsos e hipócritas —, quando, na realidade, ela é um *deles*. Tem sido o tempo todo. E foi uma burrice do cacete da minha parte ter pensado o contrário.

Estou prestes a lhe dizer para ir para a puta que pariu e levar aqueles olhos tristes, quando, de repente, ela olha para mim com um sorriso verdadeiramente caloroso em seus lábios.

— Não diga a ninguém — diz ela com uma risada. — Mas eu sou tipo, desleixada. Sério. Limpeza não é o meu forte. Acho que eu poderia aprender uma coisa ou duas com você.

Alivio minha irritação em uma respiração profunda e viro-me em direção à cozinha para esconder o meu sorriso. Merda. Por que diabos estou sorrindo como o maldito gato *Cheshire*? E por que acho a sua confissão charmosa? Como se o fato de ela ser bagunceira faça com que ela seja o quê? *Real*?

Sem uma palavra, vou até o freezer, pego uma embalagem e a coloco em cima do balcão de mármore. Allison olha para o recipiente, e depois para mim e, por um momento, juro que vejo uma piscina de lágrimas em seus olhos antes de ela rapidamente piscar.

— Você me comprou sorvete? — ela sussurra com a voz tensa.

Dou de ombros, embora ela não possa me ver, porque ainda se recusa a encontrar o meu olhar.

— Você não estava feliz com a variedade na cozinha, então... — Dou de ombros novamente.

Finalmente, ela levanta a cabeça e me olha, e seu rosto está tão resplandecente que chega a ser quase ofuscante.

— Obrigada.

Seu sorriso de agradecimento e o peso dessa palavra me atingem com um impacto enorme, trazendo-me de volta à realidade.

— Bem, nós tentamos fornecer a todas as coisas boas que vocês têm em casa. Isso não inclui sorvete sabor cocô de bebê. — Viro-me para pegar uma tigela e uma colher antes de abrir o pote e apanhar pedaços de menta e de chocolate.

— Ainda bem. Então... obrigada — ela responde, comprando minha desculpa de merda. Porque isso é exatamente o que é: uma desculpa de merda. O que eu poderia e *deveria* ter feito era abandonar o sorvete na cozinha e deixar que os funcionários a servissem quando ela estivesse desejando açúcar congelado. Mas não... Eu tinha que complicar tudo ao trazê-la para a minha casa, me dando a oportunidade de satisfazer sua necessidade, mesmo sendo uma coisa tão simples.

Ela tinha necessidade de mim. E não por sexo ou conselhos de relacionamento para aplicar ao seu casamento. Mas para um maldito sorvete.

Entrego-lhe a tigela e a espero comer. Ela olha para mim com a mesma expressão de expectativa.

— E então? — pergunto, impaciente.

Ela enruga a testa e contorce o nariz, trazendo suas sardas à vida.

— O quê? Você não vai querer um pouco?

Balanço a cabeça.

— É seu.

Ally senta numa cadeira e pega uma colherada, colocando-a na boca. Suas pálpebras tremem quase de êxtase e um som absolutamente orgástico sai de seu peito.

— Ai, meu Deus.

— Bom? — Estou sorrindo, mas só porque ela não pode me ver, já que está totalmente envolvida em um casulo cremoso de menta e chocolate.

— Incrível — ela responde com outra colherada na boca. Quando finalmente abre os olhos, um profundo rubor pinta suas bochechas como se ela tivesse acabado de se lembrar da minha presença.

— Obrigada por isso. Tem certeza de que não quer um pouco?

— É todo seu.

Ally come mais um pouco e abaixa a colher, apoiando um cotovelo sobre o balcão e colocando o queixo na mão.

— Se você só pudesse comer um sabor de sorvete pelo resto da sua vida, escolheria chocolate com nozes ou com menta?

— Como? — Sento-me no banquinho à sua frente, levantando as sobrancelhas em confusão.

— Apenas uma brincadeira minha. Chocolate com nozes ou chocolate com menta? — Ela sorri animadamente, voltando a comer o sorvete.

Não faço a menor ideia do que fazer com essa garota. Primeiro, ela me chama de babaca, e agora ela está me perguntando sobre sabores de sorvete? Franzo a testa em confusão.

— Por favor? — ela diz quase sussurrando. — Eu não tenho uma conversa normal sobre algo que não seja sapatos ou bolsas, ou quem nossos maridos poderiam estar comendo há dias. Eu só preciso esquecer. Só por um tempinho.

Assinto e solto um suspiro, meu peito de repente cheio de alguma emoção desconhecida e sem nome. Simpatia? Sim. Mas é outra coisa também. E não tem nada a ver com sentir pena dela.

— Bem, é que eu nunca comi um de chocolate com menta e me lembro vagamente de ter experimentando o de nozes quando era criança, teria, então, que escolher esse sabor — respondo encolhendo os ombros.

Os olhos de Ally se arregalam em choque brincalhão.

— Você nunca experimentou sorvete de chocolate com menta?

Balanço a cabeça.

— Não.

— Então você não viveu ainda! — Ela escava uma pequena porção e me oferece um pouco, a colher a meros centímetros dos meus lábios. — Vá em frente, experimente.

Ok, eu tenho duas escolhas. Número 1: eu me recuso a jogar o seu joguinho e a chuto para fora da minha casa, ofendendo-a e demolindo qualquer pingo de confiança que ela tenha em mim. Ou número 2: deixo que ela inocentemente me alimente com uma colher de sorvete, me obrigando a ver o ato pelo que ele é realmente, uma espécie de gesto gentil e platônico entre dois adultos.

Tá bom.

Inclino-me para frente para que a ponta fria da colher apenas roce meu lábio inferior. Ally lentamente a empurra para dentro, me provocando a abrir a boca ainda mais, e minha língua projeta-se reflexivamente para saborear as primeiras gotas doces de chocolate. Envolvo os lábios em volta do monte de chocolate com menta e lambo a colher, deixando escapar sons eróticos de concordância.

— Ótimo, né? — Ally sorri, balançando a cabeça.

— Sim, bom pra cacete. — Solto um meio gemido, contra o meu melhor julgamento. Mas é tarde demais. Allison Elliott-Carr enfraqueceu minhas defesas com apenas uma colher de sorvete.

— Eu te disse! Sorvete é a resposta para tudo. É a cura para todas as doenças do mundo.

Rio alto enquanto ela me alimenta com outra porção, a qual eu devoro avidamente.

— Você deve ter razão, Ally.

— Eu poderia passar o resto da minha vida comendo apenas isso e nada mais. — Ela coloca outra porção na boca com a mesma colher que eu acabei de usar. — Ainda não consigo acreditar que você nunca tinha experimentado isso.

Dou de ombros, me sentindo imediatamente um idiota, porque dei de ombros pelo menos uma meia dúzia de vezes esta noite. Mas há algo sobre Ally que me deixa... inseguro. Talvez um pouco espantado. Ela é diferente de qualquer cliente que eu já trabalhei e o oposto total de qualquer mulher que já me atraiu. Mas há algo sobre ela, alguma coisa tão genuína e inesperada que me deixa quase encantado. Talvez ela seja o enigma que eu não consigo solucionar. Ou talvez ela seja tão perfeita e imperfeita que acaba sendo cativante. Seja o que for, me pegou. Por mais fodido que seja, me pegou.

É por isso que não me surpreende quando me vejo dizendo:

— Teve um monte de coisas que eu não cheguei a ter enquanto crescia. E, quando fiquei mais velho, acabei me acostumado a ficar sem.

Ally deixa cair a colher e olha para mim com aqueles olhos enormes, compaixão escorrendo na piscina azul-turquesa.

— Eu sinto muito — ela sussurra.

Aceno e balanço a cabeça.

— Não sinta.

— Sério. Sinto muito. Eu não deveria ter assumido que você fosse, que você é...

E tudo volta para mim.

A verdadeira razão pela qual eu mantenho todos a uma distância segura. As suposições, a simpatia. Esta merda bem aqui. Neste momento, Ally acha que me conhece. Porra, ela provavelmente pensa que é melhor do que eu. E, por mais que seu coração sangrando possa não querer, ela tem pena de mim.

Que estupidez a minha pensar que eu poderia ser visto como mais do que apenas um caso de caridade. Eu sou apenas a ajuda contratada, disponível para ser comprado e vendido como um criado.

— Você terminou? — pergunto secamente, acenando para a tigela quase vazia.

— O quê? Ahhhh, eu não queria dizer isso, se eu...

Agarro a tigela da frente dela e a jogo na pia. O barulho da porcelana e do metal ecoam por todo o ambiente. Olho para Allison assim que ela se encolhe, os lábios vermelhos entreabertos e assustados.

— Já é tarde, Sra. Carr. Acho que você devia voltar para o seu quarto.

Sem argumento, ela se vira e rapidamente caminha em direção à porta, o fogo a acompanhando como uma triste estrela cadente. Ela faz uma pausa rápida no batente da porta, mas não olha para trás, sua chama se tornando apenas um borrão distante de vermelho, enquanto sussurra um "Eu sinto muito", que é carregado pela brisa do agradável verão.

SEDUÇÃO

— Na semana passada, eu ensinei como explorar seus melhores recursos. Mostrei como fazer seus homens implorarem emocionalmente, tanto quanto fisicamente. Ensinei até a acariciar seu ego frágil. Essa foi a primeira fase do nosso programa, e, se vocês sentem que estão no limiar de sua tolerância sexual, sugiro que saiam agora. Porque, a partir de agora, é hora de aumentar a dose.

Ando até uma das donas de casa na primeira fila e a ajudo a se levantar. Eu nem sequer olho para o rosto dela enquanto minhas mãos encontram os grampos que enrolam seus cabelos, liberando-os rapidamente em uma cascata loira dourada. Em seguida, meus dedos traçam a curva de suas orelhas, descendo até a mandíbula, chegando ao colar de pérolas que beija sua clavícula.

— Isso faz você se sentir desconfortável? — pergunto, perto o suficiente para que meus lábios raspem em sua orelha.

— Não — ela guincha.

Ela está mentindo. A porra da mentira é tudo o que elas parecem dominar. Ótimo. Hora de pegá-la em seu blefe. Abro um sorriso diabólico, e meus dedos encontram os primeiros botões da blusa dela. Seus olhos verdes se arregalam quando desabotoo o primeiro, revelando mais de sua pele lisa.

— E agora? Isso te faz se sentir desconfortável?

— Não — ela responde, combinando com meu tom rouco de voz. Seus olhos se fecham, e ela libera um gemido do fundo da garganta esbelta.

— Qual é o seu nome? — pergunto, desfazendo o segundo botão. Ela arfa à medida que a blusa se abre, revelando o topo dos seios.

— Shayla. Shayla Adkins — ela responde, ofegante. Claro, eu já sabia disso. *Shayla Dawn Adkins*, casada com George Adkins Jr., herdeiro de um popular programa de perda de peso que a maioria dessas mulheres ama. O marido dela, carinhosamente conhecido como Georgie, também é gay. E a deixou comigo com a intenção de sair para umas férias prolongadas com seu melhor amigo/personal trainer, Arturo. Nem será preciso dizer que não há nada que eu possa ensinar a Shayla que vá fazer com que seu marido a deseje, a menos que ela faça uma viagem para a Tailândia e troque o nome para Sherman. E a parte triste é que ela não faz a menor ideia disso. Ela acredita nas mentiras com as quais ele a alimenta, dizendo que está muito estressado no trabalho para fazer amor com ela. Ela ainda se sente orgulhosa da dedicação dele por passar incontáveis horas "treinando" na academia. Pobre menina... É tão ingênua como um carneirinho num covil de lobos.

— Shayla. — Dou um passo mais para perto, nossos corpos se encontrando, seu calor se fundindo com o meu. Ela prende a respiração.

— Shayla, você quer que eu pare?

— Não.

— Ótimo.

O silêncio nos rodeia, e nem mesmo os sons de respirações causadas pela excitação sexual ou o barulho distante de pratos da cozinha podem ser ouvidos. Apenas o farfalhar mudo de tecido, deslizando outro botão marfim, preenchendo o espaço, juntamente com a respiração ofegante e suave de Shayla.

Meu dedo indicador passa sobre o fecho frontal do sutiã de renda branco de Shayla, e ela para de respirar completamente. Passeio os dedos sobre o tecido delicado, brincando com ela, fazendo-a sofrer pelo que vem a seguir. Ela levanta a cabeça e olha para mim através dos longos cílios, implorando com aqueles olhos azuis. Há quanto tempo um homem não a toca? Quanto tempo se passou desde que ela se sentiu desejada?

— Sedução — sussurro, e sinto-a tremer sob o meu toque. Abro a blusa um pouco mais, expondo sua lingerie decente. Um assovio desliza por entre seus dentes quando eu passo uma mão em seu peito nu.

— Está na forma como seus quadris se movem quando você anda. O tom leve e ofegante de sua voz. Na forma como seu cabelo sussurra quando ondula em sua pele. No jeito que você está olhando para mim através de seus cílios, agora, com os olhos sombrios e fumegantes. — Eu mal acaricio a concha do sutiã e ela estremece, mordendo o lábio inferior. — Sedução, Shayla. Eu vou ensiná-la a me seduzir, assim como eu a seduzi.

Na próxima inspiração, estou centímetros longe dela, mas meus olhos ainda estão parados em seu sutiã de renda branco angelical.

— Seu sutiã é bonito. Prático. Mas não é sedutor.

Olho ao redor da sala, abordando todas as senhoras.

— E eu posso apostar que cada uma de vocês está vestindo algo semelhante. É por isso que todas têm uma missão. Para que possam ser sedutoras, vocês precisam ser confiantes. E isso é algo que não pode ser ensinado. Isso precisa vir de dentro. Então, para o exercício de hoje, vamos fazer algo um pouco diferente. Vocês vão voltar para seus quartos e se transformar em algo um pouco mais... sedutor. Vocês verão que a suíte de vocês foi abastecida com lingerie da loja *Agent Provocateur*, e não tem nada nelas que seja sensível ou prático. Quero sexy, senhoras. Dona de casa combinada com puta. Vendam isso. Me façam acreditar. Conquistem isso.

— Você quer que a gente ande por aí só de lingerie? — pergunta a matrona Maryanne Carrington, puxando seu cardigã fechado.

— Não agora. Mas, hoje, vocês vão desfilar na minha frente. Ao final do curso, vocês estarão confortáveis o suficiente para andarem por aí praticamente nuas na Rodeo Drive enquanto bebem um *latte*.

Murmúrios horrorizados ressoam ao redor da sala, mas apenas uma voz tem a coragem de falar.

— Você não acha que é um pouco desnecessário? Viemos aqui para melhorarmos nosso casamento e nossa vida sexual. Não para abandonarmos a nossa moral e nos tornarmos suas garotas de programa particulares.

Entorpecido, volto meu olhar para a expressão rígida de Allison, a luz em seus olhos obscurecida pelo aborrecimento. É a primeira vez que eu me deixo olhar para ela desde a semana passada. Desde o dia em que a expulsei da minha casa com estrelas cadentes se afogando em seus olhos.

— Como eu disse antes, Sra. Carr, se você acha meus ensinamentos muito ousados, se acha que não precisa deste curso, pode ir embora.

Ally estreita os olhos em finas linhas ainda não dizendo uma palavra, torcendo as mãos no lugar. Levanto uma sobrancelha, desafiando-a a correr para fora da casa e da minha vida para sempre, restaurando a despreocupação de não-ligo-pra-porra-nenhuma que eu tenho cultivado por quase trinta anos. A indiferença sempre foi a minha rede de segurança. E agora... agora eu estou lutando apenas para segurá-la.

Você rejeita as pessoas antes que elas tenham chance de rejeitá-lo.

Minha cabeça se move até Allison, como se ela tivesse murmurado exatamente essas palavras para si mesma. Sei que é apenas a minha consciência brincando comigo. Meu Grilo Falante tem um senso de humor distorcido.

— Então... como é que isto deveria funcionar? — Shayla pergunta, seu rosto ainda corado e os botões superiores desfeitos.

— Daqui a meia hora, alguém da minha equipe irá buscá-las, uma por uma, e em seguida levá-las para uma sala isolada. A partir daí, teremos uma sessão privada. Quero avaliar tanto os seus pontos fortes quanto os fracos para que eu possa determinar a melhor maneira de, pessoalmente, aconselhar vocês. Então, senhoras, se vocês seguirem por ali... — Estendo a mão para o corredor que leva à escada. O pessoal já está pronto. Depois que o último rosto relutante desaparece de vista, faço o caminho mais curto para a cozinha.

— Um pouco cedo para uma bebida, não é, J.D.? Me deixa adivinhar: Dia da Lingerie.

Assinto para Riku antes de virar a cerveja, quase bebendo tudo em apenas alguns goles. Abro a geladeira e pego mais duas, entregando uma a ele. Um pouco de cerveja no meio da manhã não machuca ninguém.

— Já são cinco horas em algum lugar do mundo.

Riku abre a garrafa, toma um gole e fala:

— Espere um minuto. Você não costuma fazer isso por volta da terceira semana?

Tomo outro grande gole. Puta que pariu. Eu vou ficar bêbado se não comer alguma coisa.

— Sim. Mas essas mulheres precisam levar um choque. Elas estão muito confortáveis. Eu preciso apertar um pouco e ver se elas realmente resistem.

Riku dá de ombros.

— Você é o chefe. Mas não se surpreenda se uma daquelas garotas ficar um pouco fogosa demais e terminar te agarrando e te apalpando.

Viro-me para a geladeira e fico procurando por um lanche para esconder a minha expressão. Se Riku soubesse como ele está certo...

Alguém já me impressionou. E agora é fisicamente impossível voltar, limpar minha merda e ir embora.

Coloco algumas uvas na boca para não falar a verdade amarga. Acabo minha cerveja e me preparo para dar a essas mulheres o que o suado dinheiro dos maridos delas pagou.

— Traga a próxima.

Limpo a testa com um lenço e respiro calmante. Até o momento, cinco senhoras foram trazidas para mim, todas tremendo como folhas em seus saltos de quinze centímetros. Mas elas vieram. Não importa o quão relutante possa ter sido, elas vieram de bom grado.

Minutos se passam antes de eu ouvir os sons reveladores de saltos batendo em madeira. Eles ficam mais altos, ecoando na minha cabeça, imitando os sons de uma bomba-relógio. Eu sei que é inevitável, já fiz isso centenas de vezes. Estou quase imune à vista de renda escassa esticada sobre os redondos seios fartos. Já vi mais do que a minha cota de bundas vestidas em fio-dental. E toda boceta parece ser boa, se beijada e acariciada por seda amanteigada e macia.

Ainda assim, nenhuma das minhas experiências poderia ter me preparado para a visão que estava na porta no instante seguinte.

Allison entra na sala apenas o suficiente para Diane fechar a porta atrás dela. Ela hesita, mas está tentando pra cacete manter a calma e ser indiferente por estar seminua na minha frente. Fico sentado, optando por permanecer na minha zona segura. Levantar só faria maior a vontade de rasgar aquele maldito robe de cetim de seus ombros.

— Então? — ela pergunta, levantando uma sobrancelha.

— Então.

— Então... eu estou aqui. Agora o quê?

Eu coço o queixo, considerando meu próximo passo.

Ela é exatamente como todas as outras. Não é nada especial. Apenas um salário.

Cantarolo na minha cabeça uma vez após a outra até que se torne real. Ou pelo menos crível.

Você é cheio de conversinha de merda. Ela é mais do que isso e você sabe. E você odeia isso.

— Tire o seu robe — digo bruscamente, tentando calar as vozes na minha cabeça.

Allison hesita, ainda montada no muro imaginário entre a porta e o espaço real da sala. Ela puxa o robe em volta dela mais apertado, o cetim revelando a curva de seus quadris. Minha boca saliva.

— Eu não posso te ajudar se você não deixar, Ally. — Minha voz é mais suave do que deveria. Provavelmente, mais suave do que ela merece. — Tire o robe... por favor.

Ela não luta contra, embora eu saiba que ela quer. Em vez disso, ela respira fundo e fecha os olhos. Então, lentamente, quase meticulosamente, começa a soltar o tecido apertado.

Sardas marrons iluminadas decoram a parte superior de seu busto e ombros. O contraste entre esses pequenos chuviscos contra sua pele leitosa e o cabelo escarlate sobre seus ombros me faz lembrar de um cupcake vermelho. Eu lambo os lábios, cheio de desejo de me deleitar em sua doçura cada vez mais forte e mais ardente.

Quando o robe desliza sobre o corpete de seu corset, minha cabeça e membros tornam-se desarticulados, e todo o meu senso de controle começa a escapar. Sinto minhas pernas doerem por terem que permanecer no lugar, e as mãos ardendo para tocá-la, para tatear o mosaico de sardas privilegiadas por viver em sua pele cremosa.

Allison baixa o olhar quando o cetim descobre mais da renda que aperta seus seios e cintura, como se ela estivesse se vendo pela primeira vez. Com os olhos arregalados de espanto, é como se ela estivesse experimentando essa experiência junto comigo, surpresa com sua própria força de vontade.

O robe cai no chão, desembainhando a personificação do paraíso em saltos. Seu sutiã de renda e calcinha são brancos como a neve, adornados com detalhes em rosa pink ao redor dos bojos de seus seios atrevidos. Meias brancas unidas por uma cinta-liga cobrem as longas pernas tonificadas.

Ela é um anjo. Meu anjo com um adorno de fogo.

Contra as paredes nuas e o mobiliário esparso, ela parece fora de lugar. Uma mulher como ela deve ser cercada por beleza, imersa em todas as coisas suaves e gentis, e não lançada nas trevas do desejo contaminado.

Nossos olhos se encontram, e nossas bocas se abrem, mas nenhuma palavra é dita. Não há palavras. Apenas um atrito indefinível preenchendo este espaço, a eletricidade tão densa que até mesmo a superfície da sua pele parece brilhar. Ela está efervescente.

— Caminhe até mim — eu ordeno.

Allison dá alguns passos vacilantes na minha direção antes de eu levantar a mão e pedi-la para parar.

— Pare.

Dor e confusão passam por seu rosto.

— O quê?

— Não ande como se estivesse dando seus últimos passos no corredor da morte. Aumente o balanço dos quadris, rebole para mim. Vê como os saltos alongam suas pernas e esculpem as panturrilhas? Me dê tempo para apreciar isso. Ok? Agora, tente novamente.

Ela revira os olhos antes de uma determinação de aço se instalar neles. Com a cabeça erguida, ela dá lentamente um passo à minha frente, e algo quente desce em meu estômago, deixando um rastro ardente de desejo pela minha espinha. Outro passo pecador, aqueles olhos presos em mim como um franco-atirador sedutor, o calor se irradia e circula no meu colo. No terceiro passo, seus quadris estão brincando de esconde-esconde debaixo da sua calcinha de renda com babados, e sinto que minhas calças vão explodir em chamas, fazendo-me pular em pé e rapidamente dar passos largos em sua direção.

Eu sei que Allison pode ler o desespero e a urgência em meus olhos famintos. Sei que ela percebe como a minha mão treme enquanto me aproximo e dobro uma mecha de seu cabelo vermelho atrás da orelha. No entanto, nenhum comentário espirituoso ou piada sarcástica escapa dela. Em vez disso, ela morde o lábio inferior e gentilmente o prende entre seus dentes. Sem sequer pensar, corro devagar o polegar ao longo de sua boca, persuadindo seu lábio torturado. Ally o libera, e, com ele ainda brilhante e reluzente, meu polegar trilha sua boca mais uma vez.

Não há nada entre nós, além de ar agora; oportunidade e obrigações esquecidas. Eu não me importo com isso. Com uma mão apoiando suas costas e a outra traçando seus lábios, todas as regras e limites simplesmente somem.

Para o inferno com as consequências.

Fecho os olhos, porque tocar nela e vê-la é demais para suportar.

— O que diabos você está fazendo comigo? — eu sussurro.

Não esperava que ela respondesse, ou até mesmo que me ouvisse. Mas quero que ela ouça. Eu preciso que ela responda.

O anjo cai por terra em meu próprio reino pessoal de luxúria, de hedonismo e vergonha. Com os olhos da cor do oceano e seu halo de fogo que queima tão brilhante quanto o sol do deserto, ela responde. E mesmo sendo cruas e manchadas por este belo inferno, suas palavras dão vida às mais escuras e solitárias partes de mim.

— Exatamente o que você me ensinou.

Realidade me banha, me estrangulando em uma piscina gelada de consciência.

Estou tocando a esposa de outro homem.

Eu quase beijei a esposa de outro homem.

Quero transar com a mulher de outro homem.

Pensar — deixar isso se prolongar nas bordas da minha consciência — é uma coisa. Mas admitir? Perceber o quanto dói não estar perto dela? Antecipar cada olhar e suspirar quando ela se dirige à minha própria existência?

Isso é loucura.

Dou um passo para longe dela e me mantenho afastado até que eu esteja na porta. E mesmo que eu veja como a dor escurece a luz em seus olhos, sei que tenho que sair. Porque, se eu não fizer isso, vou acabar fazendo coisas que vão contra tudo aquilo que afirmei.

DISTRAÇÃO

Tons de rosa mancham o céu sem nuvens enquanto o sol afunda nas profundezas escuras do horizonte. Assisto a isso com admiração, quase esmagado pela beleza.

As pessoas veem o deserto como um lugar sem vida, seco e desolado.

Eu vejo paz, tranquilidade e liberdade.

Ouço sua aproximação, mas não me movo, ainda olhando enquanto o rosa desaparece no mais escuro dos azuis, permitindo que as estrelas ressurjam e brilhem. Eu as imagino cintilantes em seus olhos azul-petróleo enquanto ela sorri. Só estou com muito medo de olhar para ela.

O barulho de suas sandálias para na espreguiçadeira ao meu lado, e ela inspira antes de se sentar. Nós não falamos.

Nós não temos o que falar. As estrelas falam por nós.

— O que você tanto olha lá em cima? — ela sussurra após vários minutos.

Estamos banhados pela escuridão agora, exceto pela luz fraca que vem da casa principal.

— O espaço.

Ally ri.

— Uau. Uma observação tão profunda, Sr. Drake.

Viro a cabeça bem a tempo de vê-la jogar sua cabeça para trás e rir, o som tão puro e inesperado que me vejo sorrindo junto.

— Não o espaço, espaço. Não como a "fronteira final" ou alguma besteira assim. Mas o espaço, um espaço para respirar. Para crescer. Para sonhar.

— Hummmm. — O som é rouco e erótico pra cacete. — Poético.

É poético para mim e me arrependo instantaneamente das minhas palavras. Parece que não posso parar o vômito de palavras quando estou com ela. Há alguma coisa em Ally que me distrai o suficiente para me esquecer de mim mesmo, me distraindo como o canto de uma sereia. Eu só quero dizer tudo a ela...

Talvez nós tenhamos sido amigos em uma vida passada. Ou amantes.

— Por que você me deixou esta tarde? — ela finalmente pergunta.

Eu sabia que essa pergunta viria, no entanto, as palavras me fazem sentir como se eu ouvisse unhas arranhando um quadro-negro.

— Eu precisei.

— Por quê?

Dou de ombros.

— Eu estava distraído. E quando estou distraído, não posso fazer o meu trabalho.

Ela franze a testa e se vira para o lado, seu rosto completamente de frente para mim.

— Você estava distraído por minha causa?

— Sim.

Ela resmunga uma resposta, mas não pressiona mais. Em vez disso, pula em pé, suas sandálias batendo contra o piso.

— Ei, você está com fome?

— Com fome?

— Sim. Você não estava no jantar. Imaginei que pudesse estar com fome.

Balanço a cabeça. Compartilhar uma cerveja ou uma taça de sorvete é uma coisa, mas partir o pão com uma mulher seria pedir para ter problemas. Sou bem calejado nesse departamento; isso te ferra por completo.

— Eu estou bem.

Ally dá um passo à frente, perto o suficiente para eu ver as formas florais de seu vestido de verão a partir do canto do olho.

— Você jantou?

— Não. — Eu a espio a tempo de vê-la revirar os olhos.

— Bem, *eu* quero comer alguma coisa. E você não vai me fazer comer sozinha, não é? — Ela bate os cílios castanho-escuros, e seus olhos se tornam tão grandes e redondos quanto a lua.

— E o seu sorvete? — Não digo a ela que eu já acabei com aquele pote e tive que mandar comprar mais.

— Não... Eu preciso de comida de *verdade*. Estou com fome.

— Como você está com fome? Não jantou há algumas horas? — Deixo meu olhar passar por ela, perguntando para onde diabos ela manda todas aquelas taças diárias de sorvete. Para os padrões da sociedade, Allison seria considerada magra, talvez até discreta. Seus seios não são naturalmente grandes ou inflados com montes de silicone. Sua bunda é empinada e pequena, no tamanho certo para caber em minhas mãos. E seus quadris são estreitos, mas bem torneados e femininos.

Allison é uma mulher real. Ela não é bombeada de enchimento ou toda repuxada a tal ponto de não conseguir respirar. Ela está bem com seu corpo, e isso me deixa ainda mais intrigado por ela, e confuso com suas razões para estar aqui. Mulheres confiantes como ela não deviam dar a mínima para as escravas sexuais que se diminuem para combinar com merdinhas como Evan Carr.

— Sim. E, embora o robalo chileno grelhado e o caldo de carne japonês estivessem ótimos, não foram o suficiente. É algo frio e vago. Sem coração. Sem alma.

Dou um sorriso fraco e uma respiração profunda enquanto me levanto, resignado. E contra o meu melhor julgamento e bom senso dado por Deus, ofereço a ela o meu braço.

— Vou me assegurar de dizer isso ao meu *chef* altamente remunerado e vencedor da estrela Michelin.

— Oh, Deus! Por favor, não faça isso! — Allison laça seu braço no meu, sem provocação, como se o ato fosse completamente inocente. Como se eu não tivesse quase provado seus lábios esta tarde.

— Não? Eu não devo demiti-lo por servir uma comida fria e sem alma? Ou talvez eu deva nomear o meu sous chef Riku como novo chef. Ele é um bom garoto. Vai se dar bem, eventualmente — digo enquanto passeamos em direção à casa principal.

— Não, não deve. Isso faria de você um completo idiota. E eu estou gostando bastante de você assim, mais suave, menos babaca.

Viro-me para ela, com os olhos arregalados em mortificação simulada.

— Menos babaca?

— Não! Não, não foi o que eu quis dizer! Quer dizer, não a parte de deixar de ser um babaca. Não! Você sem a parte do babaca! — Ally cobre o rosto, que está rapidamente avermelhando, e com a outra mão balança a cabeça. — Oh, meu Deus, sou incorrigível. Corte minha língua agora antes que eu faça de mim uma idiota ainda maior.

— Você é estranhamente fascinada por babacas, Ally. Freud teria uma ótima experiência com você. — Solto uma risada, lágrimas se formando em meus olhos. Puxo sua mão para longe do rosto e ela rapidamente se vira. Mas não antes de eu notar um sorriso brilhante e o som de sua gargalhada. Ela tem uma dessas gargalhadas que te fazem rir. Não é doce ou delicada. É uma gargalhada alta e rouca. O tipo que, por vezes, vem acompanhada de um ronco. Rio ainda mais e balanço a cabeça em descrença. Pois é. Até mesmo os roncos dela são adoráveis.

Pronto, fodeu. Estou até usando palavras como adorável.

Nosso riso vai diminuindo gradativamente enquanto andamos para a casa, e, silenciosamente, vamos para a cozinha.

— Espero que não tenhamos problemas por estarmos aqui depois do horário — sussurra Ally, seu braço ainda entrelaçado ao meu. Acendo as luzes da cozinha e dou de ombros.

— Espero que não. Ouvi dizer o chefe é um babaca.

Ela ri e olha para mim, os olhos iluminados com admiração. Meu olhar se fixa no dela, e sorrio para a mulher à minha frente como se ela fosse minha.

Agora que estamos aqui, sozinhos, as lâmpadas iluminando um sorriso corrompido que não tenho direito de possuir, meu idiota e preguiçoso Grilo Falante decide intervir. Eu rapidamente desenlaço meu braço do conforto quente do dela e me apoio contra a mesa. Ally não percebe, pelo menos ela não demonstra, enquanto começa a vasculhar a geladeira de aço inox.

— Qualquer coisa em especial que você queira? Você sabe... que não seja incrivelmente pretensioso ou que necessite de um tradutor de dialeto para pronunciar? — ela pergunta, com a cabeça ainda na geladeira. Ela pega alguma coisa e traz até o nariz, então faz uma careta e a coloca de volta. Disfarço uma risada abafada.

Jesus. *Gargalhando*. O que eu sou agora? Um idiota cujas bolas ainda não caíram? Apalpo as minhas só para ter certeza de que meus meninos ainda estão intactos.

— Qualquer coisa que você quiser.

Ally surge, segurando uma fatia embrulhada de brie e um pedaço de queijo espanhol manchego, como se tivesse tirado a sorte grande.

— Bem, não vai ser gourmet, mas aposto que eu poderia fazer um pouco de queijo grelhado bom à beça. Agora, quais são as chances de encontrarmos pão branco para um sanduíche?

Faço uma careta e balanço a cabeça.

— Provavelmente nenhuma.

— É. O seu pão sem alma metido a chique terá que servir. — Ela pisca. E a sensação pesada e quente de mais cedo se desenrola mais uma vez.

— Quem chutaria o traseiro de quem em uma luta: Homem de Ferro ou Batman?

Ally arranca um pedaço do sanduíche de queijo grelhado e enfia na boca. Nós dois estamos sentados em banquinhos à mesa, com um festival de queijos e pão focaccia grelhados, uvas verdes e vinho tinto à nossa frente. Ally se senta na minha frente, arrancando algumas uvas para fazer uma cara feliz no sanduiche em cima da mesa de metal.

Engulo uma mordida e bebo um gole de vinho.

— Por que Homem de Ferro e Batman são minhas únicas opções? Por que não posso escolher o Super-Homem? Ou o Homem Aranha?

— Não — diz ela, balançando a cabeça. — Você só tem duas opções. Homem de Ferro ou Batman. E sério? Homem Aranha? Que vergonha.

Dou uma mordida do sanduíche e considero minha resposta.

— Tudo bem. Acho que vou de Homem de Ferro.

— Por que ele? — Ela termina sua imagem de cara feliz e depois come o olho esquerdo do pobre desenho.

— Bem, ele tem o traje.

— Batman também tem um traje!

— E ele pode voar.

— Batman também pode voar!

— Mas Batman só pode se balançar em cordas elásticas. Ele pode cair. E cai pra caralho.

Ally faz uma carranca.

— Ele não cai muito. Ele *desliza* no planador. E é bom pra cacete.

— Com uma roupa de borracha? — Dou uma risada maliciosa. — Como se isso fosse muito mais impenetrável do que uma armadura cristalizada.

— Besteira. O Homem de Ferro só é bom porque ele tem o Jarvis. Eles deveriam simplesmente mudar o nome da franquia para Homem Jarvis porque o computador faz todo o trabalho.

— Homem Jarvis? — Levanto uma sobrancelha.

— Você sabe que eu quero dizer. Ou Jarvis e o idiota de Ferro. Eles fariam uma boa equipe.

Nós compartilhamos uma risada fácil e tomamos goles das nossas taças. É assim que as coisas parecem ser entre nós — fáceis.

Descomplicadas, sem expectativas ou formalidades. Somos apenas duas pessoas que compartilham um amor mútuo por queijo grelhado e super-heróis.

— Por que apenas duas opções? — eu pergunto enquanto encho as nossas taças.

— O quê?

— Quando você me pergunta sobre esses dados preciosos de informação inútil e aleatória, sempre usa somente duas opções. Chocolate com nozes ou chocolate com menta. Batman ou o idiota de Ferro.

— Eu não sei. — Ally dá de ombros e pega um pedaço de pão. — Acho que para mim a vida é apenas uma série de escolhas. Nós tentamos sempre fazer as melhores, mas, na verdade, estamos apenas nos contentando com o menor de dois males. Ou, pelo menos, tentando nos contentar.

Ela olha para mim e um sorriso triste toca seus lábios. Não sei como lidar com isso, então eu apenas baixo o olhar. *Covarde*.

— Isso é o que você sente que tem feito? Se acomodado com o menor de dois males? — Não acrescento mais nada, mas ela sabe do que eu estou falando.

— Honestamente? Acho que nem sempre a escolha foi realmente minha.

Sei que deveria simplesmente deixar por isso mesmo, permitindo suas palavras flutuarem para outra simples conversa. Mas, é claro, eu me vejo precisando aprofundar a reflexão dessas águas azul-turquesa.

— Por que você diz isso?

— Há coisas que são esperadas de mim. Coisas que somente posso fornecer me casando com alguém de uma família influente e representá-los perante a sociedade. — Ela se vira para mim, me prendendo com essas assombradas íris de oceano. — Nós somos todas simplesmente troféus. Troféus brilhantes, de plástico e inúteis. Excitantes, no início, mas não temos um verdadeiro propósito que não seja nos certificarmos de que a outra pessoa tenha grandes realizações.

Inclino a cabeça para o lado, meus olhos voltados para qualquer coisa além dela e daqueles olhos tristes.

— Uma diversão, algo bonito para se distrair da verdadeira perturbação apodrecida logo abaixo da superfície.

Ela assente, mas pergunta:

— É assim que você me vê?

Levanto o olhar para o dela e encontro sua expressão preenchida por uma curiosidade genuína, não raiva ou mágoa. Balanço a cabeça.

— Não. Você não.

— Eu tinha sonhos, sabe? Objetivos. — Ela sorri, mas olha para baixo, escondendo seu brilho.

— Agora, não sou mais tão diferente delas. Sou igual a todas as outras mulheres. Lutando agarradas à esperança de que poderíamos ser mais do que companhias atraentes para eventos empresariais ou incubadoras de grife. Que poderíamos ser verdadeiramente amadas por quem nós somos, e não pelo que representamos.

Eu não respondo, deixando que as palavras flutuem no ar até que elas se dissipem sob o peso da dor de Ally. Ela se levanta e começa a recolher os restos de comida.

— Já está tarde. E você precisa de seu sono de beleza. — Ela pisca para mim, aquele sorriso despreocupado restaurado. Eu a ajudo a descartar o lixo enquanto ela leva os pratos na pia.

— Eu? Sono de beleza? O que a faz pensar que me importo com qualquer coisa sobre beleza? — Pego um prato limpo e o seco com o pano.

— Você está brincando, certo? — Ela sorri maliciosamente, esfregando uma panela. — Você tem beleza como a maioria das mulheres tem sapatos.

— Não estou te entendendo... — E não estou. Eu poderia dar um foda-se para o que é considerado bonito pelos padrões da sociedade moderna.

— Bem, antes de tudo, olhe para este lugar — diz ela, acenando com as mãos molhadas ao redor da cozinha. — Esta propriedade é magnífica. Um paraíso no meio do deserto. Parece quase uma miragem.

Balanço a cabeça em concordância. *Oásis* é o meu oásis, meu refúgio. Minha fuga de todo o narcisismo incessante e as merdas que vêm com a fortuna. Eu não acabei no meio do deserto, tão longe quanto possivelmente poderia da minha casa original, em Nova York, por acidente. Onze anos atrás, quando eu disse adeus ao barulho, trânsito e fedor de urina e óleo diesel, disse a mim mesmo que nunca, nunca olharia para trás, para a minha antiga vida, com sentimento de carinho. Alguns anos depois, encontrei o *Oásis* e eu sabia que estava em casa.

— E — diz ela, se virando para mim, o rosto corado de rosa. — Tem você.

Abro um sorriso forçado e olho para baixo para esconder o meu próprio rubor.

É. Estou corado pra cacete.

Durante toda a minha vida, me disseram que eu era impressionantemente bonito, e sempre acreditei. Cabelos escuros, olhos azuis e pele naturalmente bronzeada, eu era o bom e velho "protótipo americano". Essa teoria foi confirmada logo após a puberdade, quando as meninas constantemente desafiavam seus pais e manchavam seus bons nomes de família ao abrir suas pernas, sem precisar de esforço algum da minha parte. Quando criança, soube sobre sexo, mas não estava realmente interessado. Não até que a minha tutora de álgebra de dezessete anos de idade, Jessica, tirou minha roupa e engoliu meu pau quando eu tinha treze anos, durante uma aula sobre equações lineares. Foi um ato de intervenção divina que me fez passar nessa disciplina com um A, até porque eu não fiz muito mais do que estudar cada centímetro do corpo de Jessica nesse ano escolar.

Mas ouvir Allison até mesmo insinuar que me acha atraente e muito bonito me faz sentir novo em folha.

Ela me entrega a frigideira enxaguada e a pego sem olhar.

Minha mão cobre a dela.

Agora é aquela parte na qual o cara e a garota instantaneamente trocam olhares e as faíscas voam. Soa uma canção de James Blunt ou algum outro clichê romântico, enquanto se movem lentamente, e lábios se separam em preparação ao seu primeiro beijo.

Foda-se isso.

Veja, esse é o tipo de merda que torna difícil ter conexões reais e genuínas. É o que dá a essas mulheres uma falsa sensação de esperança de que seus homens são qualquer coisa além de olhos e membros.

Eu sou homem. Sei o que falo.

E, mesmo que eu estivesse tão distraído por cada maldito sorriso bobo e único dela e desejando passar horas traçando padrões em suas sardas, enquanto ela fica deitada embaixo de mim, eu sou inteligente o suficiente para saber que isto não é a realidade. Isso não é um filme em que o perdedor ganha a garota salvando-a de uma vida sofrida. Isto é a vida real, e, neste episódio de "Estilo de vida dos Ricos e Solitários", o mocinho não resgata a mocinha de seu marido mulherengo.

Não. Nesse programa, ela é ensinada a transar com o marido.

Puxo a mão de volta e rapidamente seco a panela antes de sair da cozinha.

— Isso foi divertido. Obrigado pelo sanduíche.

— Foi sim. Obrigada pela companhia. — Ela seca as mãos em um pano e sorri. Ela está sempre sorrindo para mim. Recebo isso como um raio precioso de luz do sol, porque, se ela realmente me conhecesse, se soubesse a verdade, as coisas seriam diferentes. Ela não só teria pena de mim, como me detestaria. Eu não tenho certeza de qual é o pior.

Começo a sair da cozinha, apagando as luzes na saída. O resto da casa está completamente silencioso, e somente a pálida luz da lua ilumina seu rosto.

— Boa noite, Justice.

— Boa noite, Ally.

Volto para a minha casinha, odiando o sorriso estúpido no meu rosto. Isso faz minhas bochechas doerem e me dá esperanças, as quais eu não tenho o direito de sentir.

Eu meio que amo isso também.

ANTECIPAÇÃO

Espero que todas se acomodem em seus lugares, observando o questionamento que surge com as novas adições do quarto. Curiosidade se transforma em estado de choque.

Sim, aí está. O tamborilar do meu pequeno coração negro. Tem sido um longo tempo, velho amigo.

É como um filme de zumbi romântico, por mais ridículo que pareça. Quanto mais fico perto de Allison, mais vivo eu me sinto. O frio escuro do meu coração começa a aquecer e florescer em algo vital, e, pela primeira vez, eu me sinto normal. Como se, de alguma forma, eu pertencesse a isso.

O único problema é que eu não quero pertencer. Não quero que seja verdade.

Eu não quero me encaixar em seu mundo. Não quero ser definido pela percepção da mídia sobre mim, ou uma imagem inventada pela minha relações públicas. Nunca fui bom em preencher as linhas direito, e não vou começar agora por uma garota casada que eu conheço há cinco minutos.

É por isso que eu sei que é melhor assim. Eu não sou um cara legal.

Para ser honesto, eu sou o vilão. Caras legais não fariam o que eu estou prestes a fazer.

— Senhoras, temos uma sessão excitante para vocês hoje. Eu sei que estão querendo saber sobre as mudanças no nosso espaço de instrução regular. Bem, hoje nós temos uma demonstração especial para vocês. — Viro-me para a moça à minha direita e coloco a mão na parte inferior de suas costas.

— Esta é Jewel. E esta é a sua colega, Candi. E elas vão mostrar a vocês a arte do striptease.

— Você quer que sejamos dançarinas eróticas? — Lorinda Cosgrove grita. Ela não usa mais o cardigã feio, trocou por algo mais chique e que se molda melhor em seu corpo. Ela está aprendendo. Queira admitir ou não, ela está começando a se encaixar.

— Não é sobre o que eu quero. É sobre o que vai acontecer com ou sem o seu consentimento. Homens gostam de dançarinas eróticas. Eles vão a clubes para assistir. Recebem danças sexy no colo. E agora vocês podem se lamentar por isso ou aprender a fazer, vislumbrando o que é seduzir como uma profissional. Agora, eu sugiro que vocês prestem atenção, porque, durante a nossa análise final, vocês serão convidadas a fazer um pouco de striptease para mim.

— De jeito nenhum — Shayla logo diz. — De maneira nenhuma vou tirar minhas roupas para outro homem.

— Não é necessário, Sra. Adkins. É tudo sobre os meios e não o fim. A provocação de uma mulher tirando a roupa. *Antecipação*. Você sabe quanto tesão essa coisa nos dá? Esperar, esperar, rezar para que vocês nos mostrem apenas um centímetro a mais da pele lisa e sedosa?

— Eu mostrei a vocês como conseguir a nossa atenção, e agora vou mostrar como mantê-la. Antecipação é o que nos mantém em casa de pau duro, desejando *você*. Entenderam?

Todas elas respondem com olhares de choque, então, pego o pequeno controle remoto no bolso e aperto um botão. Sons de baixo e bateria enchem a sala, acompanhados pela voz de Justin Timberlake.

É. Justin Timberlake.

As mulheres amam JT.

— Senhoras?

Com a minha palavra, tanto Jewel quanto Candi começam a rebolar para os lados, girando os quadris a cada movimento. Jewel caminha lentamente até o mastro situado no centro da sala, seus saltos de quinze centímetros batendo no mesmo ritmo da música. Candi desliza sobre uma cadeira vazia e se vira para passar os dedos sobre meu peito. Ela me dá um sorriso maroto antes de morder o lábio inferior, então me empurra de volta na cadeira, que passa a ficar de frente para o palco improvisado. Ela não desvia o olhar. Seus olhos grandes e castanhos ficam hipnotizados nos meus, me oferecendo toda a sua atenção.

Ela me faz sentir como se eu fosse o único homem no mundo que consegue excitá-la.

As unhas de acrílico vermelho pontudas de Candi deslizam pelo meu peito até o estômago. Seus dedos exploram os desenhos do meu abdômen através da camisa de linho branco, e ela lambe os lábios em aprovação.

— Aiii, gostosão, você é tão duro aqui — ela murmura. — Me pergunto onde mais você é duro.

Essa fala dela é risível, mas ela sabe quais são exatamente os tipos de safadezas que os filhos da puta querem ouvir. Suas mãos oscilam para baixo, na parte superior das minhas coxas, apenas a um centímetro do meu pau. Seus olhos se movem para o meu colo, e, em seguida, voltam, quase brilhando atrás do delineador escuro e do rímel forte. Levanto uma sobrancelha, desafiando-a. Se ela quer, ela que venha buscar.

Candi sorri e suas mãos trilham até o topo das minhas coxas antes de ela ficar na posição vertical. Seus olhos famintos ainda estão presos nos meus quando ela começa a se mover, suas mãos deslizando sobre suas curvas. Ela apalpa os seios, dando a eles um aperto antes de me acariciar no caminho do meu estômago, agora nu.

Eu a observo enquanto ela dança para mim com sua lingerie vermelha sexy, mas tudo o que posso pensar é em como essa cor ficaria ousada em Ally, combinada com seu cabelo vermelho. Quão tímida e maliciosa ela atuaria na minha frente, movendo os quadris ao som da música. Fecho os olhos por alguns segundos, tentando apagar esses pensamentos e me concentrar apenas no meu trabalho. E agora, o meu trabalho consiste em sentar e desfrutar de um striptease. E não fantasiar sobre a esposa de outro homem.

Candi pode ver a distância em meu olhar e se move para ficar entre as minhas pernas. Contorcendo o corpo, ela dá uma virada para soltar o sutiã de renda, deixando-o cair no chão. Seios perfeitamente redondos olham para mim, nem sequer uma polegada de inclinação com a ausência de apoio. Ela pega os seios e passa os dedos sobre os mamilos duros, levemente marrons.

— Hummm — ela geme, os olhos quase fechados. — Eu quero que você me toque.

Assinto, mas não dou o que ela deseja. Em vez disso, olho para Jewel bem quando ela desliza para baixo do mastro, mantendo-se segura apenas por suas coxas. Ela gira e o cabelo loiro platinado chicoteia ao redor do rosto de forma dramática. Ela sente o meu olhar e se vira para mim, sua expressão ardente e sensual. E com Candi, agora massageando as minhas coxas, e com aqueles peitos, de perfeição médica saltando na minha cara, Jewel dança só para mim.

Isso é o sonho de todo homem: uma mulher de topless montando seu colo enquanto outra dança "pole dance" toda sensual.

Eu assisto-as, mas não as *vejo*. De muitas maneiras, não sou diferente de Candi e Jewel. Nós fornecemos um serviço que está cercado por sexo. Conheço o ponto de vista delas. Sei que a única coisa que realmente as deixa excitadas é o dinheiro. É a mesma coisa que me motiva.

Elas tiram as roupas. Eu encorajo as mulheres a fazerem o mesmo.

Jewel se distancia do mastro e vai até Candi, que ainda está dançando, de costas para mim. Ela roça sua bunda no meu pau, esfregando, e aperto seus quadris, guiando os movimentos eróticos. Jewel se aproxima, pressionando o peito nu contra Candi e as duas gemem. Suas mãos enrolam no cabelo uma da outra, acariciando as peles úmidas. Elas estão dando um show, tocando uma a outra com exagerada admiração e desejo.

Para seu ato final, Jewel empurra Candi de volta para descansar no meu peito, o rosto dela ao lado do meu. Em seguida, a língua serpenteia para fora, lambendo os lábios de cereja de Candi antes de mergulhar em sua boca avidamente. O beijo dura alguns segundos, ambas com as mãos me tocando, em êxtase. Então, sugestivamente, elas ficam de pé, expondo seus corpos quase em completa nudez.

Onze pares de olhos se movem em volta, confusos.

Então, de repente, como se seus cérebros processassem simultaneamente o que acabamos de ver, perguntas, comentários, e até mesmo palavrões abafam JT.

— Você quer que a gente faça *isso*?

— Oh, meu Deus, não tem nenhuma chance de eu beijar uma mulher!

— Temos mesmo que tirar nossos sutiãs?

— Claro que não! Minha família me mataria!

— Eu não posso acreditar que meu marido goste dessa droga!

— Uau, isso foi quente pra cacete!

Ergo as mãos, silenciando suas conversas perturbadas até que sejam apenas um murmúrio.

— Senhoras, eu lhes garanto, vocês não serão obrigadas a tirar a roupa para mim. Mas deixe-me lembrá-las de que já vi todas de lingerie. Algumas menos que outras. Então, por favor, façam um favor e acabem com a falsa modéstia. Eu provavelmente conheço o corpo feminino melhor do que vocês.

Um bufo sarcástico chama a minha atenção e meus olhos instintivamente procuram Allison. Ela olha para mim, sua expressão ilegível, e balança a cabeça lentamente. Não posso dizer se ela desaprova de verdade ou se só está se divertindo. Desvio o olhar, dizendo a mim mesmo que não é da minha conta descobrir.

— Pelo resto da tarde, Candi e Jewel irão trabalhar com vocês pessoalmente sobre a arte da antecipação. Eu vou fiscalizar, mas, por favor, pensem em mim como uma mera sombra silenciosa. Vocês não têm nenhuma razão para ficarem tímidas comigo. Isso não é nada comparado com o que vocês vão fazer por mim ao longo das próximas semanas.

Encontro os olhos de Ally novamente, seu olhar fixo brilhando com algo novo. Algo escuro e ardente. Algo que está respondendo o meu desafio com um empolgante: *Que se dane, sim*!

Talvez a graciosa gazela mansa que eu pensei que vi no primeiro dia não seja uma gazela de forma alguma. Ela é feroz e sexy. Confiante, ainda que contida. Eu só preciso chegar perto o suficiente para libertar da gaiola sua fera interior.

Deus, eu amo o meu trabalho.

Candi e Jewel dividem as mulheres em dois grupos. Elas começam devagar, demonstrando um rebolado simples e sedutor antes de passar para alguns movimentos mais picantes. As senhoras assistem dos bastidores, envergonhadas. Não me surpreende. Sempre leva um pouco de tempo e uma suave persuasão até quebrá-las e tirá-las de suas conchas. Felizmente para elas, quebrar é a minha especialidade.

Aproximo-me de Maryanne Carrington, pressionando o corpo em suas costas. Ela se assusta no começo, depois se derrete em mim, logo que sente minha respiração no pescoço e minha voz em seu ouvido.

— Relaxa, amor. Você está bem. Eu cuido de você — digo só para ela. Começo a mover os quadris, segurando os dela e guiando seu corpo para fluir com o meu. Ela é rígida no começo, mas, ao sentir o meu toque firme e minha voz suave a consolando, ela se solta e se submete a mim. Trabalho o corpo dela com o meu, sua suavidade em minhas planícies duras. Ela suspira e quase se deleita contra mim, a cabeça inclinando para trás para descansar no meu ombro.

— Você se sente sexy em meus braços, Maryanne? — pergunto, meus lábios em sua orelha.

— Ah, sim. Ah, Deus, com certeza — ela diz.

— Ótimo. Quero que você se sinta sexy. Sabe por quê?

— Na... não...

— Se você se sente sexy, você parece sexy. Preciso de você se sentindo assim o tempo todo. Preciso que você conquiste isso. E a única maneira de você poder fazer isso é domando a sua sexualidade. — Corro as mãos por seus quadris redondos até a frente de seu estômago. Ela estremece e pressiona mais seu corpo no meu. — Isso faz parte. É apenas colocar sua tigresa interior para fora e mostrar como exibir seus dotes. Você pode fazer isso por mim, não pode?

— Sim. Sim, eu posso.

— Boa menina. Agora, você está vendo Jewel?

— Sim...?

— Vê como ela é linda? Como é sexy? Você gosta do jeito como ela se move, não é, Maryanne?

— Hum... — Seu corpo fica rígido contra o meu, mas continuo com as mãos sobre ela.

— Não minta. Você gosta disso, não é? Você deseja poder se mover daquele jeito. — Posso sentir todos os olhos em nós, mas mantenho meu foco nela. — Diga-me.

— S-Sim — ela gagueja. — Eu desejo.

— Ótimo. Isso é o que eu quero ouvir. — Olho para cima, para Jewel, que já está se movendo de onde está e logo chega ao meu lado.

Coloco Maryanne em suas mãos hábeis, sem perder o ritmo. Nós fizemos isso uma dúzia de vezes em busca da mais resistente e quebrando-a. As outras mulheres rapidamente seguem o exemplo.

Recuo enquanto Jewel mostra a Maryanne como usar seu corpo como só uma mulher sabe fazer para deixar os homens loucos.

Sinto o olhar de Ally em mim. Posso ouvir as perguntas não ditas e ver sua testa franzida em frustração. Mas não olho para ela. Se eu o fizer, ela vai ver o que eu estava realmente pensando enquanto minhas mãos deslizavam até os quadris de Maryanne. Vai ouvir o nome que eu realmente queria sussurrar com a voz rouca e grossa. Todos os meus segredos serão expostos para todo o mundo ver. E, mesmo não dando a mínima para aparências, eu me preocupo com a minha reputação. É tudo o que tenho.

Então, ando até que esteja fora daquelas quatro paredes, longe das vozes excitadas e dos pensamentos traiçoeiros, tão facilmente exibidos sempre que eu olho para ela.

Longe da vontade de sorrir quando ela sorri, e de rir toda vez que ela ri.

Chego na minha casa quando o pessoal da limpeza está terminando. Sendo rude, mando-os saírem. Necessito estar sozinho com os meus pensamentos e minha miséria.

Eu disse a mim mesmo que não faria isso de novo. Que seria mais forte. No entanto, estou desafivelando a calça e puxando-a para baixo, a cueca seguindo rapidamente. Gemo quando o ar frio envolve minha pele quente.

Tão duro. Tão duro que dói.

Envolvo a mão em volta do meu pau e aperto, prolongando a dor necessária. Pequenos espasmos passam através dele, torturando-o com a promessa de reviver os mortos. Puxo-o, sentindo as veias debaixo da pele fina se retesarem.

Não posso nem pensar em como isso é errado. Nunca na minha vida me masturbei no meio do dia, e, com toda certeza, nunca tinha feito isso no meio de uma sessão. Nunca precisei fazer.

Mas Allison... Ela me tira do meu próprio jogo. Me faz pensar sobre coisas que eu não deveria estar pensando. Fazer coisas que eu não deveria estar fazendo. E agora, eu só preciso resolver isso. Preciso purificar essa coisa do meu corpo, como se fosse uma doença, para que eu possa melhorar. Para que eu possa voltar a ser eu mesmo.

Eu tento. Tento pra cacete. Esfrego meu pau como um homem possuído, perdido na minha loucura. Mas o alívio nunca chega. O fogo não entra em erupção nas profundezas do meu interior.

Só permanece lá, e acende, constrói e queima ao ponto da dor.

Com um grunhido, eu paro, frustrado com a incapacidade do meu corpo de me deixar gozar. Eu não posso fazer isso. Não posso continuar assim. Que merda eu devo fazer?

Trepar com ela. Trepar até tirá-la do meu sistema.

Sacudo a vozinha da minha cabeça e me ocupo em endireitar as roupas.

Faça isso. Ela quer isso. Você sabe que ela quer.

Preciso de água. Talvez eu esteja desidratado. Vou até a cozinha e pego um copo de água. Encho-o segundos depois. Vou eliminá-la de mim. Vou afogar essa merda e seguir em frente.

Você a merece. Não ele. VOCÊ.

— PORRA! — Bato o copo na pia, quebrando-o em um milhão de minúsculos fragmentos. Não consigo fazer isso. Não posso sobreviver assim por mais quatro semanas.

Tiro o telefone do bolso e envio uma mensagem rápida.

Aconteceu uma coisa.

Assuma tudo aí para mim.

Depois, quando acabarem, você e Jewel venham me ver.

xx

AFETO

Esta noite está mais fresca, e sinto o cheiro da chuva à distância. Ainda assim, mergulho na piscina, a água fria ardendo na pele e paralisando minhas articulações. Nado sentindo meus ossos e músculos despertarem.

É mais fácil agora que a sensação de peso na minha barriga passou. Posso ser estúpido aqui. Posso deixar a água afogar a minha vergonha e lavar o seu cheiro. Sei que eu não tenho nenhuma razão para me sentir mal; não fiz nada de errado ou fora do personagem. Fiz o que qualquer homem de vinte e nove anos faria com duas dançarinas eróticas em sua casa. Fiz o que eu faria antes.

Candi e Jewel têm sido colaboradoras da minha causa há anos. Nós três estivemos juntos durante alguns dos meus anos mais formidáveis, e mantivemos contato. Quando chegou o momento de recorrer à ajuda com o programa, eu sabia que elas eram perfeitas para o trabalho.

Eu deveria ter cortado toda associação física, e fiz isto mesmo, na maior parte. Mas, de vez em quando, tínhamos muitas taças de champanhe e acabávamos caindo de volta naquele padrão familiar: elas me fodendo, eu as fodendo e elas fodendo uma a outra enquanto eu assistia e batia uma.

Não fique tão surpresa. Sim, eu trepo com strippers. *Grande coisa*. O que você espera que eu faça com elas? Jogue sudoku?

Veja, o melhor sobre Candi e Jewel é que o negócio nunca perde o foco do prazer. Elas fazem o seu trabalho, nós tomamos uma bebida depois, e, na maioria das vezes, elas saem despercebidas e bem pagas por seus serviços profissionais.

Este não era um daqueles momentos.

Elas fizeram como eu tinha pedido, ensinando às mulheres os seus movimentos característicos antes de dispensá-las pelo resto do dia. Em seguida, foram à minha porta com uma garrafa gelada de *Chandon* e brilhos perversos nos olhos.

— Você parece tenso — disse Candi, dando um passo para dentro. Ela tirou meu casaco pelos ombros e começou a massageá-los.

Jewel tirou a rolha sem derramar uma única gota.

— Eu percebi também. Você parece diferente. Não está focado — ela concordou.

— Frustrado — acrescentou Candi.

Jewel retornou para o nosso lado com as taças. Bebi a minha em dois goles.

— Calem a boca. E tirem suas roupas.

Não houve o prelúdio necessário entre nós três. Eu nem sequer esperei-as fazerem sua dança e música de costume para me deixar com tesão. Elas sabem o que me excita, assim como eu sei o que conseguir delas.

E foi isso que eu fiz.

Ali, no meio da minha sala, dobrei a Candi sobre o braço do sofá e a fodi por trás enquanto Jewel a masturbava com o dedo. Candi gozou rápido, como sempre. Apenas um toque em seu clitóris, enquanto eu metia fundo e rápido, e ela se desfez embaixo de mim em questão de minutos. Jewel queria brincar. Ela montou no meu colo, meu pau ainda revestido de látex brilhando com a umidade açucarada de Candi, e me cavalgou. Ela gemeu alto, sentindo seu ponto hipersensível criando atrito contra o meu pau. Candi sugou os seios saltitantes da amiga e brincou com a bunda dela até que eu senti seu interior se retesar e estremecer.

Então, ela estava gemendo e gritando o meu nome tão alto que eu tive que cobrir a sua boca com uma das mãos, enquanto a outra envolvia sua cintura; ela subia e descia em mim, com força, prolongando seu orgasmo.

Quando seus gritos e gemidos se acalmaram, ela saiu do meu colo e tirou o preservativo. Em seguida, ela e Candi se revezaram me chupando, gemendo contra o meu pau, enquanto elas mesmas se provavam nas gotas que tinham deslizado até minhas bolas.

E foi assim. Sem romance. Sem carinho. Nem mesmo qualquer conversa. Indo direto para o momento sexual. Ainda compartilhamos uma risada quando Candi acidentalmente vestiu a calcinha de Jewel, em seu estado nebuloso pós-coito. Fizemos planos para a sessão da próxima temporada. E depois elas foram embora. Assim como todas as outras na porta giratória da minha vida.

E agora, estou aqui em conflito. Como se eu tivesse sido infiel ou desleal a alguém. Mas a quem? A mim mesmo? Merda, em qualquer hipótese, estou satisfeito pra cacete comigo mesmo. E me sinto muitíssimo melhor fisicamente. Ainda assim, algo dentro de mim dói com pesar. Posso sentir a solidão se aproximando, apertando meu peito. Arfo e sofro a cada braçada, mas não paro. Não cedo à água. Não vou deixar que isso me derrote.

— Você está molhado.

Mantenho meu olhar na direção do céu.

— Estou.

— Mas está frio aqui fora. Você deve estar congelando.

— Estou bem. — Na maioria das vezes, eu estou. Acostumei-me a nadar por muito tempo depois do pôr do sol, assim como muitas mulheres gostam de tomar sol durante o dia. Além disso, estou frustrado demais para sentir qualquer outra coisa.

Ouço o arrastar das sandálias de Allison se aproximando de mim. E, antes que eu possa levantar a cabeça para ver o que está fazendo, ela coloca um suéter sobre meu corpo úmido. Seu perfume me envolve, aprofundando o caminho em minha pele e cabelo. Em *mim*. Ela não está só me afetando, ela está me *contaminando*.

Quero tirar o suéter, mas sei que iria ferir seus sentimentos. Ela foi rejeitada o suficiente, e não precisa que eu derrame sal na ferida. E não é sua culpa que eu esteja tentando ficar longe dela.

— Você saiu mais cedo hoje — diz ela, sentando na espreguiçadeira ao lado da minha.

— Tive que cuidar de uma coisa. — Eu ainda não a olho. Nem sequer lhe agradeço pelo suéter. Conflitantes pra caralho esses meus sentimentos por ela. Ainda assim, tão frustrado comigo mesmo por nutrir essa doença, essa aflição que me obriga a ser um humano um pouco decente e fazer a coisa certa. Não quero magoá-la, mas sei que eventualmente vou. Não há outra opção.

— Aula interessante hoje.

— Sim.

Sinto-a virar em minha direção.

— Você está bem?

— Estou.

— Eu fiz... fiz alguma coisa errada?

— Não.

— Você parece distante. Frio. — Exatamente o que eu deveria ter sido o tempo todo.

— Muita coisa na cabeça. — Isso é mentira. Agora que eu não tenho nenhum sexo atrasado, minha cabeça está completamente limpa, e posso pensar mais ou menos racionalmente de novo. Posso ver o tamanho do erro que é continuarmos assim. Ela vai se apegar. E vou deixar. E então ela vai voltar para o marido. E onde isso vai me deixar?

— Quer falar sobre isso?

— Não.

— Ok.

Fico quieto por um tempo e me preparo mentalmente para que ela se levante e saia. Quando ela o faz, eu fecho meus olhos para amortecer o golpe do abandono. Então, ouço um respingo forte de dentro da água, fazendo com que os meus olhos se abram. Estou de pé antes que eu possa sequer registrar o que aconteceu.

— Puta merda, está frio! — Allison exclama batendo os dentes.

Seu cabelo está encharcado, cobrindo seu rosto e pescoço, e seu vestido está completamente imerso na água. Esta princesa de classe alta e que provavelmente nunca sequer vestiu a mesma roupa duas vezes acaba de pular na piscina totalmente vestida. Ela sorri para mim enquanto avança em direção à borda.

— Você está louca? Está frio aqui fora! Você vai ficar doente! — eu digo, gesticulando freneticamente.

— Diz o cara só de calção e nada mais, todo molhado.

— Sério, Ally. Você vai pegar um resfriado. É o meu trabalho manter tudo aqui seguro e confortável, e, agora, você possivelmente não está segura. Por favor, não torne meu trabalho impossível.

Ela revira os olhos e espirra água em minha direção.

— Tá bom, tá bom. Se desmanche em culpa. Eu sei como é. — Ela avança para a escada onde eu espero por ela com o braço estendido, preparado para puxá-la em meus braços, *quer dizer*, puxá-la para fora da piscina. *Sim, sim, é isso.*

— Me dê sua mão — exijo bruscamente, irritado com sua imaturidade. Até ontem, sua brincadeira era cativante. Agora, é apenas um aborrecimento.

Ela faz o que eu digo, aqueles grandes olhos de corça presos nos meus, e dá um passo na escada, firmando a mão na minha.

E assim quando eu acho que ela está se puxando para cima e para fora da piscina, ela puxa de volta. Com força. Mais forte do que uma coisa pequena como ela possivelmente deveria. Antes de nossos corpos se chocarem, ela pula de volta para a direita, rindo histericamente.

Claro, tudo isso acontece enquanto eu perco o passo na borda da piscina e despenco totalmente desajeitado na água fria. E ainda a ouço rindo quando meu rosto e peito batem na superfície, espirrando água.

— Você é doida? — grito, cuspindo com a boca cheia de cloro.

— Sim — ela responde entre gargalhadas.

— E você acha que isso é engraçado, não é? — pergunto, aumentando a voz. Sinto meu rosto aquecer.

— Acho! — Ela ainda está rindo, alheia à minha expressão assassina.

Eu me movo na direção dela.

— Você acha que vai se safar disso também, né? — Isso chama a atenção dela, e seus olhos se arregalam como esferas parecendo mais azuis do que verdes contra o pano de fundo da piscina.

— Foi apenas uma brincadeira. Me desculpe, eu... — gagueja ela.

Mais perto agora. Apenas poucos centímetros me separam de seu pequeno e frágil corpo.

— Só uma brincadeira. Você se acha engraçada pra cacete. Acha que pode simplesmente fazer o que quiser.

— Não, não, eu não acho — diz ela, balançando a cabeça. Ela continua se movendo em direção à escada, mas bloqueio seus avanços com o meu corpo.

— Você acabou de fazer o que quis, a quem você quis, sem pensar nas consequências. Não é, Allison? Você não tem consideração por ninguém. O mundo gira em torno de você, não é?

— Não, eu não quis fazer isso. Você entendeu tudo errado sobre mim. — Suas palavras ficam presas na garganta quando me movo tão próximo quanto possível, meu peito roçando o dela. Sinto seus mamilos duros com o frio, o tecido molhado agarrado à pele.

Meu olhar baixa para seu lábio trêmulo, seu habitual cor-de-rosa escurecendo para malva escuro.

— Não, Allison. Acho que eu estou certo sobre você.

Ela abre a boca para responder, mas perde o ar quando eu a pego e jogo sobre meu ombro. Ela só tem fôlego suficiente para gritar, quando eu rapidamente caminho para a extremidade mais profunda da piscina, com um sorriso diabólico nos lábios. Então, deslizando seu corpo para baixo, pelo meu rosto, peito a peito, a pego e a atiro como uma boneca de pano. Ela grita, batendo os braços, cabelo vermelho chicoteando a água como um extintor de incêndios. Então, com os ombros tremendo, deixo escapar uma gargalhada que surpreende até a mim.

— Merda! Você é um homem morto! — ela grita, retirando os cabelos encharcados dos olhos e boca. Assim que volta a enxergar, ela tenta correr para me pegar e eu rapidamente me afasto, ainda rindo histericamente. Nós estamos num balé em câmera lenta, correndo na areia movediça de água, tentando prever o plano de ataque um do outro. Com os olhos brilhando animados de alegria, Ally vai para a direita exatamente quando eu salto, me afastando do caminho. Ela pula para a esquerda e eu a pego pela cintura, virando-a, meu peito em suas costas. Então, meus dedos deslizam por suas costelas revestidas apenas por um fino algodão molhado.

Tantas oportunidades. Tantas alternativas. Mas vou de opção A. A única opção que eu realmente mereço ter.

Eu faço cócegas nela.

Faço cócegas em Ally até que ela implore por perdão, até que lágrimas brotem de seus olhos e a garganta fique rouca. Faço cócegas nela só para ouvir o som de sua risada e o pequeno som cativante que ela faz entre uma respiração e outra.

Faço cócegas nela apenas para tê-la em meus braços.

— Não é justo! Você é um nadador muito melhor do que eu! Me solta, Ryan Lochte! Ou eu vou atacar sua segura-bolas.

— Você se rende? — pergunto, indo para o seu ponto fraco embaixo dos braços. Ela grita e se agita como um belo animal ferido.

— Nunca!

— Por mim tudo bem. — Eu realmente a deixo ganhar essa, e ela joga a cabeça para trás, no meu ombro, em exaustão histérica. — Desista, Ally. Eu ganhei! Basta admitir a derrota que eu paro!

— Não! Eu vou fazer xixi na sua perna!

Balanço a cabeça para sua grosseria e me movo para baixo para fazer cócegas no seu estômago. Sou como um cachorrinho doente. A perspectiva de uma garota mijando em mim de tanto rir não é totalmente repugnante. É engraçado pra cacete.

— Ok, chega! Aí não! Eu desisto! Desisto! — ela grita. Nós dois estamos sem fôlego e cansados. Um brilho de suor cobre minha testa.

— Ah, então você sente mais cócegas no estômago. Essa é a sua kriptonita.

— Não se atreva a dizer a ninguém. Ou usar isso contra mim!

Paro de fazer cócegas nela, mas não a solto. Ela olha para baixo, e sei o que ela vê: meus braços envolvidos firmemente em seu corpo. Eu a liberto e ela dá um passo para trás.

— Você é assustador quando está bravo. — Ela se vira e um sorriso suave beija seus lábios. — Bem, quando está fingindo estar bravo.

Passo a mão pelo cabelo molhado e vejo gotas voando.

— Sou. Minha mãe me fez cursar um semestre de teatro no ensino médio. Ela sempre quis que eu fosse uma estrela de cinema. Disse que eu tinha a aparência necessária.

— Bem... ela estava no caminho certo.

Lá vai ela de novo. Sutilmente me elogiando e me fazendo corar como um pré-adolescente. Eu odeio isso. *Amo isso.* Não sei o que fazer com isso. Estou envergonhado por minha reação a ela.

Puta merda, estou envergonhado até das minhas divagações mentais.

Desvio o olhar em direção à borda da piscina, apenas para dar ao meu cérebro outra coisa em que se concentrar.

— Bem, nós provavelmente devíamos sair e nos secar. Eu estava falando sério antes. Não quero que você fique doente.

— Tudo bem, tudo bem. — Ela suspira. — Você tem sorte de eu estar com muito frio e não sentir os dedos ou estaria prestes a chutar o seu traseiro.

Saímos da piscina e o ar frio da noite nos cobre instantaneamente. Os dentes de Ally batem violentamente. Corro até as espreguiçadeiras onde deixei seu suéter e o estendo sobre os ombros dela. Mas, de alguma forma, enquanto aliso o tecido sobre sua pele molhada e congelada, ela se enrola embaixo do meu braço, enterrando o rosto no meu peito, respirando bem perto do meu mamilo. Eu, desajeitadamente, congelo onde estou, o braço sobressaindo para o lado para evitar abraçá-la intimamente. Para evitar que o instinto e a emoção implorem para eu o faça. Porra.

— Oh... Deus... tão... frio. — Tremores atacam seu pequeno corpo, e, relutantemente, deixo meu braço rodeá-la, mantendo-a de pé. Ela está gelada, mas alguma coisa nela está inexplicavelmente quente.

— Venha. Vamos entrar.

Agora, um homem de pensamento racional, a teria levado para a casa principal. É mais perto, e é onde todas as suas roupas secas estão.

Ela está gelada e, a apenas alguns metros de distância, temos calor e conforto. Mas a parte racional em mim foi privada do precioso oxigênio e do fluxo sanguíneo no momento em que sentiu sua pele macia de porcelana contra a minha e o hálito quente fazendo cócegas em meu peito.

Essa é a razão de dar passos adicionais até a minha casa, longe de olhares curiosos e da possibilidade de dizer boa noite. Eu não tive o suficiente dela, ainda não. Sei que não posso tê-la, mas ainda não tive o suficiente.

— Por aqui, deixe-me conseguir algumas toalhas pra você. — Eu a liberto dos meus braços e vou até o armário pegar toalhas limpas. Pego também uma colcha de flanela macia. Quando volto, Ally está de pé na cozinha, ainda tremendo. Eu a envolvo com as duas toalhas gigantes e coloco a colcha em volta dela, enrolando-a em seu corpo e criando o mais bonito e sensual pacotinho.

Deprimente.

Seco meu corpo com outra toalha, e, em seguida, coloco água em uma chaleira. Então, saio para me trocar. Enquanto estou vestindo a calça, vejo alguns moletons velhos que ficaram muito pequenos enchendo a parte de trás do meu armário. Porra... o que mais eu tenho a perder?

— Trouxe algumas roupas secas — eu digo quando entro novamente na cozinha. Ally consegue se desemaranhar o suficiente para se sentar em um banquinho da mesa de café da manhã. — Apenas alguns suéteres velhos e surrados, que não me servem. Você não tem que usá-los se não...

— Obrigada! — diz ela, pulando do banquinho e pegando as roupas. — Seu banheiro...?

— No final do corredor, duas portas à esquerda.

Estou colocando chá nas canecas quando ela ressurge, escondida em um moletom cinza, três tamanhos maiores do que o número dela. Ela está adorável. Viro as costas e coloco as canecas em uma bandeja antes de levá-las para a ilha de cozinha.

— Obrigada. Você foi para a escola Triton?

Olho para o emblema no moletom da escola preparatória, a qual ela está se referindo.

— Por um tempo curto.

— Ah. Foi lá que Evan se formou. Você o conheceu?

Deixo cair dois cubos de açúcar no meu chá, mantendo os olhos fixos na bandeja de chá, biscoitos doces e madeleines.

— Eu só fiquei lá por um ano.

— Mesmo? O que aconteceu?

Dou de ombros.

— Fui transferido.

— Ah, tá. — Ela se mantém ocupada, tomando seu chá e mordiscando um biscoito. — Eu fui para St. Mary, em Boston. Mas tenho certeza de que você já sabia disso. — Ela cora e, em seguida, olha para baixo.

— Sabia.

Ela levanta o queixo e seus olhos encontram os meus, queimando com curiosidade.

— Triton é uma ótima escola. Provavelmente a melhor do país. Você deve ter tido ótimas notas para entrar.

Dou de ombros novamente. Cacete de ombros.

— Era boa.

— Boa? Se meus pais não fossem inflexíveis sobre minha criação fora da cidade, *me* submetendo a um inferno só de garotas, tenho certeza de que meu pai teria feito uma doação generosa para me colocar lá. Onde você foi depois de Triton?

— Academia de Denton.

— Ah! Outra boa escola. — Ela tenta recuperar seu sorriso, mas já consigo imaginar.

Denton não é Triton.

Eu não sou Evan.

Assim que estou prestes a deixar a comparação com esse verme entrar em minha cabeça e se chocar com um monte de diferentes razões pelas quais eu nunca vou ser merecedor de uma pessoa como ela, o rosto de Ally se ilumina, fixando-me com aqueles olhos azul-celeste em chamas.

— Considere isso como um elogio. Eu sempre achei que o pré-requisito para entrar na Triton era ser, pelo menos, um terço babaca absoluto. Acho que isso não se aplica a você. Pelo menos, não um terço.

— *Babaca absoluto*? — pergunto, levantando uma sobrancelha divertida. — Você tem certeza que se formou em Columbia? Porque eu tenho bastante certeza de que isso não é uma expressão.

— Aham. Com honras, amigo. E eu ficaria feliz em explicar a logística de ser um babaca absoluto, mas não quero que você atire seus biscoitos em mim. — Ela ri, obviamente satisfeita consigo mesma.

Coloco minha caneca no balcão e me viro para a geladeira.

— Bem, para minha sorte, eu tenho sorvete.

Ally faz um barulho estranho que, francamente, soa como uma mistura entre um porco guinchando e um gato se afogando. De qualquer maneira, me faz rir, e me viro para olhá-la com admiração.

O que tem nela? O que faz com que cada pequena peculiaridade que normalmente me incomoda, e me faze dar o fora, pareça tão adorável? Rio como um idiota quando ela está por perto. Preocupo-me sobre ferir seus sentimentos ou ser demasiado rude. Porra, estou tomando sorvete como uma garota hormonal com TPM! Não *entendo*. Qual é a próxima coisa? Assistir ao mais novo filme de Nicholas Sparks e secar as lágrimas um do outro?

— Você não está com muito frio para isso, não é?

Ally balança a cabeça com veemência.

— Claro que não. Eu poderia estar na Antártida, flutuando em um iceberg, enquanto patino no gelo com uma família de pinguins, e ainda iria querer sorvete.

Pego o pote de meio litro e duas colheres, entregando-lhe uma. Ela pega porções e eu rapidamente a sigo.

Ally apanha uma colher, enche e a estende para mim.

— Saúde. — Tilintamos nossas colheres e devoramos aquela primeira mordida cremosa e fria com nossos "*Hummmms*" combinados.

— Então... se você tivesse que desistir de um sentido, preferiria sacrificar sua visão ou a audição? — ela pergunta, pegando mais sorvete.

— Esse é fácil. Audição. Definitivamente desistiria da audição.

— Explique seu caso, senhor.

— Bem, por um lado, você ainda poderia se comunicar, mesmo sendo surdo. Você pode usar sinais ou ler lábios. E vamos encarar, nós vivemos na era da tecnologia excessiva, eu poderia simplesmente te mandar um SMS ou um Instagram.

— Sim, mas você nunca ouviria música. Nunca ouviria o som do riso de uma criança ou de alguém dizendo "*Eu te amo*". Você perderia muito.

Olho para ela, encarando-a. Tento fazê-la me ver.

— Mas não ser capaz de ver um pôr do sol mudar de rosa para roxo ou um milhão de estrelas no céu que se estendem até a eternidade... Você não consegue forjar isso. A tecnologia não pode criar um sorriso tão brilhante que te faça sorrir mesmo quando não quer. Não pode manipular a verdadeira beleza. Pode até tentar, mas nunca vai duplicar esse tom exato de vermelho brilhante do seu cabelo. Ou o padrão de sardas cor de canela em seu nariz. Ou até mesmo a forma como seus olhos mudam do azul para o verde como o anel do humor. Você não pode falsificar o que foi perfeitamente desenhado. Esse tipo de beleza não necessita de som ou palavras ou até mesmo música. Não precisa de mais nada. Qualquer coisa mais e iria oprimi-la.

Ela não fala e nem eu. Já falei o suficiente. Já falei demais.

Finalmente, voltamos a comer, confusão pesando no ar. Sei que ela está se perguntando de onde isso veio — porra, nem eu sei ao certo —, mas uma coisa está clara: eu cruzei a linha. E tudo o que isso é ou era... eu contaminei com a verdade.

— Merda, já é tarde — ela finalmente diz, quebrando o silêncio desconfortável. Então, olha para mim e levanta uma sobrancelha. — Guarda o resto para depois?

— Claro. — Eu assinto, me perguntando se haverá um depois.

Dou a ela uma sacola para guardar a roupa molhada e a levo até a porta. Ela se vira pouco antes de sair.

— E, a propósito, eu teria escolhido isso também.

Ela vai embora, me deixando com seu sorriso. Ela não diz adeus.

Talvez uma parte sua realmente nunca tenha partido.

SENSAÇÃO

Hoje no E!... Notícias de última hora do príncipe playboy, Evan Carr, em um vídeo de sexo, estrelado por ele e uma mulher desconhecida. A gravação vazou na internet ontem à noite e se espalhou como estilhaço de pólvora, conquistando quase quinhentos mil acessos nas últimas doze horas. A mulher misteriosa no vídeo ainda não foi identificada, mas é evidente que não é Allison Elliot-Carr, esposa há quase cinco anos de Evan. O casal tem um relacionamento muito público, incluindo rumores de infidelidade por parte de Evan. Nem ele nem Allison foram encontrados para comentar o assunto, mas fontes próximas ao casal dizem que Allison está ausente de sua casa em Manhattan. Poderia este ser, finalmente, o começo do fim para o casal real do Upper East Side? Fique ligado para saber mais.

Puta merda.

Merda. Cacete. Porra.

Pego meu celular para discar, mas já está tocando.

— Você ouviu as notícias?

Sem preâmbulo. Direto ao ponto. Essa é a minha relações públicas, Heidi. Não me surpreende que ela já esteja por dentro disso. Pago uma pequena fortuna a ela para garantir que histórias como estas não explodam em shows cheios de merda. Enquanto as coisas ficam um pouco tranquilas do lado de fora, eu posso fazer o meu trabalho aqui dentro. Mas, no momento em que as coisas começam a desmoronar na ausência delas, corremos o risco de que as mulheres sigam o vento e vão embora. E exponham a minha identidade. Veja, Heidi também ajuda a manter meu anonimato. Ninguém realmente me vê até o primeiro dia, e eles são obrigados a assinar contratos de confidencialidade para me proteger contra a exposição.

— Ouvi — eu quase gemo no telefone. É muito trabalhoso manter histórias públicas escondidas, mas o fato de que isso está acontecendo com Allison... merda. Merda. Merda. Merda.

— Como você quer que eu proceda? — Heidi pergunta.

Em circunstâncias normais, esta história iria desaparecer no momento em que a Kim Kardashian espirrasse, mas as pessoas adoram fofocas da família Carr. E um bastardo como Evan mergulhando seu pau em uma garota diferente a cada duas semanas alimenta a imprensa como o fogo alimenta o gás.

— Fale com o relações públicas dele, e nada mais. Nós não queremos que a mídia sinta o cheiro de sangue e com certeza não queremos que Allison se machuque nisto.

— Allison? — Ouço diversão na pergunta de Heidi. Ela é tão afiada como uma navalha e sabe que eu nunca me refiro a clientes de forma tão casual. Ela é um tubarão, assim como eu. E os tubarões não se sentem confortáveis. Eles não se enganam.

— Sra. Carr. Você sabe de quem diabos estou falando — respondo com firmeza. Eu ainda sou um tubarão. Independentemente de Allison me fazer sentir como um tubarão filhote, sou um tubarão, porra.

— Tudo bem. Você sabe que isso não seria um problema se você me ouvisse, às vezes. Quantas vezes eu te disse... — Pressiono desligar.

Não preciso disso agora. Allison não precisa disso agora. E o fato de que estou ciente da morte de seu casamento enquanto ela está curtindo, comendo sorvete comigo, me faz sentir meio culpado. No entanto, não culpado o suficiente para querer parar.

Visto-me para o dia e sigo para a casa principal, mais determinado do que nunca em fazer tudo dar certo para ela. Para fazer dela a imagem da perfeição erótica, então ela nunca terá que enfrentar esse tipo de dor e humilhação novamente.

Para transformá-la na puta que Evan quer.

Não é justo com ela — porra, não é justo comigo —, mas ele não vai parar. Ele nunca vai mudar o seu jeito mulherengo. É tudo o que ele sabe, tudo que ele já viu. E Allison, tão inteligente, engraçada e incrível como só ela é, nunca vai deixá-lo.

Bem-vindo ao *real* jogo da vida, onde somos todos jogadores, mas ninguém ganha de verdade.

No momento em que Allison entra na sala e caminha até o seu lugar, começo a me mover em direção a ela. Agarro seus ombros e os puxo para mim, fazendo-a ofegar de surpresa. Seus olhos grandes e brilhantes procuram em meu rosto um motivo para o meu comportamento súbito. Olho para ela, procurando a mesma coisa.

— Ally... — Engulo, subitamente nervoso por pronunciar as palavras seguintes. Não que elas sejam mais chocantes do que o que eu disse no passado. Mas porque elas são, provavelmente, as mais verdadeiras que vou me deixar admitir. — Ally, eu preciso te tocar. E preciso que você me toque também.

Ela não responde, mas seu corpo, tão suave e frágil no meu aperto firme, treme em condescendência. Deixo minha mão deslizar de seus ombros até as mãos, onde entrelaço os dedos nos dela. Então, puxo-a para a frente da sala, sem interromper meu olhar penetrante. Ela não resiste. Seus pés se movem um em frente ao outro, combinando com os meus passos em uma dança sincronizada. Ela quer isso. E, talvez, em algum nível, ela me queira.

Minha voz é alta e clara, mas falo só para ela.

— O ato de fazer amor ou sexo é uma festa para os sentidos. Não se trata apenas de um sentimento, é sobre ver sua amante se contorcer em êxtase. Ouvindo-a gemer seu nome. Sentir o cheiro de sua excitação almiscarada. — Lambo os lábios em antecipação às próximas palavras. — Prová-la com a língua.

Os lábios de Allison se abrem, mas não escapa nenhum som.

Seus olhos permanecem na minha boca por apenas um momento, e, numa piscada, estão em nossas mãos entrelaçadas. Estou totalmente consciente do que ela e todo mundo vê, e me obrigo a me afastar. Viro o corpo dela de frente para a classe.

— Vou mostrar como seus parceiros se sentem com todo o seu ser. Para explorarem o poder da sensação e enlouquecê-los antes mesmo de abrirem as pernas — anuncio, minha voz rouca e quase engasgada com o tormento autoinfligido.

— Façam pares; é hora de vocês conhecerem suas companheiras de casa um pouco melhor.

Aliso o cabelo escarlate de Allison para um lado e me inclino para baixo para colocar os lábios em seu ouvido.

— Você está comigo, querida.

Uma música suave e sensual toca ao fundo. A luz é suavizada para uma penumbra. E as mulheres estão com os olhos vendados. Todo mundo está vendado, menos eu.

— Comecem pela nuca, deslizem apenas as pontas dos dedos até os ombros. Sim, isso mesmo. Simples assim, senhoras. Agora, se revezem deslizando-os para cima e para baixo dos braços para o interior das mãos. Devagar. Vão devagar. Lembrem-se: é sobre a viagem. Ótimo. Agora, lentamente, movam as mãos para o topo dos seios. Deslize-as para as laterais. Sim, ali mesmo.

Elas fazem como eu digo, contando apenas com o som da minha voz e os seus outros sentidos aguçados para guiá-las. Ouço as senhoras ofegarem e suspirarem com essa nova sensação enquanto exploram o corpo da outra, mas só consigo ver uma na minha frente. A que chamou minha atenção no momento em que entrou na minha vida e atirou fogo ao meu oásis no deserto.

Meus dedos acariciam a pele nua no vão de sua garganta antes de deslizarem para baixo, no topo de seus seios. Quero desesperadamente tocá-la.

Minhas mãos continuam a descer por essa ladeira escorregadia, os mamilos duros tensionando contra a blusa verde de seda. Ela prende a respiração, fazendo com que seu peito suba e juro que ela força os seios na minha direção, querendo muito isso.

— Vamos lá, senhoras. Deixem o aroma capturar vocês. Não tenham medo de usar todos os seus sentidos. Digam-lhes como é a sensação de tê-las em suas mãos. Como se sentem sexy tocando-as.

Todas obedecem. Eu sabia que obedeceriam. Estamos chegando na terceira semana, e as mulheres estão alucinadas por contato físico. Olha, acredite ou não, as mulheres são o sexo mais sexualmente desinibido.

Enquanto os homens são mais vocais sobre seus desejos e ficam duros se uma brisa forte chicoteia através de suas pernas, as mulheres podem ser despertadas por quase nada. Pornô gay, palavrões, uma carícia suave, um simples ardor... tudo funciona para deixá-las com tesão.

Enquanto uma mulher for aberta mentalmente, suas pernas também serão. Mas isso é uma lição completamente diferente. Para ensinar todas as formas de atrair e seduzir uma mulher levaria mais de seis semanas. Inferno, eu precisaria de seis meses.

— Vocês sentem isso? A forma como o batimento cardíaco se interrompe quando vocês passam as mãos em seus seios? Como a pele umedece quando você arrasta o dedo sobre ela? Essa excitação? Ela é gostosa para você? Parabéns. Vocês estão fazendo a coisa certa e uma mulher casada anseia pelo seu toque.

Não sou ignorante ao fato de que eu estou recitando as reações de Allison a *mim*. Há muito mais que eu poderia fazer com ela, tantas maneiras que quero senti-la se contorcer em minhas mãos capazes. Quero chegar mais perto, mas não vou. Meu pau está duro e latejante, implorando para se libertar... mas eu não posso. Então, por agora, aceito isso. Essa pode ser minha única chance.

Dou um passo à frente, de modo que nossos corpos quase se tocam, nosso calor criando um atrito inegável que prende nossa pele como eletricidade. Então, levo as mãos trêmulas dela ao meu peito, sufocando um gemido.

— Sua vez, Ally — sussurro apenas para seus ouvidos. — Toque-me.

Ela prende a respiração e morde o lábio trêmulo.

— Como?

Minha voz é baixa e rouca, oscilando com o meu controle.

— Assim como eu te toquei. Exatamente como você deseja ser tocada.

Vejo como ela respira fundo para acalmar os nervos de aço. Então, lentamente, parecendo como se quisesse despir cada pedaço de autocontrole que eu tenho, ela desliza as mãos delicadas até meus ombros, massageando o músculo duro revestido por uma camisa de linho branco. É incrível como ela consegue fazer um toque tão inocente parecer tão safado e sexual. Parece que ela está me despindo, me expondo. Me corrompendo.

— Mais — suplico. Minha respiração sai ofegante e minha pele está pegando fogo. Allison move as mãos pelos meus braços até que seus dedos acariciam o interior das minhas mãos. Depois, ela toca minha cintura e estômago. Suas unhas se arrastam ao longo dos músculos duros do meu abdômen, levando tempo para sentir cada um. Prendo a respiração, com medo de que ela continue sua viagem para o sul. Não tenho vergonha da reação do meu corpo ao dela, mas não sei se algo bom virá se ela sentir minha ereção. E ela nem saberia o que fazer com ela.

— Fale comigo. Diga-me o que você sente.

Allison engole em seco. Vejo como sua língua rosa passeia para fora, o suficiente para molhar os lábios.

— Você é tão duro... — ela sussurra. Se eu não tivesse estado tão imerso na visão de sua língua deslizando sobre os lábios, não teria sequer a compreendido.

— O que mais?

— Hummm... Você está tenso. Quente. Parece tão forte sob minhas mãos. Tipo, consigo sentir cada músculo.

— Continue, Ally. — Era para ser um comando, mas minha voz soa como se eu estivesse implorando.

— E... tão grande. Você me faz sentir pequena. E frágil. Mas me sinto segura também, como se todo o seu corpo pudesse cobrir o meu sem me esmagar. — Ela fica envergonhada e suas bochechas ficam muito vermelhas. — É estúpido. Sinto-me uma idiota dizendo isso a você.

Ela tenta tirar a venda e eu a impeço, colocando suas mãos no meu peito.

— Não, não pare. Não é estúpido.

Uma pequena curva de sorriso aparece em seus lábios e ela dá um passo mais perto. Perto o suficiente para que seus mamilos rocem na parte de cima do meu estômago. Perto o suficiente para que ela sinta minha ereção cutucando-a.

Ela suspira, ainda não se afastando. Sorrio com ironia.

— Vá em frente, Ally — digo, dando um passo ainda mais perto, deixando-a sentir o que ela está fazendo comigo. Mostrando-lhe que, embora eu a faça se sentir pequena, *ela* tem o poder.

Ela inspira antes de sugar o lábio inferior em sua boca sedutora.

Assim como eu a ensinei.

— Você tem um cheiro tão bom. De homem e sexo cru. Como a luz do sol e a água da chuva.

— É? E o que isso te faz sentir?

— Fogosa. — Sua cabeça abaixa, mas não antes de eu ver o vermelho em suas bochechas se aprofundar ainda mais. — E com tesão.

Um flash de movimento ou luz ou talvez até mesmo uma voz me chama a atenção e, quando olho, encontro dez pares de olhos descobertos e focados na gente, cada um mostrando diferentes graus de choque e indignação. A minha boca fica seca, e sinto o sangue drenar do rosto. Afasto-me um pouco, mas não tão rápido para que elas não interpretem mal, como um sinal de culpa.

— Vocês fizeram um trabalho maravilhoso. E eu gostaria de agradecer a Sra. Carr por dar uma boa demonstração das técnicas mais avançadas. — Sem me mexer muito e acabar revelando o meu enorme tesão para o resto da classe, volto para trás de Ally e tiro sua venda, mantendo as mãos castamente em seus ombros. Ela permanece estável, sua bunda pressionada contra o meu pau latejante. Mordo o interior da minha bochecha para não gemer.

— Vamos dar um intervalo para o almoço, ok?

Esperamos até que o resto da classe saia, antes de Ally se virar para me encarar. Suas bochechas ainda estão rosadas, e até mesmo seu cabelo está despenteado, como se tivesse sido recém-fodida.

— Sua mãe estava certa — diz ela, olhando para mim com os olhos vidrados.

— Minha mãe? — Franzo a testa.

— Você deveria ter sido uma estrela de cinema. É um excelente ator.

Ergo uma sobrancelha.

— Talvez eu quem deveria estar dizendo isso.

Allison balança a cabeça e ri nervosamente, olhando para os pés.

— Não. Eu não sei atuar. Nem um pouco.

Puxo o queixo dela, recusando-me a deixá-la se esconder de mim.

— Então, o que foi isso?

Ela balança a cabeça, o queixo ainda entre meus dedos. Lágrimas preenchem seus olhos arregalados, e o lábio treme.

— Eu não sei. Não sei o que foi. Não sei de nada.

De repente, a necessidade de possuir o seu corpo é uma memória distante. Vê-la tão abalada por minha causa, por causa dessa coisa, esta atração indefinida que tem ferrado a minha cabeça, me faz perceber o quão descuidado eu fui com suas emoções delicadas. Ela foi ferida, e, de alguma forma, de alguma maneira que eu não pareço entender, estou machucando-a também. Consigo ver isso, mesmo naqueles olhos tristes cheios de minúsculas estrelas se afogando.

— Venha aqui — eu digo, passando os braços em volta dela. Ela esconde o rosto no meu peito por um momento antes de perceber o que está fazendo.

— Não. Não, eu não posso fazer isso. Desculpe-me... Eu sinto muito. — E com lágrimas confusas correndo pelo rosto de porcelana e um rastro de fogo em suas costas, o anjo foge deste inferno solitário projetado especialmente para mim.

ESTÍMULO

Dias se passaram. Talvez uma semana.

É tudo a mesma coisa. Trabalho. Nadar. Às vezes, bebo. E raramente eu como. De qualquer forma, nada muda. Allison não vem à noite. Ela nem sequer olha para mim. Sinto como se a tivesse manchado e violado de alguma forma. Contaminando-a com a tentação perversa. E, pela primeira vez, estou aliviado.

Eu não podia ficar longe dela, e ela não ficava longe o suficiente para me manter distante.

Então, talvez isso fosse necessário. Talvez ela tenha sentido na pele o que eu era capaz, e era exatamente o que ela precisava para fechar definitivamente o espaço que tinha deixado aberto para mim em sua vida. Agora, ela pode remover o espaço reservado. Eu já não estou na lista de convidados.

Isso é uma coisa boa. Isso é o que há de melhor.

Ainda assim... é uma merda.

Sentir como se eu tivesse algum tipo de conexão com alguém, mesmo que platonicamente, era algo que eu não experimentava há anos. Conhecê-la foi como ver o nascer do sol depois de ter estado preso em um quarto tediosamente cinza e sem janelas. Foi a primeira lambida de sorvete em um dia quente de verão. Sem ela, tudo é monótono. Silencioso. Sem sentido.

Solitário.

Mas eu não estou reclamando. O papel de solitário pensativo é um que eu interpreto bem. Sou uma ilha e gosto de me manter assim.

É por isso que eu não conseguia descobrir por que o entusiasmo habitual em torno deste dia especial simplesmente não estava lá. Este sempre foi um dos meus dias favoritos. As donas de casa estarão particularmente desconfortáveis. Isso testa cada um dos seus limites e as faz reavaliar seus próprios desejos. Vê-las assim, bochechas coradas de vergonha, bocas abertas, se contorcendo em seus assentos com a excitação, é como viver de arte para mim. Essa emoção crua é para o que eu vivo.

No entanto, agora, sinto-me indiferente sobre isso, talvez até um pouco triste. Como se fazer isso fosse ser o prego no caixão para mim e Ally.

Ally e eu.

Hummm. Eu não posso nem dizer isso com uma cara séria.

Observo atentamente quando todas elas entram, olhando hesitantes para o mecanismo que está no meio da sala. Algumas sussurram curiosas, outras estão em antecipação animada. Elas podem dizer que alguma merda está prestes a acontecer, e quem sou eu para decepcionar?

— Bom dia, senhoras. Hoje temos uma convidada especial se juntando a nós.

Aceno com a cabeça em direção ao fundo da sala, e cada cabeça gira quando uma morena esbelta em um robe de seda vermelho vem para a frente. Estendo a mão para ajudá-la a se sentar na cadeira de exame médico.

— Esta é Erin. Erin tem estado conosco nos últimos anos e atualmente é estudante de medicina. Ela também estará nos ajudando hoje.

Minha voz cai para um barítono rouco como se eu estivesse contando um segredo impertinente a elas.

— A fim de dar prazer, vocês precisam entender como recebê-lo. É hora de nos tornarmos íntimos com o corpo feminino. Com *seus* corpos. Erin?

Na sugestão, Erin abre seu robe e o deixa cair, expondo seu corpo nu. Seios redondos e atrevidos são firmes e combinam com uma barriga impecavelmente plana. Sem hesitar, ela abre as pernas e coloca os calcanhares nos estribos longos, revelando uma boceta nua e rosada.

Gritos abafados de surpresa ecoam por toda a sala, mas ela não ouve nada disso. Já está acostumada. E comigo praticamente pagando sua escola de medicina enquanto só trabalha quatro dias por ano, ela não poderia se importar menos com algumas vadias a julgando.

— Parece familiar, senhoras? — eu pergunto, sorrindo maldosamente. — Não? Provavelmente porque vocês têm negligenciado seus corpos, negando a si mesmas a oportunidade de aprender sobre ele. Como vocês podem esperar que os companheiros de vocês as fodam do jeito certo, se não conhecem a si mesmas? Ninguém sabe melhor o que lhes estimula do que vocês mesmas.

— Então, já que eu não tenho as ferramentas necessárias para mostrar a vocês os prós e contras, por assim dizer, Erin vai me ajudar. Primeiro, vamos começar com os mamilos.

Mais uma vez, seguindo minha dica, Erin pega a parte inferior dos seios, beliscando os mamilos eretos entre os polegares e indicadores. Murmúrios chocados ressoam ao redor da sala, o que a faz beliscar as pontas inchadas em resposta e sorrir ainda mais.

— Os mamilos são os pontos de prazer mais óbvios que não se encontram na genitália feminina. No entanto, eles são geralmente negligenciados. Quem gosta de ter seus mamilos estimulados?

Ninguém responde rapidamente, mas uma mão eventualmente sobe. Lacey Rose, esposa do ex-roqueiro e faminto por sexo. Várias outras a acompanham. Faço questão de não olhar na direção de Ally. Saber que eu poderia levá-la ao orgasmo apenas provocando seus mamilos semelhantes a morangos me levaria à loucura. Ignorância é felicidade. Pelo menos no meu caso, a ignorância é necessária.

Concentro minha atenção em Erin, que sorri para mim.

— Ok, bom. Agora, quem gosta de brincar com os mamilos quando está sozinha?

Menos mãos neste momento, mas algumas mulheres realmente confessam.

— Excelente. Nossa amiga, Erin, vai demonstrar todas as maneiras que vocês podem começar a ter esse prazer sozinhas, apenas pela estimulação do mamilo. Erin?

A jovem morena peituda começa a apertar e amassar os mamilos, rolando-os com os dedos hábeis. Ela joga a cabeça para trás em um gemido e morde o lábio inferior com a sedução praticada. Em seguida, traz os dedos à boca, lambendo as pontas, antes de levá-los de volta aos seios inchados. Mesmo com os pés nos estribos, ela tenta fechar as pernas na esperança de criar atrito na boceta negligenciada. Observo atentamente, fascinado pela maneira como a carne rosa e sensível treme com a necessidade. Erin olha para mim, seus olhos me implorando para tocá-la e tirá-la de sua miséria.

Além do ranger das cadeiras, todo mundo fica em silêncio enquanto assistem Erin se acariciando. Algumas até inconscientemente tocam seus próprios seios, morrendo de vontade de serem tocadas.

Assim que Erin está quase à beira do orgasmo, bato suavemente no interior de sua coxa, deixando a mão permanecer lá. Ela coloca suas mãos para descansar na lateral do corpo, perfeitamente equilibrada, exceto por sua respiração irregular.

— Muito bom. Agora, o que vocês podem me dizer sobre o que Erin acabou de nos mostrar?

Depois de um momento, uma mão sobe. Lorinda Cosgrove, a senhora que está lentamente despertando como uma tigresa.

— Hummmm, quando ela os beliscou... gemeu alto?

— Ótimo, Sra. Cosgrove. O que mais?

Lacey fala.

— E quando ela lambeu os dedos e molhou os mamilos, as costas se arquearam.

— Rolar os mamilos entre os dedos a fez estremecer os joelhos — diz outra dona de casa.

— Todas grandes observações. O que mais?

— Quando ela o viu olhando para ela, isso a deixou mais excitada. Ela queria que você a tocasse. Estava notório nos olhos dela.

Congelo, me forçando a não olhar na direção da voz. Eu estava tão perto. Tão perto de passar por isso sem realmente pensar sobre isso. Tão perto de não sentir como se estivesse fazendo algo errado. Mas agora, a culpa injustificada está rastejando de volta, enchendo minha cabeça com ilusões de moralidade. Fazendo-me pensar duas vezes sobre meu próximo passo.

— Bem... Isso foi... — eu gaguejo. Porra. Concentre-se, *Drake. Negócios antes de tudo.* — Então, certo. Seguindo em frente. Em seguida, Erin irá demonstrar algumas das zonas erógenas mais conhecidas, começando com o clitóris. Vejam de perto; observem os movimentos dos dedos. Observem quais áreas são as mais sensíveis.

Sem o meu comando, Erin deixa as mãos viajarem para baixo em sua barriga e entre as coxas. Primeiro, ela abre seu sexo, dando às mulheres uma visão aprofundada de sua área mais íntima. Então, com a outra mão, ela acaricia o clitóris, gemendo de prazer antes de aplicar mais pressão.

Minha mão ainda está no interior de sua coxa, e eu separo as pernas de Erin ainda mais, deixando as mulheres verem cada parte apertada e molhada dela.

— Entendo que a maioria de vocês já teve filhos e não é tão jovem como Erin — eu digo acima de seus gemidos. — Mas este é o tipo de boceta que todas vocês devem aspirar ter. O trabalho de vocês não é apenas parir filhos e administrar uma casa. Vocês são obrigadas a ficarem sempre depiladas e preparadas para todos os momentos. As bocetas de vocês devem estar rosadas e macias. Se não estiverem, há procedimentos para deixá-las dessa forma novamente. *Isto* é o que os seus maridos querem ver quando vocês abrem as pernas. Ninguém quer foder o Chewbacca, de *Guerra nas Estrelas*. Cuidem-se como se fossem uma dublê da Sharon Stone.

Erin volta a massagear o clitóris, traçando círculos em volta desse botão inchado e latejante. Em seguida, ela muda para movimentos rápidos antes de bater levemente na carne rosada, gritando quando atinge o clímax. Ela olha para mim de novo com aqueles olhos carentes, se movendo com os tremores do orgasmo. Sei no que ela estava pensando enquanto se tocava. Sei que ela desejava que fossem minhas mãos estimulando sua pele sedosa.

Desvio o olhar, agindo como se estivesse completamente envolvido em seu sexo palpitante.

— A estimulação do clitóris pode fornecer um dos orgasmos mais poderosos. E, para muitas mulheres, esse é o único clímax que já receberam. Mas há um tipo de orgasmo que, infelizmente, poucas mulheres tiveram o prazer de experimentar. Claro, estou me referindo ao orgasmo do ponto G. Agora, senhoras, esse não é um território perdido de Atlântida. Não há nenhum código especial que vocês precisam para quebrar essa barreira. Apenas paciência e prática. E se conseguirem encontrá-lo, vocês serão capazes de levar seu amante a fazer isso.

Dou um toque na perna de Erin e ela segue meu comando não dito, se deslocando alguns centímetros mais abaixo e mergulhando apenas a ponta do dedo dentro de sua vagina. Ela esfrega o dedo molhado em seu clitóris inchado antes de colocá-lo dentro novamente, desta vez afundando o dedo inteiro. Ela ofega com a intromissão, deixando os músculos se contraírem em torno do dedo fino, antes de aliviar um pouco. Então, mergulha de volta, criando um ritmo lento e pecaminoso.

— É isso mesmo, querida. Lento e profundo — cantarolo, massageando sua coxa. — Adicione outro dedo. Preencha-se.

Erin faz o que eu mando, ganhando velocidade com a adição do segundo dedo. Ouço os sons dela, implorando por mais.

— Agora, curve os dedos para cima, querida. Você sente isso? Sente pulsando? Implorando por você? Toda molhada, querida. Coloque mais dedos e goze pra mim.

Com um grito estrangulado, Erin se deixa ir, e uma onda de doce néctar flui de sua vagina contraída. Ainda massageando sua coxa, com ela ainda gemendo alto, eu sussurro palavras tranquilizadoras com elogios. Quando olho para trás, para a multidão, cada olho está vidrado e sem piscar, e cada rosto está corado e muito vermelho.

— Entendo que pode ser difícil vocalizar o que acabamos de ver, por isso vamos encurtar a aula de hoje. Todas estão dispensadas para os seus quartos, onde um presente especial de nosso amigo do sexshop.com espera por vocês. Quero que explorem seus próprios pontos de prazer. Descubram quais técnicas as estimulam mais. E enquanto fazem isso, utilizem os espelhos em suas suítes. Observem-se gozando. Vejam o que seus maridos veem quando estão dando prazer a vocês.

Sem precisar de mais persuasão, as senhoras vão às pressas para fora da sala, todas em silêncio, ponderando sobre a lição de casa. Assim que ficamos sozinhos, viro-me para Erin, minha expressão queimando com intensidade.

— Minha casa. *Agora.*

— Que diabos foi aquilo?

Ando de um lado para o outro, tentando acalmar meu temperamento. Erin se senta de pernas cruzadas no meu sofá e aperta o robe.

— O que foi o quê?

— Não se faça de idiota, Erin. Você sabe o que estava fazendo.

Ela sorri, fingindo inocência.

— Não sei do que você está falando.

— Mentirosa! — eu grito, erguendo as mãos. — Você estava me fodendo com os olhos o tempo todo. E não pense que não escutei você gemendo meu nome.

Ela olha para o chão para esconder sua expressão desolada.

— É bom saber que você estava prestando atenção. Você me faz sentir como se eu fosse invisível.

Esfrego a parte de trás do meu pescoço em frustração, antes de me ajoelhar na frente dela. Erin pode ser confiante e destemida, mas ainda é uma mulher. Ela ainda precisa se sentir desejada.

— É claro que você não é invisível pra mim, Erin. Eu te vejo. Merda, eu estava te tocando... falando com você de uma maneira que eu não deveria. Por um minuto, esqueci onde eu estava.

Ela levanta os olhos e esperança inunda seu rosto.

— Você me queria, não era? Queria estar dentro de mim, certo?

Engulo em seco, reprimindo o instinto de dizer "Sim".

— Eu seria muito louco de não te querer, Erin. Você é uma mulher linda. Mas sabe que não posso cruzar a linha com você. Nem agora, nem nunca.

— Mas... mas antes nós... — ela diz e eu balanço a cabeça, sabendo exatamente aonde isso vai dar.

— Isso é passado, Erin. E jamais acontecerá de novo. Eu já te disse isso. Agora, se você não consegue lidar com esse arranjo, eu posso encontrar alguém que consiga.

Lágrimas enchem seus olhos e ela balança a cabeça.

— Não. Não, eu estou bem. Me desculpe, eu só...

Eu a beijo na testa e me levanto.

— Boa menina.

Pela primeira vez, eu realmente não estou tentando ser o vilão. Gosto de Erin, mas não da maneira que ela quer. Alguns anos atrás, eu me aproximei dela num bar de Chicago; ela estava com seu último centavo, à procura de qualquer bastardo rico para lhe comprar uma bebida. Apesar de ser incrivelmente linda, ela cheirava a desespero. Eu tive que ajudá-la. Era meu dever cívico fazê-lo, antes que ela caísse nas garras de pessoas erradas.

— Qual é o seu nome, querida? — perguntei a ela, me sentando na banqueta ao seu lado.

— Amy — respondeu ela, me dando um sorriso brilhante.

— Amy? Qual é o seu verdadeiro nome?

Seu sorriso morreu e ela olhou para o copo de gin tônica que era sua companhia durante a última hora.

— Erin.

Sem dizer uma palavra, deslizei para ela um cartão de visita.

Nenhum nome. Nenhuma informação. Apenas um número de telefone.

Então, coloquei uma nota de cem dólares no balcão, me virei e fui embora.

Cinco minutos depois, Erin estava ligando para o meu celular.

— Há uma lanchonete na Avenida Michigan — respondi sem preâmbulos.

— Qual? — ela perguntou.

— Qualquer uma na qual você me encontrar.

Meia hora depois, Erin deslizou para dentro da cabine em que eu estava sentado, perturbada e irritada. Peguei minha xícara de café e casualmente tomei um gole antes de lhe entregar o menu.

— Eu não estou aqui para comer — ela disse, empurrando-o de volta para mim.

— Peça. Você está com fome. E não minta e diga que não está. O que não vamos fazer é mentir um para o outro. Entendeu?

Seus olhos se arregalaram, mas ela não discutiu. Ela era perfeita para mim. Eu sabia que seria. Não tinha tempo nem paciência para arrumar alguém que não soubesse como se submeter.

Tomei um gole de café, enquanto Erin devorou um grande prato de ovos, bacon, salsichas, batatas suíças e torradas. Quando acabou de comer, decidi que era hora de falar de negócios.

— Conte-me a sua história.

Sem muita persuasão, Erin revelou que ela era estudante de medicina no primeiro ano, sem família e sem meios para se sustentar.

Ela havia perdido seu pequeno apartamento caindo aos pedaços, e sua bolsa de estudos não cobria muito no primeiro ano, muito menos moradia. Ela estava presa entre sair e voltar para casa em Idaho, ou encontrar outra maneira menos atraente de se sustentar. Naquele dia, ela decidiu que talvez seu sonho de se tornar médica não fosse se tornar realidade.

— Tenho uma proposta para você — eu disse a ela.

— Eu não sou prostituta — ela rapidamente interveio.

Sorri para ela me divertindo.

— Eu certamente espero que não.

Mostrei a ela o que eu queria, explicando como iria compensá-la por isso. Lá, em uma pequena lanchonete no centro de Chicago, perguntei sobre sua história sexual (dois caras: um antigo namorado de Idaho e um cara da faculdade), seu nível de inibição (ela se considerava uma mulher aberta sexualmente: topava tentar qualquer coisa), e seu histórico de saúde (completamente limpa: nunca fez sexo sem camisinha), tudo o que eu já imaginava. Então, paguei a conta e a levei de volta ao meu quarto de hotel para assinar todos os documentos necessários e começar a primeira fase de seu treinamento.

— Agora, querida, eu preciso saber o quão longe você vai. Você não é obrigada a fazer o que não quer, mas há lugares que vou te tocar que vão excitá-la. Isso vai me excitar. E vou querer te foder. Porra, já quero te foder agora.

Ela se sentou tranquilamente na cama, as pernas longas cruzadas.

— Eu quero isso também.

Eu a toquei em lugares que ela nem sequer sabia que eram zonas erógenas. Beijei seu corpo firme até meus lábios queimarem. Então, a fodi longamente, profundamente e com força até que os lençóis ficaram encharcados com sua umidade.

Quando ela olhou para mim preguiçosamente, sua visão encoberta, ela sorriu com prazer delirante.

— Ai, meu Deus. Eu nem sequer sei o seu nome.

Olhei para o teto, evitando seu olhar terno.

— Meu nome é Justice Drake.

— Hummm, Justice Drake. Gostei.

Eu já podia ouvi-la experimentar meu nome como uma noiva esperando para usar um sobrenome. Tinha que parar com aquilo rapidamente.

— Sim. E isso foi por prazer. No entanto, sempre que eu tocá-la, de agora em diante, será estritamente profissional. Entendeu?

Sem nem ao menos um beijo no rosto, deixei Erin sozinha naquela suíte de hotel, dolorida e satisfeita, com algumas notas e instruções para a semana seguinte.

ILUSÃO

Eu sabia que deveria ter dispensado Erin e seu jeito alegre no momento em que ela começou com a choradeira.

Mas, verdade seja dita, eu não sou um canalha completo. Às vezes, só gosto de deixar meu idiota interior brilhar. Ele é muito melhor em escapar das nuances sociais do que eu.

Deixei-a secando as lágrimas e até fui lhe fazer uma xícara de chá. Depois, insisti para que ela cobrisse os seios empinados e voltasse para Chicago.

— Me ligue quando pousar em O'Hare — digo, abrindo a porta da frente para ela sair. Mas, com a sorte que eu tenho, já era tarde e eu estava ferrado.

— Pode deixar. Obrigada mais uma vez, Justice. Você é sempre muito bom pra mim. Eu estaria perdida sem você. — Ela se estende na ponta dos pés e me beija no canto da boca. Estou prestes a castigá-la por passar dos limites, quando todo o pensamento coerente e o sentido da fala são roubados de mim.

De pé na minha porta, fogo lambendo seus ombros na brisa fresca no início do outono, está Allison, com a mão ainda erguida, como se estivesse se preparando para bater.

— Ally... oi... ei. — Veja, esta é a parte em que o marido traidor grita *"Não é o que parece! Eu posso explicar!"*, enquanto as calças estão em volta dos tornozelos e o pau ainda está duro.

Mas eu não sou o marido de ninguém. E não posso trair alguém que não é minha. Então, por que me sinto como se eu tivesse feito algo errado?

— Ai, me perdoe. — Ela sorri forçado, sufocando seu desconforto. — Não sabia que você tinha companhia. Eu volto mais tarde, Sr. Drake.

— Não, não. Erin estava saindo — digo, segurando a porta ainda mais aberta e quase empurrando Erin para fora do caminho. — Por favor, entre.

— Isso não é necessário. Eu deveria ter vindo outra hora. Sinto muito.

Allison se vira para ir embora e eu a seguro pelo cotovelo, detendo-a. Ela se vira para mim, os olhos cheios de questionamentos, mas não se afasta. Foda-se. Estou ferrado de qualquer maneira.

— Fique. Por favor. Fique, Ally.

Ela balança a cabeça lentamente, seu olhar nunca deixando o meu. Ouço o farfalhar de seda e um som irritado ao meu lado.

Droga. Erin.

— Bem... acho que está na minha hora. — Ela passa por nós bruscamente e faz o caminho mais curto para a casa principal para recolher as coisas dela.

— Avise-me que chegou bem — eu falo atrás dela.

— Sim, sim. — Ela acena sem olhar para trás. Sei que deveria ir atrás dela e, pelo menos, tentar acalmar as coisas, antes de sua selvagem imaginação começar a cozinhar todos os tipos de teorias, mas o que posso dizer? E como eu poderia me forçar a ir embora, agora que tenho este anjo precioso na palma da minha mão?

Erin vai ter que esperar. A lógica, a moral, as obrigações, tudo isso terá de esperar.

— Entre — murmuro, prendendo a respiração enquanto Ally cruza o batente da porta. Ela me acompanha até a cozinha, onde eu pego o nosso pote de sorvete e duas colheres.

— Eu não posso ficar. É que... eu... tive um problema com o dever de casa.

Eu mordo o lábio inferior com força para não rir.

— Oh? Precisa de uma mão? — Viro-me a tempo de ver o olhar glacial de Ally. Ela balança a cabeça.

— Olha, isso foi um erro.

— Não, não, me desculpe. Me diz o que é. Eu, sinceramente, quero ajudar. — Abro o pote de sorvete e pego uma porção antes de entregá-lo a ela. Ally faz uma pausa, contemplando seu próximo passo, antes de eventualmente exalar sua frustração e aceitar a oferta de paz cremosa e gelada.

— Não é nada... Eu acho que não. — Ela coloca a colher em sua boca e cantarola em aprovação, deixando as pálpebras se fecharem em êxtase. Ela senta numa banqueta antes de afundar a colher de volta para pegar mais.

— É só que... Ok, não ria. Promete?

— Apunhale meu coração e me espere morrer — eu respondo com a boca cheia do doce gelado.

— Ok, aqui vai... Como se sabe que você teve um orgasmo? — ela quase sussurra.

Eu franzo a testa.

— O que quer dizer com "como se sabe"?

— Quero dizer, como se pode saber? Tipo, eu não tenho certeza se eu... você sabe. E eu nunca... fiz sozinha... Oh, Deus, isso é muito constrangedor! — Ela enfia a colher dentro do pote e cobre o rosto com as duas mãos.

— Ally... — Repouso minha colher e coloco uma mão reconfortante no ombro dela. Apenas um ombro inocente. Nada pessoal.

— Estou mortificada! Isso foi um erro!

— Não foi. É para isso que eu estou aqui. Você pode me perguntar qualquer coisa, está me ouvindo? Qualquer coisa.

Lentamente, ela remove as mãos do rosto, ainda mantendo os olhos fixos na bancada.

— Eu juro, não sou assim tão ignorante. É que... só foi o Evan e nós nunca conversamos sobre se eu tive ou não... você sabe. Então, não tenho certeza se isso aconteceu ou sei lá.

Concordo com a cabeça, entendendo o que ela está dizendo e resistindo ao instinto de envolvê-la em meus braços e beijá-la sem parar. Sua ingenuidade é incrivelmente inspiradora. Ah, as coisas que eu poderia fazer...

— Bem, Ally. Se você quer saber se já teve um orgasmo, então as chances são de nunca os ter tido.

Seus olhos dobram de tamanho.

— Sério?

— Sério.

— Eles são tão bons assim? Tipo, eu serei capaz de distingui-los do sexo normal?

Eu sorrio, esperando que isso saia mais reconfortante do que como zombaria.

— Pense no ato sexual como um fogo baixo. Há altos e baixos, é claro. Algumas áreas queimam mais do que as outras. E, na maior parte do tempo, só acende até ser apagado.

— Agora, atingir o orgasmo... Imagine um prédio começando a incendiar. As labaredas aumentando. E esse fogo entra em combustão como em uma exibição de fogos de artifício de Quatro de Julho. Dezenas de cores magníficas estourando, estalando, iluminando o céu noturno com ofuscante brilho. Você sabe dizer a diferença entre fogo baixo constante e fogos de artifício, certo?

Ally pega a colher e a enfia de volta no pote do sorvete, evitando o contato visual.

— Sim, é claro.

— Então, você saberia se tivesse alcançado o orgasmo. — Pego minha colher e lambo os restos de sorvete antes de apontá-la na direção dela.

— Então, me diga, Ally... Evan te fez sentir esses fogos de artifício?

Ela fica em silêncio por alguns instantes, então, sei que eu cruzei a linha. Mas, ao invés de me dar uma bofetada no melhor estilo novela mexicana ou sair gritando para fora da minha casa, ela ri. Ela ri uma gargalhada despreocupada que ilumina as trevas do meu coração solitário. O tipo de risada que é normalmente acompanhado por um ronco e/ou lágrimas nas pequenas rugas ao redor dos olhos. O tipo que me faz rir muito, sem nenhuma razão.

— Não. — Ela balança a cabeça, ainda rindo. — Não, Evan nunca me fez sentir fogos de artifício. Oh, meu Deus, quão patética eu sou? Vinte e sete anos de idade e nunca tive um orgasmo! — A alegria a supera mais uma vez, e ela dá um tapa no tampo da bancada.

— Ally... — eu digo, recuperando o fôlego. — Ally, você não é patética. Isso faz dele o patético. Ele tem a perfeição nas mãos, mas não consegue te dar isso? Você era pura e intocada quando o conheceu. Imaculada. Você deu a ele um belo presente. O mínimo que ele poderia ter feito era fazer você gozar corretamente.

Isso chama sua atenção, e todos os sinais de humor são apagados de sua expressão.

— Eu acho que você está certo. Isso nunca foi uma prioridade para Evan. — Seu rosto adquire um ar de desapontamento, tristeza rastejando sobre suas delicadas características de porcelana. — *Eu* nunca fui uma prioridade.

Quero tanto tocá-la. Quero puxar seu queixo para que ela olhe para mim, para que ela possa sentir a convicção nas minhas próximas palavras.

— Então, por que diabos você quer ficar com alguém que só te faz de opção, quando claramente deveria ser a prioridade *dele*?

Seus olhos encontram os meus, dor desmascarada e confusão tão evidentes nessas esferas azuis.

— Justice... não...

— Quero dizer, por que você se coloca nessa posição quando sabe que merece algo muito melhor?

Ela balança a cabeça.

— Eu não sei. Quero dizer, eu realmente mereço algo melhor? *Existe* melhor do que isso? Crescemos vendo os líderes da nossa nação trapaceando e mentindo. Ouvimos sobre decepção destruindo casamentos todos os dias. Qual é a alternativa? Solidão?

Não. Eu. Eu sou a alternativa.

Mas isso seria uma mentira, não é? Isso me faria tão idiota quanto Evan e todos os outros pedaços de merda que já machucaram uma mulher.

— A felicidade — eu digo, em vez disso. — A amizade. A liberdade.

— Ah, liberdade. — Ela bufa. — Existe tal coisa pra nós, quando nossas vidas são exploradas e mostradas na televisão?

— A minha não é — afirmo com naturalidade.

— Sim, isso é porque você não cresceu como um fantoche de estimação. Você deve ter tido uma infância de verdade, com pais que não te deixaram ser criados por babás e amigos que realmente gostam de você pelo que é, e não por a quem você poderia apresentá-los.

— Não tenha tanta certeza — murmuro, revirando os olhos.

— Ah, é? Então, como você escapou da loucura? Como evitou os paparazzi, a falsidade e desilusões de nobreza?

— Circunstâncias.

Nós dois damos de ombros e voltamos a pegar nossas colheres para continuarmos com o nosso sorvete de chocolate com menta. Eu não quero explicar, e ela não quer ouvir uma explicação. Nós dois estamos confortáveis nesta ilusão de segurança e normalidade, na qual espionagem de câmeras e tabloides incriminadores não existem.

— Ok, se você estivesse em um primeiro encontro com uma mulher, ficaria mais impressionado se ela pedisse uma salada ou um grande e suculento hambúrguer?

Levanto uma sobrancelha, me divertindo com sua imprevisibilidade.

— Oi?

— Salada ou hambúrguer? Qual garota se sairia melhor com você? — ela diz, antes de colocar um montão de sorvete na língua.

Assisto com fascínio extasiado enquanto ela lambe a colher, muito absorvido para sequer tentar responder sua pergunta. Ally pega o meu olhar e coloca a colher para baixo, um sorriso travesso contraindo os lábios.

— Foco, Drake. Responda a pergunta ou serei forçada a roubar o seu esconderijo de sorvete e comer tudo, trancada no meu quarto sozinha.

Pulo para fora do meu transe e dou de ombros.

— O que você espera? Eu sou humano.

— Seu lapso repentino de atenção não tem nada a ver com ser humano e tudo a ver com você ser homem. Então, coloque a testosterona no gelo e responda a pergunta.

— Tá bom, tudo bem. — Inclino a cabeça de um lado para o outro, contemplando minha resposta. — Eu ficaria com a garota do hambúrguer.

— A garota do hambúrguer? Mesmo que ela cheire a fritas e carne?

— Não, não. — Eu rio, balançando a cabeça. — Porque ela não tem medo de ser o que ela é.

Ambas as sobrancelhas sobem em confusão.

— O que ela é? Quer dizer, gulosa?

— Não, Ally. — Sorrio. — Real. Ela não tem medo de me mostrar quem ela realmente é.

— Interessante — ela comenta, batendo a colher contra os lábios. — Especialmente considerando que fazer você me mostrar quem é realmente é como arrancar um dente.

Olho em volta, como se houvesse a possibilidade de ela não estar falando comigo.

— Hum, tenho certeza de que você está na minha casa agora. E temos trocado saliva ao compartilhar sorvete. Você também usou minhas roupas!

— Mas você é tão vago! É como um cofre de aço que estou tentando abrir com um martelo de carne.

— Você está com uma estranha obsessão por carne hoje — eu digo, tentando reprimir o sorriso.

— Oh, bem que você gostaria, amigo — ela retruca, nem mesmo percebendo o quão verdadeira é a sua declaração. Ou ela sabe?

Ally repousa o cotovelo na bancada, descansando o queixo na palma da mão com um suspiro.

— De qualquer maneira, isso não importa, porque você está mentindo.

— Ai. — Eu me encolho.

— Você com toda certeza pegaria a garota da salada. Iria buscá-la, trazê-la para sua casa e, em seguida, brincaria com as costelas dela como uma harpa.

Agora é a minha vez de rir histericamente.

— Oh, não! Definitivamente, não.

— Todos os caras pegam a garota da salada. É um fato comprovado. — Ela acena com a cabeça, confiante. — Meninas do hambúrguer não conseguem um amor.

O que essa garota tem? Ela é muito legal, bonita e engraçada, e real. Ela é a minha garota do hambúrguer. Todo o resto é apenas salada fria e insatisfatória.

Terminamos o resto do sorvete antes de irmos para a sala de estar assistir TV. Ally pega o controle remoto e instantaneamente muda para um canal que está passando um episódio antigo da série *Friends*. É o episódio em que Monica e Chandler se casam.

— Adoro essa turma — ela comenta, se sentando ao meu lado.

Estico o braço nas costas do sofá (não ouse fazer piadinha sobre isso) e ela se enrola em mim ainda mais. Puta merda. *Por favor, não fique duro, por favor, não fique duro, por favor, não fique duro...*

— Ah, é? Por quê? — pergunto, tentando distrair minha mente.

— Bem... eles são melhores amigos. Seis amigos, que vivem perto, experimentando a vida em conjunto. Dos percalços às desventuras do amor, romance e amizade. Eu adoro tudo sobre eles.

Ross ameaça chutar o traseiro de Chandler, e Ally ri. Sorrio olhando-a enquanto ela assiste atentamente, o rosto brilhando com ternura. É como observar um ser extraterrestre, algo tão estranho, exótico e excitante que simplesmente não se consegue parar de olhar. Você não quer se mexer e nem mesmo piscar, com medo de que desapareça.

— Sinto saudades daqueles dias. — Ela suspira, enquanto vemos Monica caminhar até o altar. Sei o que ela quer dizer, e algo aperta em meu peito. Quero me afastar e deixá-la viver sua memória sozinha, mas ela continua. — Não do casamento. Só do sentimento de união. De ter amigos para experimentar os altos e baixos da vida com você. Sinto falta disso.

Eu suspiro. Ally sente a ascensão e queda do meu peito e olha para cima com uma careta.

— Você não sente falta?

— Eu nunca tive isso.

— Ah, qual é? Nenhum velho amigo da Academia Denton com quem você aprontou todas? Se bem me lembro, os caras da Denton tinham essa reputação.

Balanço a cabeça com um sorriso. Sim, eu aprontei o inferno.

Merda, eu era lendário. Mas ela nunca saberá disso.

— Nunca tive amigos assim. Nem agora eu tenho amigos assim — digo a ela.

Ally permite que sua mão derive até encontrar a minha. Ela aperta os olhos sorrindo, como se acabasse de encontrar um brilhante, uma quantia significativa.

— Bem, você me tem. Eu sou sua amiga, certo?

Amiga. *Amigos*.

É isso que eu sou para ela? Existe alguma outra opção?

Eu vim a isto com a intenção de ser algo diferente. Seu professor. Seu conselheiro. Seu guia.

Mas, então... então, eu queria ser outra coisa. Seu amigo, sim, mas, inconscientemente, pensei que eu significaria mais. Algo mais profundo.

Seu amante.

Eu queria ser amante desta mulher. Amante desta mulher casada.

Honestamente, apesar de ser egoísta e estar cansado de toda essa merda, isso é o que eu quero. E mesmo sabendo que nunca poderia acontecer, eu ainda quero essa ilusão. Quero desenterrar meu coração do peito com uma colher de chá e colocá-lo em chamas para que eu possa ver claramente como isso vai me destruir. Que esta mulher — esta delicada pombinha — vai me destruir.

— Somos — é tudo o que consigo dizer sem ceder aos meus verdadeiros sentimentos. Sem analisar tudo o que nós poderíamos ser que atualmente atravessa minha cabeça.

Aperto a lateral de seu braço e olho de volta para a TV. Joey está terminando de realizar a cerimônia do casamento, e ele diz a Monica e Chandler para se beijarem mais uma vez.

Eu rio. Porque é isso que um amigo faria.

VÍCIO

Sexo, mentiras, vídeo de sexo e rumores de gravidez?

O playboy de Upper East Side, Evan Carr, foi pego com outra mulher deixando uma clínica isolada em Hoboken, ontem, vestido com roupas simples, um boné de beisebol e óculos escuros. A mulher, também vestida da mesma forma, parece ser a mesma mulher do vídeo de sexo que veio à tona há uma semana.

Os rumores de infidelidade não são novidade para o playboy de vinte e nove anos de Manhattan, e fontes dizem que a mulher na fita e nas fotografias é realmente a melhor amiga de sua esposa, Allison-Elliot Carr, Kelsie van Weiss. Kelsie e Allison se conheceram no primário em St. Mary e estudaram juntas em Columbia.

De acordo com fontes próximas ao casal, Allison, de fato, deixou sua cobertura na cidade e deu entrada em uma clínica de tratamento para o vício em analgésicos, provocado pela traição. Ninguém sabe ainda o nome da clínica, mas fiquem atentos para as últimas notícias...

Leio a história novamente. Então, novamente, na esperança de que eu tenha lido errado. Quero dizer, é a internet. A merda fica torcida, vira e mexe, e perde o sentido. Isto não pode estar correto. E daí se eu ainda estou desfrutando da neblina cor-de-rosa deixada para trás pela presença de Ally ontem à noite? Algo tão terrível, nojento e doloroso não pode acontecer com ela. Nem mesmo um canalha como Evan poderia ser *tão* baixo.

Fecho o alerta do Google no celular e vou até os meus contatos. Heidi atende ao primeiro toque.

— Já estou vendo isso, Drake — ela diz, e escuto sons estridentes de buzinas e gritos de vendedores de alimentos.

— Diga-me que essa merda não é verdade.

— O quê? Você leu as notícias de fofoca, certo? Está tudo no E! e TMZ.

— Eu sei. — Silenciosamente, repreendo-me por dar a Evan muito crédito. É claro que ele seria perverso. É a sua verdadeira natureza. É isso que acontece quando duas pessoas de merda procriam. Elas dão à luz crianças de merda, que crescem para serem maridos de merda.

— Como eu disse, estou vendo isso. Já vazamos algumas informações da Sra. Carr. Umas fotos dela desfrutando de uma massagem e tratamento facial que pegamos com a equipe de segurança daí. Tudo vai se acertar no final. Quanto a Evan... não há nada que se possa fazer.

— E você garantiu que o local não apareça, certo? — Para fins fiscais, o Oásis é tecnicamente um SPA ultraexclusivo. Poucas pessoas sabem que ele existe, muito menos a localização real. Nem o FBI saberia onde procurar.

— Sim, é claro, Justice. Esta não é a minha primeira vez, sabe?

— Poderia ter me enganado.

— E o que isso quer dizer? — Heidi pergunta com aborrecimento em sua voz. Quando se trata de negócios, Heidi é tão sensata quanto o valor que ela ganha. Não é desafiada muitas vezes e não tem razão de ser. Sua reputação fala por si.

Belisco a ponta do nariz, sentindo a enxaqueca se aproximar das minhas pálpebras e têmporas. Definitivamente, não foi assim que planejei passar a minha manhã de sábado.

— Pensei que tivesse te pedido para colocar alguém atrás de Evan.

— E eu coloquei! Não podemos controlar cada movimento dele, Justice. Na verdade, tenho outros clientes, sabe?

— Eu não dou a mínima para os seus outros clientes, Heidi. Cuide disso. — Uma batida ressoa da porta da frente, me fazendo levantar ansioso e irritado. — Olha, corrija esta merda. A última coisa que Ally precisa é de rumores falsos de dependência química. Faça o que for preciso. — Desligo.

Ando até a porta da frente, a minha paciência diminuindo a cada passo. Muito preocupado, abro a porta sem me atentar a olhar pelo olho mágico.

Ally encara fixamente meu corpo, os olhos arregalados em deleite curioso, seus cabelos vermelhos iluminados pelo sol brilhante da manhã. Ela está vestida com jeans, camiseta de seda verde e um casaco roxo, mais casual do que eu já vi. No entanto, estou menos do que decente com calça de pijama de flanela, e nada mais.

— Bem, bom dia. — Ela sorri maliciosamente, entrando pela porta, seu ombro esbarrando em mim. Segurando uma sacola de papel marrom, passa por mim e vai direto para a cozinha. Ela está confortável aqui. Está à vontade comigo.

— O que você está fazendo aqui? — pergunto, rapidamente fechando a porta, mas não sem antes verificar se alguém a seguiu.

— Nooossa, você é mal-humorado de manhã. Para sua informação, eu queria surpreendê-lo com algo totalmente doce e incrível, mas posso ir embora se quiser. — Ela vira seu cabelo dramaticamente e faz o caminho de volta em direção à porta. Paro à sua frente antes que ela possa sequer chegar perto.

— Desculpe, eh, eu não estava esperando por você — digo, olhando para ela, resistindo à vontade de levar o dedo até a parte inferior de seu lábio. — E eu tive uma manhã difícil. Por favor, fique. Eu poderia ter algo totalmente doce e incrível. — Pisco para ela sorrindo, apenas para amolecê-la. Um rosto tão suave e delicado nunca deve franzir a testa.

— Você está zombando de mim, Drake? — Ela sorri.

— Talvez. Depende do que tem aí na bolsa.

Ally sorri, e seu calor exala sobre mim. Não o calor que eu sinto quando me imagino apertando seu pequeno corpo sobre o meu. Mas um calor reconfortante, real e palpável. Seu sorriso é como o sol: brilhante e contagiante. Prefiro ficar cego a ficar sem ele.

Ela se vira e coloca a sacola em cima do balcão.

— Bem, é seu dia de sorte, porque, honestamente, isso é tanto uma surpresa para mim quanto para você. — Ela começa a abrir a sacola, despejando coisas sobre a bancada de mármore. — Primeiro, café da manhã! Seu amigo Riku, que é lindo pra caramba, só para constar, me ganhou com a minha comida matinal favorita, frango grelhado e waffles! — Ela tira a tampa de uma grande vasilha e os aromas deliciosos de massa frita e especiarias enchem o ambiente. Meu estômago ronca em aprovação.

— Você come frango e waffles? — eu pergunto, dando um passo à frente para conseguir uma visão melhor da vasilha.

— Claro que sim! — ela exclama, orgulhosa. — Já perdi até a conta de quantas vezes eu fui ao restaurante Melba, em Harlem. Você já foi?

— Não me lembro.

Ela dá um tapa levemente no meu peito nu e solta um gritinho.

— Você tem que me deixar te levar! É demais!

— E, aparentemente, você tem que voltar no tempo, até antes de casar para me levar para comer lá — eu digo, fazendo-a me dar outro tapa brincalhão.

Ela ri e eu me junto a ela por reflexo e necessidade. Ally tem boas intenções, mas jamais poderia saber o que está fazendo comigo.

Fazendo planos para depois disso, como se eu pudesse realmente ter um lugar em sua vida fora destas quatro paredes? Como se ela e eu pudéssemos continuar essa... coisa?

Não sei ao certo se eu deveria estar chateado por ela me dar falsas esperanças ou contente pelo fato de ela me querer na sua vida. Mas quando olho para ela tão feliz — feliz *comigo* —, eu só posso agradecer por esta farsa, mesmo sabendo que isso vai me matar quando a cortina fechar.

Ally levanta o prato até o nível dos olhos, me provocando com os doces aromas de especiarias.

— Para de gracinha! Ou você não vai ter nada disso.

— Riku quem fez?

— Foi. Ele ficou realmente muito surpreso com o meu pedido. Acho que as outras senhoras estão muito preocupadas em ganhar alguns gramas para apreciar uma comida de verdade. — Ela dá de ombros. — E eu entendo porque você o mantém preso na cozinha. Ele seria totalmente molestado por todas essas donas de casa com tesão reprimido!

Dou a ela um meio sorriso antes de virar em direção aos armários, na tentativa de esconder meu surto de ciúme. Não tenho o direito de ser possessivo com Ally. Ela não é minha. Mas, porra, eu nunca vou conseguir ser racional.

— Legal da parte dele — comento, tão friamente quanto posso.

— Sim. De qualquer forma, o meu plano é te encher com gordura e colesterol e, depois, esperar que você fique satisfeito o suficiente para me agradar.

Viro-me com os pratos e talheres, bem a tempo de pegar um olhar tímido no rosto dela.

— Agradar, é?

— É. — Ela coloca o prato no balcão, abre a bolsa novamente, e alegremente mostra o próximo item, apertando-o contra o peito como se fosse seu bem mais precioso.

— Maratona *Friends*!

— Você tá brincando, né?

Ally abraça o conjunto de DVDs e balança a cabeça.

— Eu nunca brinco quando o assunto é *Friends*. Vamos, Justice! Vai ser divertido! Eu até trouxe a comida, por isso não precisa sair de casa o dia todo — diz ela, puxando sacos de batatas fritas, pacotes de pipoca para micro-ondas, doces e dois litros de refrigerante. — Só eu, você, Ross, Monica, Rachel, Phoebe, Chandler e Joey. E porcarias suficiente para entupir todas as nossas artérias.

Pego um saco enorme de M&M de amendoim.

— Onde você conseguiu tudo isso?

— Eu implorei a Diane para me ajudar, dizendo a ela que tenho alguns sérios desejos quando estou de TPM e que só ficaria satisfeita com carboidratos. Eu queria te fazer uma oferta irrecusável.

Faço uma cara depreciativa e esfrego a parte de trás do pescoço. A expressão de Ally fica triste.

— Bem... sorte sua que artérias obstruídas estão na moda.

Ally sorri e o sol queima meus olhos. Eu só os aperto e sorrio também.

— Ai, meu Deus, isso foi...

— Hummmm. — Esfrego minha barriga cheia e engulo o último delicioso pedaço de frango frito crocante e waffle macio com calda doce. É o pedaço perfeito.

— ... incrível, delicioso. Melhor do que sexo.

— Não sei disso não — falo, limpando a boca com um guardanapo. — Riku é um grande chef e tudo, mas nada é melhor do que sexo.

— Xiiii.

Levanto uma sobrancelha.

— Xiiii?

— Xiiii. Quero dizer, não me leve a mal, é muito bom. Mas sexo é só... Eu não sei. Apenas *sexo*. Entendo por que as pessoas gostam tanto, mas eu só não entendo por que isso dá tanto poder. É um ato físico de amor ou afeto, não o próprio amor ou afeto. Relacionamentos são muito mais do que sexo. Trata-se de confiança, lealdade, honestidade, bondade, respeito, e muito mais do que somente uma mulher abrindo as pernas.

Eu a olho perplexo.

— Você sabe com quem está falando, não é?

— Sim, sim, eu sei, Sr. *Expert em Sexo Extraordinário*. E admito, você sabe o que faz. Mas não acha que há outros fatores em um relacionamento, ou num casamento, que possam ser mais impactantes do que o sexo? Por exemplo, se seu amante é doce e sensível e te trata como um tesouro, você não acha que o sexo seria incrível? Mesmo que não fosse assim tão notável fisicamente?

— Não.

— Não?

— Não. — Empurro meu prato para o lado e apoio os cotovelos no balcão, me inclinando para ela.

— Eu concordo que todos esses elementos são necessários e exigidos em um relacionamento, mas, para ser honesto, tudo leva a sexo. Olha, somos doces, engraçados e gentis porque queremos sexo. Nós nos sentamos e assistimos filmes melosos, teatro e ballet porque queremos sexo. Vamos esperar pacientemente enquanto você experimenta oitenta e três modelos diferentes de salto alto preto porque queremos sexo... enquanto você ainda está experimentando os sapatos.

— Pense nisso desta maneira: confiança, honestidade, respeito, todas essas coisas são como os jogos classificatórios durante um campeonato de futebol. Você precisa jogar com eles. Eles são necessários para chegar até onde você quer, mas a decisão do campeonato é o sexo, Ally. E, embora sejam os jogos classificatórios que te levam até lá, eles não podem ganhar o jogo. Ninguém diz: "*Eles jogaram muito bem contra esse time há algumas semanas, por isso, tudo bem se perderem*". É como você joga o jogo naquele dia que importa. Essa é a única coisa que as pessoas se preocupam.

Ally concorda solenemente enquanto remexe no resto de calda do prato com um garfo.

— Então, o que acontece se você não tem todas as outras coisas? E se não há confiança, não há honestidade, nem respeito? E se o seu parceiro perde todos os jogos? Por que diabos eles ainda se sentem merecedores de sentar nas arquibancadas, e até mesmo *jogar* as finais?

Olho para baixo, onde sua mão continua a deslizar o garfo na calda pegajosa. A mão que abriga seu anel de casamento de diamante. Depois, olho em seus olhos, encorajando-a a olhar para mim, a me ouvir.

— Talvez você só esteja torcendo para o time errado.

Ela fica em silêncio, mas segura meu olhar, aqueles olhos selvagens descobrindo cada camada complicada da minha admissão.

Sei que ela quer me perguntar o que eu quero dizer, e, neste momento, não posso mentir. Quando ela me olha assim desse jeito — como se eu, de alguma forma, importasse em seu mundo e realmente ocupasse espaço em algum lugar em seus pensamentos —, pode me perguntar qualquer coisa. E eu a entregaria cada um dos meus segredos em uma bandeja de prata.

— Vamos lá — eu digo, ficando de pé e quebrando nosso transe. Estendo a mão, oferecendo a única coisa que posso dar a ela.

A única coisa que eu sou digno de lhe dar: *o agora*.

— Eu quero ver *Friends* com a minha amiga.

— Acho que esse é o meu episódio favorito — diz Ally com metade de um Twizzler entre os lábios. Pego um pedaço e jogo na minha boca.

— Isso foi o que você disse sobre os últimos cinco episódios.

— Eu sei, mas este é o melhor. Este é aquele no qual todos vão para as Bermudas e o cabelo de Monica ganha vida própria. E ela está andando com aquele pequeno boné branco no topo da montanha de cabelos espetados. Eu morro toda vez que vejo isso!

Balanço a cabeça e sorrio. Claro. Meus músculos faciais não tiveram esse tanto de treino desde... desde, bem, sempre. Olho para Ally enrolada ao meu lado como um gato, seus pés nus escondidos debaixo dela. Observo como ela coloca os doces na boca e ri, porque ela sabe qual piada está por vir. Ela aperta minha coxa e olha para mim, rindo.

Graças a Deus eu fui esperto o bastante para colocar uma camiseta e um jeans desgastado.

— O quê? — Ela sorri.

— Nada. É só que é fofo o quão viciada você é nessa coisa. Você provavelmente já viu todos os episódios pelo menos umas dez vezes, mas ainda acha engraçado. É um pouco assustador. Mas meio que adorável também.

— Não consigo evitar. — Ela dá de ombros. — É o meu vício. Algumas pessoas fumam. Outras gostam de bebida alcoólica ou drogas. Eu sou viciada em reprises de *Friends* e sorvete.

— Você é tão boba.

— E, às vezes, quando estou me sentindo muito travessa, assisto *Friends* comendo sorvete. É uma delícia!

— Ok, isso é *realmente* assustador. E não da maneira que você pensa.

Nós dois caímos num riso fácil, espontâneo, o que me leva a puxá-la para mais perto, sugando seu calor e bondade como um demônio. Sei que eu deveria parar. Sei que não importa o quão inocente eu possa tentar fazer minhas ações parecerem, elas não são nada disso. No entanto, eu não consigo parar. Não posso perder este momento. Posso nunca tocar um anjo novamente.

— Então, Justice, qual é o seu vício? — ela pergunta, enchendo a mão de jujubas. — E não se atreva a dizer algo estúpido e saudável como natação ou corrida, ou talvez eu tenha que reavaliar essa amizade.

— Eu não tenho um.

Ela levanta e se vira para mim, descrença gravada em seu rosto.

— Não acredito! Todo mundo tem um vício. Qual é? Você tem que ter algum. Alguma coisa que te faça psicologicamente feliz? Eu prometo que não vou julgar. A menos que seja algo estranho como pornografia com cabras. Ou Crocs.

Reviro os olhos e balanço a cabeça, sufocando uma risada.

— Ai, meu Deus, é uma coisa estranha? É pornô com cabra, não é? Ou pior, Crocs! Aposto que você tem uma coleção com cores diferentes! Ai, meu...

— Eu não gosto de Crocs.

— ... E eu que pensei que você fosse normal.

— Ou qualquer pornô estranho envolvendo animais — eu digo enquanto ela divaga induzida pelo açúcar.

— Então o que é? Fala logo, Drake.

Expiro e esfrego a parte de trás do meu pescoço, tentando acalmá-la com uma resposta que não me faça parecer um idiota total.

Sexo.

Dinheiro.

Você.

Nem mesmo pensar nela parece errado, embora tenham sido o sexo e o dinheiro que a trouxeram até mim.

— Trabalho — eu resolvo.

— *Trabalho*? Você é viciado em trabalho? — Ela joga uma jujuba em mim, me acertando no ombro. — Que tipo de vício é esse? Ai, que vergonha.

— Ei, não é culpa minha eu não ter sido corrompido por fast food e TV ruim. E eu gosto do meu trabalho. É importante pra mim.

Ally torce os lábios para um lado, e aperta os olhos.

— Hummm... Você sabe o que você faz, certo? Não está buscando a cura do câncer ou tentando criar biscoitos sem calorias.

Levanto uma única sobrancelha.

— Mas ainda é importante. Ele a trouxe aqui, não é?

Seu olhar desvia, e me sinto imediatamente como um bastardo sem tato, jogando na cara dela sua presença no Oásis. Sinto-me como um peixe fora d'água; me preocupar com os sentimentos das pessoas, pensar sobre o que falar antes que simplesmente saia pela minha boca... isso não é comigo. Este não é o Justice Drake que as pessoas conhecem e detestam. No entanto, eu não quero ser de outra maneira com Ally. Gosto de quem eu sou quando ela está por perto.

Pela primeira vez, eu posso simplesmente... respirar.

— Eu sinto muito. Não devia ter...

— Não, você está certo — diz ela, balançando a cabeça. — Você está certo. Eu estou aqui. E estou feliz por ter vindo.

— Por quê? — A pergunta sai antes que eu me dê conta. Isso tem me corroído desde o dia em que ela incendiou meu paraíso no deserto.

Ela balança a cabeça novamente, desviando o olhar para os poucos doces que ainda restam.

— Eu vim porque... porque pensei que era o que Evan queria. Pensei que iria consertar o que estava quebrado. Mas logo percebi que não se pode consertar o que está além do reparo. O que nunca foi realmente destinado a ser, em primeiro lugar.

Eu não quero ler muito em suas palavras, mas não consigo evitar esse pequeno indício de esperança que floresce no espaço entre as minhas costelas e o peito. Aquele pequeno espaço que bate descompassadamente quando ela sorri para mim com todos aqueles dentes brancos e lábios macios cor-de-rosa, como se eu fosse o único que tivesse tal efeito nela. Como se eu fosse o único homem no mundo para quem ela reservou aquele sorriso.

É brega e doce, e tão diferente de mim em todos os sentidos possíveis, mas é a verdade. E depois de anos mentindo para mim mesmo e todos os outros, é um dilema bem-vindo.

— E agora? — eu pergunto, fazendo com que o olhar dela chegue ao meu.

— Agora?

— Você disse que estava feliz por ter vindo. Por quê? Por que agora?

Vermelho cora seu rosto e ela sorri, olhando de volta para as mãos, timidamente.

— Eu aprendi muito. Sobre mim e... sexo. Sobre o que eu gosto e quero. — Seu olhar volta ao meu e ela me dá um sorriso safado. Acho que ela nem se dá conta de que é safado. Mas do jeito que eu sinto até a ponta do meu pau... Oh, se é... safado pra cacete.

— Eu nunca fui muito sexual. Droga, geralmente eu só usava o humor para disfarçar o meu desconforto sempre que o assunto vinha à tona. Mas agora, eu me sinto mais confiante e livre para explorar esse meu novo lado. E é muito, muito emocionante. Assim, mesmo que tudo isso seja para nada e Evan e eu não possamos corrigir isso... Vou saber da próxima vez.

— Da próxima vez?

— Vou saber como ser uma amante melhor. Posso ser o que os homens querem.

É preciso cada grama de autocontrole e bom senso para não agarrá-la pelos ombros e sacudi-la até ela entender de uma vez por todas que ela é o que os homens querem. Que ela foi perfeitamente projetada para ser uma deusa para cada homem, que ela embeleza qualquer lugar com sua presença. Não há nada de errado com ela, nem uma maldita coisinha. Mas como faço para fazê-la ver isso — e acreditar nisso — sem parecer uma fraude? Ou pior: mostrar quem eu realmente sou?

— Você sabe que não importa o quão incrível seja na cama, Evan será sempre Evan, certo?

Ele sempre será um covarde, um traidor bastardo.

Ela franze a testa, mas balança a cabeça em concordância.

— Eu sei. Eu sabia disso no dia em que me casei com ele. Ainda assim... Achei que o casamento iria mudá-lo. Pensei que eu poderia mudá-lo.

— Equívoco comum — eu falo, pegando um Twizzler. Toco seu nariz com a ponta do doce numa tentativa de aliviar o clima. Ela pega a isca, mordendo-o como um peixe faminto.

— Eu sei, eu sei — diz ela, mastigando o doce vermelho.

— E, honestamente, você não precisa fazer isso. Ele deve querer mudar... por você. Porque você vale a pena.

Com o olhar ainda preso no nela, mordo mais um pedaço do doce, tocando a língua no lugar que ela mordeu segundos atrás. Seus olhos observam o movimento, estudando meus lábios, envolvendo a fina videira vermelha. É como beijá-la, saboreá-la. Alimentando meu vício dela. Ainda não é o suficiente, mas muito mais do que eu deveria ter.

A sugestão de uma música pornô dos anos oitenta e luzes diminuindo passa pela minha cabeça, porque, em circunstâncias normais, este seria o ponto em que eu tiraria as roupas de uma mulher e enterraria seu rosto no meu colo. Mas Ally não é uma mulher normal. E casada ou não, eu nunca poderia tratá-la como tratei muitas antes dela.

O rosto de Ally está vermelho e ela se vira para a televisão, aninhada no espaço — *seu* espaço — ao meu lado.

— Eu retiro o que disse — diz ela com um pequeno bocejo. — Este é o meu favorito.

O episódio mudou, mas a turma ainda está em Bermudas. Monica doma o cabelo com tranças e Ross fica com a garota de Joey, Charlie. Joey não pode sequer estar realmente chateado, porque faz sentido. Ross é um parceiro melhor; ele a merece. Ele nunca poderia dar a Charlie o que ela quer. Ele nunca poderia realmente preenchê-la. Joey é um mulherengo e irresponsável. Ele nunca vai mudar. Eles nunca mudam.

PAIXÃO

Ando pelo palco, esperando e observando a porta de entrada como um falcão. Sinto minha ansiedade se multiplicando a cada segundo, com a lembrança do calor ardente de Ally ao lado do meu corpo. Não consigo sentir qualquer outra coisa desde que ela deixou meus braços quando o amanhecer iluminou o céu na manhã no domingo, transformando-o em uma tela de algodão doce.

Adormecemos algum tempo depois de Rachel e Joey finalmente ficarem juntos. Ally estava enrolada ao meu lado como um pequeno gato selvagem, seus joelhos em cima do sofá. Com a mão agarrada na minha camisa e aquela cabeleira de fogo caindo nos olhos fechados, ela roncava suavemente contra o meu peito, usando o meu corpo como seu travesseiro pessoal e aquecido. Acordei apenas quando o sol espreitou sobre o horizonte, bem a tempo de assistir tranquilamente a preguiçosa luz do sol dançando em seu rosto. Mesmo com meus olhos nublados pelo sono, ela estava gloriosa. Pura e renovada para um novo dia de novas possibilidades. Novas oportunidades para estar ao lado dela e deixar seu calor sufocar as consequências que estão um pouco além daquelas colinas irregulares na borda do meu oásis.

No momento em que meus olhos encontram os dela no meio da multidão, consigo respirar novamente. Minha visão é nítida. Fico melhor quando ela está perto, mesmo quando me nego o prazer de realmente olhar para ela. Na maioria dos dias, é melhor quando não olho. E hoje é um desses dias.

— Sei que vocês estão se perguntando por que eu pedi para me encontrarem no nosso cinema esta manhã. Bem, hoje nós temos uma demonstração especial. No entanto, antes de começarmos, eu gostaria de saber como todas *lidaram* com a lição de casa na última sessão. Alguém gostaria de compartilhar com a classe?

Um sorriso sarcástico repousa em meus lábios enquanto as observo se contorcendo nos lugares e imaginando seus corpos estremecerem em suas próprias mãos. Sei que não deveria, mas sinto prazer fazendo isso. Não importa como me sinto sobre Ally e o futuro que nunca, jamais podemos ter, não posso mudar quem eu sou.

E não sou o marido de Ally. Por isso, não importa que eu ame o que faço. Não importa que eu fique duro só de imaginar uma mulher se masturbando pela primeira vez. E não importa que eu queira sexo, precise de sexo, e planeje ter sexo tão logo quanto possível. Minha mente pode estar em conflito sobre isso, mas o meu corpo definitivamente não sente o mesmo. E depois da aula de hoje, a minha mente pode obedecer rapidamente.

Lacey é a primeira a levantar a mão. Ela levanta e se apoia sobre o salto alto agulha. Ela parece... diferente, para dizer o mínimo.

Camisa vermelha apertada, sem sutiã, e uma saia de couro curta. Interessante...

— Obviamente, essa não foi a minha primeira vez — Lacey começa com um ar de arrogância. Algumas de suas colegas reviram os olhos e sussurram insultos. — Mas aproveitei bem o brinquedo. Foi muito... potente.

Ela está blefando.

— Do que você gostou nele, Lacey?

— Hum, ele era... — ela gagueja, segurando a parte superior do seu peito exposto. Um rubor começa desde esse pedaço sugestivo da pele e vai até o pescoço, pousando nas maçãs do rosto. — Foi poderoso. Forte. No momento em que ele me tocou, eu perdi o controle. Mas não queria parar. Queria pressioná-lo mais forte. — Ela fecha os olhos, falando como se estivéssemos apenas nós dois na grande sala. Falando como se estivesse comunicando alguma coisa para mim, suas vontades, seus desejos.

— Eu precisava de algo dentro de mim.

Dou um passo em direção a ela, preenchendo a sala com uma corrente invisível, fazendo-a parecer menor agora, mais íntima.

— E você colocou algo dentro de si, Lacey?

Sua voz é áspera e cheia de necessidade.

— Sim.

— E isso te fez se sentir bem? — Igualo seu tom de voz afetado.

— Sim.

Minha voz fica ainda mais baixa.

— Você gozou, Lacey? Gozou com os dedos no fundo de sua boceta?

— S-sim — ela mal sussurra.

— Bom! — declaro batendo as mãos, soltando-a de seu transe lascivo. Lacey fica visivelmente abalada com a súbita mudança na atmosfera, sua respiração rasa e acelerada.

— Agora, vamos começar.

Se este fosse um dia normal e uma classe normal, eu não teria que a deixar tão facilmente. Eu teria abandonado o meu lugar no palco para ficar atrás dela, perto o suficiente para que ela pudesse sentir o meu calor, mas longe o suficiente para que ela pudesse tremer com a necessidade de ser tocada. Eu alisaria seus ombros nus levemente e assistiria com fascinação quando seus arrepios aparecessem instantaneamente. Ela estremeceria de expectativa, mas eu não lhe daria mais. Em vez disso, levaria os lábios até sua orelha, perto o suficiente para que eu pudesse olhar para baixo e ver seus mamilos sob a blusa fina. Então, sussurraria um comando, só para ela, minhas palavras tanto a intoxicando quanto a assustando, e diria: "Mostre-me como você se masturba, Lacey".

Ela gaguejaria todas as razões pelas quais não deveria, sacudindo a cabeça com firmeza. Mas seu corpo... Esse ficaria quente de excitação. Ela ficaria molhada com essa sensação. Tão molhada que eu sentiria o cheiro de sexo dela, dizendo-me que ela não está nem mesmo usando calcinha para abafar o odor.

Quando minha mão tocasse a dela, ainda segurando contra seu peito, ela recuaria, mas não se afastaria. Ela me deixaria guiá-la entre os seios inchados e para baixo em sua barriga lisa, roçando o pedaço de pele exposta, onde a bainha da blusa subiu. Então, eu deixaria os dedos brincarem com a joia do umbigo, manipulando cada dedo como se essa barra cravejada de diamantes fosse seu clitóris. Demonstrando como eu poderia acariciá-lo.

Quando ela começasse a ofegar e gemer suavemente, eu finalmente tiraria Lacey de sua miséria, orientando sua mão ainda mais para baixo até que as pontas dos dedos roçassem o topo de suas coxas. E, então, sussurraria: "Vá em frente, Lacey. Toque-se. Mostre-me como você se dá prazer".

Mas eu não a abandonaria ainda. Ela não está confiante o suficiente. Gosta de acreditar que está, mas eu sentiria o receio batendo em seu peito. Então, aliviaria a mão do ápice de suas coxas para o espaço úmido que dói para ser tocado. Ela quer que eu faça, mas eu não o faria, e isso iria frustrá-la. Então, lhe diria novamente, e, desta vez, com a voz mais rude, mais imponente: "Toque sua boceta, Lacey".

Com lágrimas nos olhos de vergonha, ela afundaria os dedos entre seus lábios, provocando o clitóris, assim como nós tínhamos provocado sua joia no umbigo. Ela se sentiria humilhada e um pouco aborrecida com ela mesma, mas gemeria e deixaria a cabeça cair para trás no meu ombro. Seria inevitável. Porque, mesmo mortificada como ficou, estaria duplamente excitada. E eu ficaria lá, com um sorriso satisfeito no rosto, porque eu a quebrei. Desencadearia seu lado depravado que estava adormecido dentro dos muros da inibição. E, quando ela afundasse o primeiro dedo profundamente dentro de si mesma, enquanto eu e dez mulheres assombradas assistíamos maravilhados, ela sentiria isso também. E saberia que jamais poderia ser enjaulada novamente.

Isso é o que eu faria em circunstâncias diferentes. Foi o que fiz inúmeras vezes antes. Mas o pensamento de tocar Lacey não me excita. Não faz nem o diabinho em mim se regozijar com a oportunidade de reduzi-la a uma bagunça, se contorcendo no meu teatro. E o que me deixa triste é que eu nunca pensei que fosse o certo a se fazer. E mesmo sentir um pingo de remorso, me irrita pra cacete.

O diabinho fica no meu ombro, chicoteando sua afiada cauda espinhosa na parte de trás do meu pescoço antes de espetá-la em minha pele. "*Babaca Absoluto*", ele sussurra em meu ouvido. E não posso nem ficar bravo com ele.

— Ah, sim, sim. Bem aí, baby. Oh, Deus, sim!

— Pare!

Chego tão perto quanto possível do casal posicionado no meio do palco. Eles olham para mim, seus olhos nublados e famintos, mas param seus movimentos. O homem ainda está enterrado profundamente dentro da boceta quente e molhada de sua amante, usando cada grama de seu autocontrole para não enfiar mais. A mulher está nua e seu peito oscila com a respiração difícil, e ela se inclina para trás para descansar na poltrona de couro de formato estranho que eleva sua pélvis.

Isso mesmo.

Nós estamos assistindo pessoas fazerem sexo.

Como você ainda está surpreso?

O casal é uma equipe de marido e mulher que ensina ioga tântrica na Califórnia. Eles também já são conhecidos por fazerem vídeos e apresentações online, muito parecidos com o que estão fazendo hoje. A única diferença é que eu pago a eles bem mais do que dois e noventa e nove por minuto.

— Agora, vocês veem a forma como Brad estava estocando dentro da Laura? Conte-me sobre ela. O que vocês a veem fazendo? — pergunto, me dirigindo à classe. Como esperado, ninguém diz uma palavra. — Ok, já que todas, obviamente, não estão prestando atenção, quero que vocês observem as mãos de Laura. Vocês vão notar que elas estão sempre em movimento; segurando a poltrona, beliscando seus mamilos, agarrando a bunda do Brad e o impulsionando mais profundamente. Mãos paradas são a mais pura conotação de sexo ruim. Você deve estar arranhando seu amante como uma leoa faminta. Faça-o sentir como se você estivesse tão sobrecarregada de prazer que simplesmente não consegue ficar parada. Certo? Continuando.

O casal reinicia de onde tinha parado, sem perder o ritmo. Brad prende as pernas de Laura com suas coxas e se movimenta dentro ela, lentamente no início. Então, começa a pegar força, fodendo-a como um homem possuído. Laura geme seu nome, passando as unhas sobre seu peito nu.

— Estão vendo? Olhem para o que ela está fazendo — eu digo, enquanto os dedos dela vão para baixo, para estimular o clitóris.

— E vocês veem como ela olha para ele? Como seus olhos ficam trancados um no outro? O que vocês acham que o simples ato representa?

— Intimidade — alguém grita mais alto do que os gemidos do casal.

— Certo — assinto. — O que mais?

— União.

— Paixão.

— Exatamente. — Passeio pelo palco como se não tivesse um show de sexo ao vivo ocorrendo a poucos metros de mim. — Há dois tipos de amantes, senhoras, o tipo que fode e o tipo que é fodido. Seja sempre o tipo que fode. Não importa em que posição você esteja, seja apaixonada. Seja envolvente. Comprometa-se com o momento cem por cento. — Abro um sorriso encorajador para todas, sentindo uma pontinha de orgulho pelo progresso delas. — Agora, vamos ver o quão bem Laura cavalga.

Mais uma vez, os dois facilmente se movem juntos em uma coreografia perfeita. Brad se reclina para trás na cadeira especial de sexo tântrico e Laura se acomoda em seu colo, lentamente abaixando-se em seu comprimento, ofegando com a penetração profunda que a nova posição proporciona.

— Quantas de vocês assistem filmes pornôs? — pergunto. Várias mulheres levantam as mãos, sem hesitação. Eu nem sequer olho na direção de Ally para ver se ela está entre elas. — Bom. Se acostumem a assistir. Vocês podem aprender muito sobre posições sexuais e atos que o seu parceiro pode estar interessado em tentar. Nem toda pornografia é igual; pode ser que exista alguma coisa que possa agradar a todos.

Laura começa a cavalgar cada vez mais rápido, agarrando o cabelo de Brad enquanto salta loucamente. Ele agarra seus quadris e a impulsiona para cima para encontrá-lo intensamente antes de passar a mão por trás dela e bater na sua bunda.

— Não tenham medo de um pequeno tapa, senhoras. Isso pode ser prazeroso para ambas as partes, e não significa que você é uma masoquista ou qualquer rótulo de merda. Seu companheiro não vai te julgar. Ele vai pensar que é insanamente gostoso.

Todos os olhos permanecem paralisados na dança devassa que se desenrola dentro destas paredes. Ninguém fala; ninguém nem pisca. É eroticamente hipnotizante, é como assistir dois animais em estado selvagem, mordendo e se debatendo enquanto tentam dominar um ao outro para saciar sua necessidade carnal. Fico fascinado pelo ato visceral e cru, tanto quanto isso me desperta. Talvez até mais. É a natureza humana na sua forma mais básica e bela.

Laura grita quando seu orgasmo se aproxima, e Brad senta-se para agarrar o mamilo dela com a boca, rosnando contra a pele enrugada. Ele está tentando se segurar, tentando recuperar o controle para que possa continuar sentindo-a, continuar fodendo com ela. Está bom demais para parar agora.

No meio deste frenesi todo, olho para a plateia para avaliar suas reações, e de repente tudo simplesmente... para. Laura e Brad desaparecem, e seus gemidos estridentes vão se tornando sussurros. As mulheres estão muito excitadas, escuto o barulho das cadeiras enquanto elas cruzam e descruzam as pernas. Tudo isso desaparece, e me encontro imerso numa piscina gelada de água verde, que tira a minha linha de raciocínio.

Ally olha para mim — olha *dentro* de mim — com olhos selvagens, e aquelas bochechas coradas quase cobertas pela cascata de cabelo vermelho. Seus lábios carnudos estão levemente entreabertos, como se quisessem dizer alguma coisa para mim, mas ela apenas permanece me encarando. Talvez ela ofegue. Talvez gema. Talvez esteja tão sem palavras como eu.

Eu sei o que está acontecendo agora a poucos metros de mim. Mas não consigo ouvir Laura quando ela grita com o clímax, caindo em cima de Brad com sua boceta se contraindo. Não vejo a maneira como o corpo dele todo estremece quando seus músculos internos se flexionam para ordenhar seu orgasmo. Não me importo com nada além do anjo fogoso sentado a alguns metros de mim. Todo o resto é ruído de fundo. Mudo, sem cor e insignificante.

Ela se mexe em seu assento e desvia o olhar para baixo, para seu colo, me liberando daquele transe. Olho de relance e vejo Brad e Laura terminarem, se beijando e tocando enquanto seus corpos estremecem. No entanto, eu não sinto nada. Tornei-me insensível a tudo.

Meu olhar varre a sala, e vejo confusão enquanto onze mulheres aguardam minhas instruções.

— Bem... é... eu...

Limpo a garganta e tento novamente, mas as palavras simplesmente não saem. Ally roubou minha respiração e fiquei com uma patética gagueira. Não há mais nada a dizer, nada que eu confie a mim mesmo *dizer*.

Então, faço a única coisa que me é possível fazer agora e que não vai comprometer tudo o que pensei que eu realmente queria.

Viro-me e vou embora.

REFLEXÃO

Eu tenho que trepar com ela.

É o único jeito. A única coisa que vai limpar minha cabeça e me levar de volta para onde eu preciso estar. Então, é isso... Vou transar com ela. É o que ela quer também, e isso é o que eu preciso, é o certo. Eu vou gostar e ela vai adorar. E uma vez que minhas bolas não estejam tão pesadas quanto a minha consciência, vou seguir em frente e terminar o trabalho que fui contratado para fazer. Simples assim.

Meu dedo paira sobre o ícone de chamada, a hesitação rastejando por todo o meu corpo, como ácaros. *Faça isso, seu idiota. Você sabe que quer.*

Eu quero. *Demais*. Não pelas razões mais corretas.

Mas eu tenho que transar com ela. *Tenho* que transar.

Que se foda.

Meu polegar mal toca no ícone do telefone, e a linha começa a tocar. Sua voz me cumprimenta momentos depois, parecendo surpresa e encantada.

— Justice?

— Sim.

— Estou tão contente que ligou.

Ela sabe. Erin tem esperado por este momento há anos. Ela podia ver isso em mim quando passou por aqui, o desespero, a confusão. O sentimento de culpa. Ela sabia que seria apenas uma questão de tempo antes de eu rastejar, ansiando por sua linda boceta rosa e aqueles seios perfeitos e corados. E que homem não rastejaria?

— Quão contente você está? — pergunto, meu tom de voz baixo e rouco. Ao contrário de Jewel e Candi, Erin precisa ser acariciada e estimulada primeiro. Com toda honestidade, eu poderia ter simplesmente chamado as duas, mas estou desejando algo mais... Algo mais íntimo. Além disso, elas são tão profissionais como eu, quando se trata de ler a linguagem corporal. Elas veriam como estou distraído e com a cabeça a uma milha de distância. Elas já viram.

Um som erótico e satisfeito ressoa na garganta de Erin.

— Muito contente, Justice. Eu gostaria de estar aí, e então você poderia passar a mão entre as minhas coxas e sentir como estou contente.

Isso devia ter, pelo menos, despertado meu interesse. Talvez até um pouco de formigamento ali embaixo. Mas não. Nada.

— Você quer mesmo estar aqui? — É isso mesmo. Vou jogar o jogo. Um pouco de gato e rato irá fazer o meu sangue bombear.

— O que você acha? — Ela interpreta seu papel impecavelmente.

Estou quase lhe dizendo para fazer uma mala e ir para o aeroporto, onde um bilhete de primeira classe estará esperando por ela, quando um barulho estrondoso me assusta. Será que o meu Grilo Falante colocou seu rabo verde para fora e decidiu me ajudar? Ou será que o diabinho da minha consciência preparou um plano ainda melhor para saciar nossas necessidades desenfreadas?

Ouça os absurdos que eu estou pensando. Eu realmente preciso sair mais.

O barulho ecoa pelo espaço novamente, antes que eu finalmente perceba que não é apenas fruto da minha imaginação. É a porta.

Caminho até a cortina mais próxima e espio para fora, o celular ainda ligado ao meu ouvido. Me arrependo no segundo em que meus olhos caem sobre ela, tão reluzente, alegre e cheia de vida.

Eu não quero reluzente, alegre e cheia de vida. Quero escuro, desonesto e vergonhoso. Isso é o que pessoas como eu merecem.

— Oi, alô? Justice? — Erin chama do outro lado da linha. Eu a ignoro e vou para a porta da frente, abrindo-a muito mais rápido do que o que é considerado aceitável para um homem como eu.

A quem estou enganando? Quase tropeço na mesa e por pouco não quebro a maçaneta da porta.

— Oi! — Ally sorri.

Ally sorri. É como uma música lírica ou um antigo provérbio.

— Oi — exalo de alívio, como se eu não respirasse facilmente sem a sua presença. Odeio como o meu corpo já a reconhece. Como ele reage de forma tão diferente do que com qualquer outra pessoa. Isso lhe dá poder sobre mim, algo que ninguém jamais teve desde o dia em que eu saí daquele mundo.

— Eu posso entrar?

— Alô? *Alôôôôô*? — Ai, merda. A Erin.

— Depois te ligo de volta — murmuro ao telefone.

Ally levanta uma sobrancelha me questionando.

— O quê? — Erin diz em voz alta. — Quem é essa? Quem está aí?

— Talvez seja melhor eu voltar depois — Ally sussurra, enquanto escuto os gritos de Erin. Balanço a cabeça e levanto um dedo para ela, quando tenta se afastar. Então, me viro para que eu possa lidar com Erin corretamente.

— Quem frequenta a minha casa não é da sua conta — eu digo, minha voz tão fria como uma geleira. — Está entendendo? Você é uma funcionária e nada mais. Mas, da próxima vez que você pensar em abrir a boca para me questionar, não será nem isso. — Pressiono a tecla FIM para não perder ainda mais a cabeça e assustar Ally, não querendo correr o risco de ela nunca mais querer voltar aqui. Viro-me de volta para ela lentamente, esperando e rezando que ela ainda esteja ali.

— Uau! — diz ela, com os olhos arregalados e me provocando com sarcasmo. — Olhe para você, o chefão estalando o chicote. Ai!

— Estalando o chicote? — Sorrio maliciosamente, dando um passo para o lado para que ela possa entrar. Acaricio sua bochecha com apenas um dedo onde ela está ruborizada. — Gostaria de ser a sortuda?

— Sr. Drake, você está flertando comigo? — ela pergunta, girando o rosto para mim com uma mão no quadril.

Eu fecho a porta da frente e me inclino para trás, cruzando os braços.

— Não sei. Depende do por quê você está aqui. — Sorrio, sentindo todo o desconforto gelado de poucos segundos derreter.

Ally olha para o chão, e uma sombra cobre seu rosto.

— Isso é vergonhoso. O que é estúpido, vendo que eu já até babei em você, e você provavelmente me ouviu roncar. Enfim, vamos esquecer o que já aconteceu, *capiche*?

Saio da porta para ficar diretamente na frente dela e seguro seu rosto com as duas mãos, parando seu divagar autodepreciativo. Ela é tão macia, e eu sinto o calor de seu rosto nas mãos. É como segurar o fogo.

— O que eu posso fazer por você, Ally?

Ela olha para mim com admiração naqueles olhos demasiado grandes e lábios entreabertos, fazendo com que o meu olhar estude o movimento. A hora pode ser agora. Este pode ser o momento em que eu confesso os meus pecados e beijo este belo anjo. Eu poderia provar o céu pela primeira vez.

Faça. Olhe para ela. Ela está implorando por você.

Beijar Ally seria tão fácil. Tocá-la, abraçá-la, saboreá-la... Seria como respirar.

Eu quero respirar. Quero inalá-la em todos os sentidos possíveis. Quero sua força vital, e o batimento cardíaco sincronizado com o meu.

Mas eu não quero maculá-la. Eu não quero que ela seja igual a mim. Um trapaceiro. Desviado. Um pária. Ela merece algo melhor, e eu não sou melhor. Nem melhor do que o que ela já tem, que é o Evan.

Ela não me quer. Ela *o* tem.

Essa percepção é como ser despejado em uma banheira de água gelada, então me afasto dela, retirando as mãos de seu rosto. Ally pisca rapidamente como se tivesse acordado de um transe.

— Então, hum, sim. Preciso de sua ajuda.

Corro a mão pelo meu cabelo curto, apenas para me dar algo para fazer. Em seguida, vou até a cozinha pegar uma bebida para a minha boca subitamente seca. Pego uma chaleira para fazer chá. Não. Isso não vai dar conta do recado. Suco? Água?

Vinho. Em caso de dúvida, opte sempre pelo vinho. Ergo a garrafa e ela concorda com a cabeça, então pego duas taças, enchendo-as com o rico e aveludado líquido. Ally me encontra no meio do caminho para pegar a dela.

— Então, como eu estava dizendo... — ela começa antes de tomar um grande gole. — Eu preciso de ajuda.

— Já me disse isso. Se importa de me dizer com o quê? Porque eu tenho certeza que eu poderia fazer uma pequena lista de coisas com as quais você precisa de ajuda. De ajuda profissional.

— Pode parar! — ela grita fingindo estar muito ofendida. — Foi preciso muita prática para ser essa pessoa magnificamente estranha. Cara, eu era estranha antes do estranho ser legal. Sou pioneira desse movimento.

Solto uma risada antes de tomar um gole de vinho.

— Estranho nunca foi legal. Somente as pessoas não legais acreditam nisso.

Mais uma vez, caímos nessa facilidade. Sem expectativas. Sem jogos. Apenas companheirismo verdadeiro e genuíno. Gargalho com suas piadas chatas. Ela balança a cabeça para mim. Sempre que a olho, ela sorri. E eu sorrio também.

Como eu pude pensar que não havia espaço para mais entre a gente?

— Então, de qualquer maneira. Sério, eu preciso de ajuda.

— Com o quê? — Engulo o último gole do meu vinho e ponho mais nas nossas taças.

— Tenho uma confissão a fazer: eu sou uma péssima dançarina. Sei o que você está pensando: como pode alguém tão *graciosa* e *elegante* ser uma dançarina ruim? Mas é verdade. Triste, mas verdadeiro. E desde que Candi e Jewel vieram, tenho estado realmente autoconsciente. Então, eu estava imaginando se você poderia me ajudar, meu grande amigo.

— Ajudar você?

Ela gira um cacho do cabelo vermelho no dedo.

— Me ensina a dançar?

Coloco minha taça na superfície plana mais próxima e ergo as mãos na defensiva para que não haja nenhuma interpretação incorreta da minha resposta.

— Não!

— Ah, vamos lá! Você disse que estava sempre aqui para o que quer que nós precisássemos. E eu preciso aprender como me soltar e dançar de forma sensual. Chacoalhar o que mamãe me deu. Trabalhar meu balanço. —

Ally abaixa sua taça e coloca ambas as mãos na frente do peito.

Em seguida, caminha em minha direção com um sorriso travesso.

— Por favor, ai, por favor, Justice Drake. Me ensina a dançar sexy?

Não posso nem fingir ficar desconfortável. Ela é simplesmente tão adorável, seus olhos brilhando com travessura inocente. Sorrio e balanço a cabeça, sabendo que não tenho chance alguma contra o seu superpoder ridículo.

— Tudo bem — expiro, revirando os olhos.

— Tudo bem? — Aqueles olhos animados dançam com prazer.

— Tudo bem. Eu vou te ajudar.

Ela faz aquele barulho de um porco morrendo e salta para cima e para baixo. Depois, agarra meus ombros. E acontece. Seus lábios estão me tocando, me beijando. É metade de um milésimo de segundo e ela se afasta com a mesma rapidez, como se nem sequer registrasse o que fez comigo. Para ela, é só um beijinho inocente no rosto. Para mim, é o suficiente para fazer meu pau tentar abrir, sozinho, o zíper da calça, na esperança de que ele vá conseguir um beijo também.

Ally caminha para o sistema de som que fica na minha estante de entretenimento e conecta um pequeno iPod rosa que ela tira do bolso de seu casaco.

— Eu tenho que ser honesta com você. Não tenho nenhum ritmo e fui abençoada com dois pés esquerdos. Então seja gentil comigo, por favor.

Levanto uma sobrancelha devido a sua escolha de palavras, mas ela está muito ocupada percorrendo sua lista de reprodução para notar.

— Como você tem tanta certeza de que eu sei dançar?

Ela me olha de lado rapidamente antes de virar um botão para ajustar o volume.

— Eu te vi com aquelas *strippers*. Tenho certeza de que você sabe exatamente que tipo de dança os homens gostam.

Sons de baixo aumentam e flutuam no ambiente, juntamente com batidas de bateria digitalizadas. O que inicialmente me surpreende pra cacete. Antes que eu esteja quase às gargalhadas com a irônica escolha de música, Ally tira seu cardigã e o balança sobre a cabeça, rindo histericamente.

— Vamos lá, Magic Mike! Me mostre como é uma dança erótica!

E ela tem razão. Esta garota não consegue dançar. Nem para salvar sua vida.

Ela dança uma versão remixada da dança da galinha cacarejando antes de tentar fazer uns passos mais ousados abaixando, rebolando e se contorcendo. E esta é uma dança que não deve ser realizada por qualquer pessoa: homem, mulher ou criança, e definitivamente nunca por Ally. No começo, acho que ela tem cãibras no bumbum. Ou sua bunda adormeceu e ela está tentando acordá-la. Não consigo falar de tanto que estou rindo e não consigo nem formar palavras coerentes. Merda, estou até *roncando* um pouco como ela!

— Meu... Deus, pare! Pare! Você está... me... matando!

— O quê? — ela pergunta, inocentemente, ainda se curvando e se contorcendo. Ela franze a testa. — Estou conseguindo? É o movimento certo? Estou praticando há semanas!

— Ally! Pare! Você vai se machucar! — Curvo-me e coloco as mãos nos joelhos, lutando para recuperar o fôlego. Olho de volta para cima e a vejo batendo as mãos, tentando fazer com que sua bunda balance em sincronia com cada palma. Eu morro de rir de novo, e lágrimas rolam pelo meu rosto.

— Não importa. Consegui. Já tô dominando essa merda. Eu não perco em nada para a Miley Cirus!

Estou rindo tanto que estou até tossindo, quase de joelhos no chão de tanto rir.

— Se você não parar, eu vou ter um treco. Essa dança terrível está me matando.

Finalmente, ela para e coloca a mão na cintura.

— O que eu estou fazendo de errado? Como vou aprender se você não para de rir de mim? — Ela tenta me dar um olhar sério, mas vejo um sorriso no canto de sua boca querendo aparecer. Depois de segurar ao máximo, ela começa a rir comigo, até que nós dois caímos no chão segurando nossas barrigas de tanto rir.

— Eu disse que não sabia dançar! — diz ela, empurrando meu braço com o dedo. Passamos uns bons dez minutos tentando recuperar o fôlego. Sempre que eu tentava parar de rir, tinha um flashback dela curvada, seus quadris estreitos balançando a sua bunda, com aquele olhar de pura determinação no rosto. Felizmente, a música há muito tempo terminou e mudou para algo menos lamentável, ou eu provavelmente teria tido um crise de tosse de tanto rir.

— Puta merda, Ally. Você não sabe. Realmente não sabe.

Ela vira de lado e olha para mim, algumas lágrimas de riso ainda em seus olhos.

— Então, você acha que... você acha que é por isso que o Evan faz o que faz? Quero dizer, se eu sou péssima balançando a bunda, eu provavelmente não consigo fazer... outras coisas, certo?

Eu me viro para encará-la, uma sensação estranha substituindo a situação hilária de apenas alguns segundos antes. É algo como tristeza, compaixão e raiva, um misto de emoções comprimindo o vazio do meu peito. É muito intenso de sentir e muito complexo para descrever. Mas eu sinto. Sinto isso por Ally.

— Vamos lá — eu digo me levantando e estendendo a mão para ajudá-la. — Eu nunca seria capaz de me perdoar se eu deixasse você acreditar que isso aqui é remotamente parecido com dançar.

Ally me deixa puxá-la para cima, alisando o vestido sobre os quadris.

— Bem, então. O que foi isso?

Toco a ponta de seu nariz sardento.

— Contorcionismo.

— Então, é tipo assim?

— Sim, bem assim. Mergulhe seus quadris um pouco mais.

— Assim?

— Exatamente. Bom. Agora, roce sua bunda em mim.

Eu sei o que você está pensando.

Obviamente, estou pedindo por isso. Eu devo ser masoquista para querer sempre minhas bolas azuis. Mas ouça-me. Ally precisava de ajuda, e, depois de vê-la tão vulnerável e exposta, tentando agarrar qualquer esperança de poder atrair a atenção de Evan, eu tive que dar o melhor de mim.

Além disso, eu realmente só queria senti-la roçando a bunda em mim enquanto minhas mãos apertam seus quadris. É, eu sou homem. Pode me processar.

— Sinto-me estúpida — diz ela com uma bufada. Sinto-a querendo escapar, mas a seguro mais firme, amaldiçoando a fina camada de algodão macio que impede meus dedos de tocarem sua pele. Não me importo que ela sinta minha ereção pressionando sua bunda. De certa forma, quero que ela sinta. Talvez assim ela perceba o quanto me afeta.

— Você não me parece estúpida. Você deveria se ver.

— Sério?

— Sério. Vou te mostrar.

Levo Ally para o meu quarto quando a música muda para algo lento e sensual, mas igualmente provocante. O quarto está escuro, com apenas a luz do corredor iluminando o caminho. Acendo a lâmpada de cabeceira, iluminando o quarto, mas apenas o suficiente para que ela veja o que eu vejo.

— Fique aqui — ordeno gentilmente, posicionando-a na frente do espelho com moldura dourada que vai até o chão, ao lado do meu armário.

— Você está falando sério mesmo? Quer que eu dance na frente deste espelho?

Volto ao meu lugar atrás dela, deixando apenas uns poucos centímetros entre nossos corpos.

— Você queria ver como é sexy. Aqui está a sua chance.

A luz suave enfeita os contornos de suas maçãs do rosto e lábios, enquanto ela olha para mim através do espelho.

— Mas isso é tão... — Sua voz é apenas um sussurro rouco, mas eu a ouço alto e claro. Deste ângulo, posso ver tudo. Posso admirar o rubor de sua pele e a forma como ele viaja do rosto até o topo de seus seios. Posso ver a maneira como suas pálpebras se abaixam quando ela balança os quadris de um lado para outro, como se estivesse embriagada pela energia fluindo do meu corpo para o dela. E ela pode ver a forma como as minhas mãos serpenteiam em volta da sua cintura e descansam sobre seu estômago, pressionando-a contra mim enquanto eu, ligeiramente, empurro contra ela.

Ally abre a boca e algo animalesco e faminto escapa de seus lábios. Ela continua se movendo, ondulando o corpo com o meu, em sincronia com a batida. A música é lenta, mas o ritmo é contagiante. Sinto as batidas no peito e as cordas na alma. Meus movimentos são tão fluidos e instintivos como se eu estivesse deslizando em Ally, bem aqui e agora. Como se eu a estivesse fodendo por trás, aqui na frente deste espelho, observando-a se desfazer em meus braços.

Minhas mãos se movem de seu estômago até as costelas, e sinto sua respiração se tornar mais profunda, como se ela estivesse desesperada pelo precioso ar. No entanto, ela parece completamente tranquila neste momento. Tanto que seus olhos se fecham enquanto ela se perde na música e na sensação. E no momento em que a vejo morder o lábio inferior, com a cabeça reclinada para trás no meu peito, eu me perco nela.

Este é o momento no qual eu deveria parar. Deveria fazer alguma brincadeira estúpida para quebrar a tensão palpável de nossos corpos juntos, meu peito em suas costas e a minha ereção na curva de sua bunda. É o inteligente e responsável a fazer. É o que eu faria se isso fosse em outro tempo, outra garota e outra vida. Mas isso é tudo o que tenho agora, e não posso ver nada além da visão dela aninhada em mim. Não posso sentir nada, além do meu corpo encaixado em volta dela como uma luva, e suas mãos deslizando pelo meu pescoço antes de agarrarem meu cabelo.

Ela vira a cabeça em direção à minha, e a respiração dela no meu pescoço é como um beijo sussurrado. Eu a puxo para mais perto, e os meus lábios roçam sua testa. Ela não vacila, continua apenas se movendo comigo, olhos fechados. Meus lábios se movem para baixo e roçam o veludo suave de sua pálpebra e depois sua bochecha quente. E quando ela não protesta, o espaço e o tempo diminuem com o peso deste momento. Este momento único que pode destruir tudo, e, mesmo assim, decido ignorar todas as consequências que podem explodir em partículas minúsculas, mas eu não quero admitir.

Meus lábios encontram os dela como se tivessem se conhecido desde sempre. Como se eles nunca tivessem beijado outros lábios que fossem tão suaves, tão doces. Eles se submetem a mim, e a minha língua toca a dela, a princípio lentamente, enquanto saboreamos um do outro. Depois, nós dois damos vazão à fome e à paixão quando Ally gira o corpo para ficar de frente para mim, permitindo que a minha boca se conecte totalmente com a dela.

Nós nos comunicamos sem palavras, através de gemidos e apertos de roupa e cabelo. Eu a empurro contra o espelho, segurando seu rosto para que eu possa prová-la mais profundamente. Ela traz uma coxa até meu quadril e eu de bom grado a agarro, levantando seu corpo com as palmas das minhas mãos. Ally envolve as pernas na minha cintura, prendendo-as pelos tornozelos, e me dando acesso à pele revelada por seu vestido. Eu deveria ser gentil e fazer isso lentamente, mas estou morrendo de fome por ela. Muito faminto para pensar em parar agora ou respirar.

Meus dedos agarram sua bunda e eu roço minha ereção em seu sexo revestido por uma camada fina. Trepo com ela através de algodão e rendas, enquanto minha boca faz amor com sua mandíbula e pescoço. Malditas roupas; eu as quero fora. Preciso ter a sua pele na minha; preciso fazê-la gemer mais do que apenas com o meu beijo. Preciso dos meus lábios e língua provando suas partes úmidas e escondidas, que consigo sentir através do calor das minhas calças.

— Espere.

Eu não consigo dizer se é um sussurro ou gemido, ou mesmo a minha imaginação. O Grilo Falante, esse empata foda, pode ir para o inferno.

— Espere, Justice. Espere! Pare!

A água gelada começa a correr em minhas veias, extinguindo o incêndio na minha virilha. Eu lentamente coloco Ally para baixo em seus pés e dou um passo para trás, para que ela possa endireitar as roupas. Então, ela vai poder apagar qualquer evidência de que eu estava entre suas pernas, reduzindo-a a uma bagunça desgrenhada, mãos frenéticas e gemidos apaixonados.

Fecho os olhos por um instante mais longo do que um piscar de olhos e exalo minha frustração, tentando desacelerar minha pulsação. Ally está tentando desesperadamente alisar o cabelo. Ela toca seus lábios e para, como se a memória deles se fundindo aos meus só agora fizesse sentido.

— Oh, meu Deus — ela sussurra. — Oh, meu Deus, o que nós fizemos?

— Ally... — Dou um passo em sua direção com o braço estendido, mas não me atrevo a tocá-la. — Ally, está tudo bem. Não é tão ruim quanto você pensa.

Ela finalmente olha para mim pela primeira vez desde que eu a coloquei na frente do espelho. As primeiras lágrimas caindo deslizam pelas suas bochechas, e seus lábios estão tremendo.

— Eu sou *casada*, Justice! Isso é exatamente tão ruim quanto eu penso que é. Eu não sou uma... prostituta, que simplesmente beija homens que não sejam o marido. Essa não sou eu! Nada disso... nada disso sou eu!

Desta vez, eu aperto seus ombros, exigindo sua atenção.

— Ally, esta *é* você. Esta é quem você é. Você pode ser estranha, boba e pateta o quanto quiser comigo. Não me importo se seu cabelo é perfeito ou quais etiquetas você veste. Não dou a mínima para quem você conhece ou com quem você foi para a escola. E eu definitivamente não dou a mínima para Evan, que não saberia ser leal e honesto, mesmo que tivesse uma arma apontada na cabeça. Então, *foda-se* ele. E foda-se sentir-se culpada por finalmente tomar o controle de seus desejos. Você queria me beijar, Ally. Você queria me beijar tanto quanto eu queria te beijar.

— Não — diz ela balançando a cabeça com firmeza. Ela afasta minhas mãos e se vira, dando-me as costas. — Eu não quero isso. Eu não quero ser a infiel.

— Você não é uma pessoa ruim, Ally. Não tem nada de errado na maneira como você está se sentindo.

Ela balança a cabeça novamente e quase corre para fora do meu quarto. Eu imediatamente grudo nos seus calcanhares, recusando-me a deixá-la jogar sua vida fora, e o verdadeiro desejo que tem estado entre nós desde o começo.

— Você não pode fugir disso. Você não pode simplesmente agir como se não houvesse nada entre nós.

Ela se abaixa para pegar o cardigã, ainda balançando a cabeça e se recusando a me encarar. Ela não está somente querendo apagar nosso beijo, ela quer *me* apagar. Acabou. Eu não sou digno nem de um olhar. Fui dispensado da minha função. Ela não precisa mais de mim.

Dor misturada com raiva ferve sob a superfície da minha pele, e eu a persigo enquanto ela tenta correr para a porta.

— Sério, Ally? Depois de todo o tempo que nos sentamos aqui, aqui nesta merda de sala de estar, conversando, rindo, e apenas *estando* aqui, você vai agir como se eu nem sequer importasse? Como se o que nós dois sentimos não importasse? Diga-me que não teve importância, Ally. Porra! Vire-se e me diga que você não queria o que aconteceu lá no quarto!

A mão dela está sobre a maçaneta e ela se inclina para frente, a testa pressionada contra a porta. Eu não consigo evitar. Não posso suportar essa distância entre nós. Não posso perder esse anjo e ser lançado no inferno, sozinho para sempre. Em um último ato de desespero e loucura, envolvo os braços em volta dela, cobrindo completamente seu corpo com o meu. Eu a quero tão imersa em mim quanto estou nela.

— Por favor, Ally. Fique — sussurro urgentemente, beijando a concha de sua orelha. — Fique, ou me diga que você não quer isso. Que eu sou um tolo por te querer como eu quero.

Eu ouço o clique da maçaneta e os estilhaços de esperança se quebrando como vidro, caindo para a terra dos sonhos despedaçados e dos momentos roubados. Uma terra onde os sorrisos de Ally são mais brilhantes do que o sol, e seus risos são a trilha sonora de felicidade pura e imaculada.

— Você é um tolo — ela diz, afastando-se dos meus braços. De mim. — E eu não quero isso.

Parte de mim fica na porta, esperando que ela volte. Na esperança de que ela irá mudar de ideia e me escolher. *Nos escolher*.

A outra parte de mim está no fundo da piscina se afogando, enquanto um milhão de estrelas minúsculas olham para mim com pena.

AFLIÇÃO

— A aula de hoje é na verdade muito simples. Então, vamos direto ao ponto, ok? Abram as caixas na frente de vocês.

Espero pelos sons de metal tintilando e os horríveis suspiros de onze mulheres, mas não olho para nenhuma delas. Não quero fazer contato visual. Hoje, não.

— O que nós devemos fazer com isso? — Lorinda. Ou talvez Maryanne. Ah... Que se foda, não dou a mínima para quem seja.

— Chupar.

— O quê? — Outra Sra. Brincadeira Von Sem Noção.

— Vocês vão aprender a chupá-los — eu digo mais alto, minha voz ecoando pelo salão. Fecho os olhos e conto até dez em uma tentativa de controlar meu humor.

— Agora, por gentileza, removam os vibradores da caixa e coloquem-nos na mesa à frente de vocês, para podermos começar.

— Você realmente espera que façamos isso? — outra pergunta, sua voz manhosa me fazendo arrepiar. — É nojento e degradante.

— E isso é exatamente o tipo de pensamento que força o pau do marido de vocês na boca de suas babás.

— Isso é nojento!

— É a mais pura verdade. — Massageio a base do meu pescoço e respiro calmamente. A sala está completamente silenciosa, só escuto o som do latejar constante do meu cérebro.

Estou de ressaca.

E não, não é uma ressaca fraquinha.

Estou com uma puta ressaca.

E mais. Sinto-me uma merda. Não fiz a barba e só tive tempo de tomar um banho rápido antes de a aula começar. Minha calça marrom simples e a camisa branca de linho estão amassadas, e penteei o cabelo apenas com os dedos. O gosto da minha boca é o de ostra podre que ficou no sol do deserto o dia todo.

Como eu disse, estou uma merda. E, provavelmente, cheiro como se tivesse tomado banho com whisky barato ao invés de bebê-lo.

Engulo em seco e, sem me importar, digo:

— Olha, se vocês querem aprender como fazer essa porcaria direito, ok, estou aqui para ensinar. Se estão tão presas em estereótipos, ou acham que Jesus não vai amá-las se vocês fizerem um boquete, então ali está a porta. Então, o que vai ser, senhoras? Querem que seus maridos olhem para vocês como donas de casa? Ou como a puta particular dele? Vocês escolhem.

Ninguém responde, mas todas estão paralisadas em suas cadeiras, encarando com horror o vibrador de quinze centímetros que está na frente delas.

— Bom. — Aceno com uma careta. *Puta que pariu, isso dói.* — Vamos começar.

— Não tenha medo, Maryanne. Isso não vai te morder.

Assisto enquanto a mulher de meia idade desliza os lábios trêmulos sobre a ponta do pênis de silicone. Sua língua rosa, dando lambidas, enquanto ela o engole, até enfiá-lo por completo dentro da boca.

— Bom. Muito bom. Deixe-o tocar o fundo de sua garganta e gentilmente chupe enquanto você o solta lentamente.

Ela obedece, me olhando com seus grandes olhos castanhos, buscando minha aprovação. Dou uma batidinha na suas costas e aceno antes de ir para a próxima dona de casa.

— Shayla, use sua língua, querida — eu peço, descansando uma mão quente em seu ombro enquanto me aproximo mais dela. — Lamba a ponta. Enrole a língua ao redor da cabeça. Imagine provar aquelas pequenas gotas iniciais do esperma. Isso mostra que ele está pronto para você, que você está lhe dando prazer. Agora, quando colocar de volta em sua boca, faça uma pequena pressão nas laterais.

Assim como Maryanne, Shayla faz exatamente o que eu digo e até deixa seus olhos se fecharem enquanto imagina um pênis quente e úmido pulsando e escorregando por seus lábios. Eu quase sorrio com orgulho quando um gemido ecoa no fundo de sua garganta. Ela sente também. O pensamento de fazer um homem ficar de joelhos com sua boca a deixa com tesão. Cacete, até eu estou ficando com tesão.

Atrás de Shayla, Lacey está tentando sugar seu pênis de mentira.

— Calma, Lacey. Devagar. Sensual. Ganhe tempo. — Coloco a mão na parte de trás da cabeça dela e empurro lentamente, forçando-a a combinar com o meu ritmo. — Calma, querida. Bem assim. Prove cada centímetro, saboreie. Coloque mais na boca, baby. Sim... até o fundo da garganta.

Eu gentilmente agarro seu cabelo quando ela solta um gemido abafado.

— Ok, agora um pouco mais rápido. Chupe com mais força, baby, mas ainda assim com calma. Envolva-o por inteiro com essa linda boquinha molhada.

Puxando um pouco o cabelo dela, acelero até que a cabeça de Lacey esteja subindo e descendo. Quando ela pega o vibrador de novo e começa a apertar com entusiasmo enquanto chupa, eu a deixo e dou um passo para trás, admirando o lindo monstro que eu criei.

Envolvo ativamente as mulheres enquanto eles exploram a arte do sexo oral, tirando-as de seu desconforto óbvio e inexperiência. Isto é exatamente o que eu preciso para me distrair da pressão nas minhas têmporas e da raiva que descansa na parte de trás do pescoço. Para não mencionar a pequena dor no peito. Eu a isolei do lado de fora. Isolei tudo do lado fora, concentrando-me apenas no meu trabalho. Que é exatamente a porra do que eu deveria ter feito o tempo todo. Não entreter uma mulher boba enquanto ela chora por seu marido infiel e bastardo e a fraude que é seu casamento fracassado. Nem sentar e ver dezenas de episódios de idiotices sem sentido, comendo gordura enquanto ela se aninha ao meu lado, me atiçando. Nem me deixar acreditar que eu era nada mais do que a ajuda contratada, o equivalente a um melhor amigo gay do cacete.

Como eu cheguei a esse ponto? Como perdi de vista tão facilmente o que eu sou e represento?

Eu não posso nem culpá-la. Ela é simples, insípida e superficial. Nem percebeu que podia se afogar na profundidade de seus pensamentos mesquinhos. Então, nem posso responsabilizá-la pelo estado em que estou. *Eu* deixei isso acontecer. Deixei, quando jurei que nunca aconteceria. Deveria ter ficado mais atento. Eu sabia o tipo de pessoa que ela era desde o dia em que deixou claro que eu era um estranho. Um ninguém. Nem mesmo bom o suficiente para ser honesto. Porra. Eu era um brinquedinho novo e bonito para brincar e, em seguida, descartar quando se cansasse de mim.

Meus pensamentos me levam à mesa de mogno onde ela está parada, mas não olho para ela. Só sei que é ela por causa dos calçados, essas mesmas sandálias que batiam contra o pavimento quando ela se intrometia em minhas noites à beira da piscina. As mesmas sandálias que ela tirava antes de dobrar seus pés embaixo da bunda e ondular seu corpo junto ao meu.

Odeio essas malditas sandálias. Eu deveria ter dito isso a ela. Nenhum homem quer uma mulher que usa sandálias. Eles querem mulheres que usam saltos. Altos e finos. Saltos que fiquem sexy pra cacete quando apoiados em nossos ombros ou envolvidos ao redor de nossas cinturas. Sandálias não são sexy. Elas estão um nível acima dos chinelos de dedo, que estão apenas a um passo de Crocs.

Crocs de merda.

— Você está fazendo errado — deixo escapar bruscamente, antes que o meu momento de reflexão dê uma guinada para o pior.

— Como é que é?

Eu ainda não olhei para ela. Apenas mantenho os olhos treinados nessas sandálias, e seus pequenos dedos dos pés rosinhas que desabrocham para fora delas. Mesmo os dedos dos pés são adoráveis.

Hummm. Adorável.

Eu nunca fui um fã de *adorável*. Bebês bochechudos são adoráveis. Filhotes são adoráveis. Às vezes, até velhinhas são adoráveis. Nenhuma dessas coisas se equipara a *sexy*. Assim como ela não deveria ser adorável.

— Eu disse que você está fazendo errado — repito mais uma vez com rispidez.

— Eu ouvi. — Sua voz é baixa e triste. Assim como ela. A triste mulher pequena e adorável. — O que estou fazendo de errado?

— Tudo.

— Tudo? — Ela parece derrotada. Como se ela quisesse tanto ter sucesso nisso para que possa dar ao Evan o boquete de sua vida, assegurando que ele nunca mais se desvie. Como se ela quisesse ser a Superboqueteira do Upper East Side e apresentar seus talentos em outdoors pela Times Square.

— Pois é. Você está fazendo tudo errado. — Desculpe, Superboqueteira. Sua carreira não vai decolar.

Começo a me afastar, um pouco satisfeito comigo mesmo, quando sua voz baixa e triste me interrompe.

— Você pode me ensinar?

Posso ensiná-la?

Posso *ensiná-la?*

Mordo de volta a minha resposta inicial, que seria, provavelmente, dizer-lhe exatamente onde ela poderia ir, como, com o que, e o que fazer com a bunda apertada e frígida dela. Tomo um momento para respirar antes de formular uma resposta mais profissional.

— Se você precisar de ajuda extra, Sra. Carr, sugiro que marque uma hora extra durante o horário comercial.

— Uma hora? — Posso ouvir confusão e mágoa na sua voz.

— Sim. Uma hora. Isso é o que os clientes fazem quando acham que precisam de mais assistência do que o habitual. Quando sua inexperiência sufoca sua progressão. Eu não posso lhe dar atenção extra só porque você pede, e tirar um tempo precioso dos outros. Isso seria *tolo* de minha parte, você não acha? — respondo laconicamente, devolvendo-lhe suas próprias palavras.

Seu rosto se contorce como se eu tivesse lhe dado um tapa, os olhos aumentam em duas vezes o tamanho e a boca abre.

— O que você está fazendo? — ela sussurra, embora já seja tarde demais. Estamos em uma aula. Estas mulheres aqui, traficantes de fofocas, cheiram merda fresca a ser mexida. Ainda assim, inclino-me para perto, invadindo seu espaço pessoal e roubando seu ar. Eu a quero tão desconfortável quanto eu. Quero-a tão exposta, humilhada e ferida quanto ela me deixou.

— Estou fazendo o meu trabalho, Sra. Carr. Exatamente o que o seu marido me paga.

Quando chega o momento de dispensar as senhoras de mais um dia de aula, estou exausto, tanto mental quanto fisicamente. Tudo dói. Não há uma parte de mim que não doa a cada passo que dou de volta para o refúgio da minha casa. E não é apenas o meu corpo que sente. Estou muito tenso e nervoso. Sinto que eu posso explodir a qualquer momento.

Sei que eu ferrei com tudo na sala de aula com a maneira como falei com Ally, mas, porra, ela precisava. Ela precisava ver quem eu sou... o que ela está perdendo. Mas, por mais que eu odeie isso, ela causou a bagunça que eu estou agora. Então, Parabéns, Allison Elliot-Carr. Você sozinha fodeu meu dia e me deixou com dor nas bolas. E me fez lembrar do por que eu desprezo pessoas como você, por que odeio o mundo do qual você vem, e por que me emancipei dele.

Obrigado, Ally. São cadelas como você que criam bastardos de coração frio como eu.

— Ei!

Ouço o som daquelas malditas sandálias de novo, e minha pele fica úmida e quente. Tento me livrar dela e continuar caminhando, ignorando sua abordagem.

— Eu disse: *Ei*! Você quer me dizer que diabos é o seu problema?

— Marque uma hora, Sra. Carr. — Eu a dispenso sem me virar para ela, enquanto me atrapalho com o trinco da minha porta da frente. Porra, eu não tenho tempo para esta merda.

— Eu não dou a mínima para seus compromissos, Justice. Por que você está agindo assim? — A voz dela está bem perto, logo atrás de mim. Quase posso sentir sua respiração quente em minhas costas. Com ela assim tão perto, seu calor se mistura com o meu, e não consigo nem responder. Estou muito cansado para esta merda. Exausto demais para sequer tentar fazer sentido do que aconteceu entre nós. Talvez eu tenha imaginado tudo isso.

Talvez Ally tenha sido completamente inocente e platônica comigo. Posso ter interpretado mal seus sinais. Merda, talvez ela realmente me *considere* seu melhor amigo gay.

— Ei — ela diz baixinho, colocando a mão nas minhas costas úmidas de suor. — Fale comigo.

Eu não percebi o quanto senti falta de um simples toque até que eu não o tinha mais. É tão fácil deixá-la voltar. Deixá-la seguir seu caminho de volta para os meus braços e sorrir para mim como se ela fosse o sol e eu todas as estrelas em seu céu.

Quando você passa a vida no escuro, olhando para cima e desejando algo melhor — algo mais brilhante —, você não percebe o quão solitário é. Não até que o sol brilhe, iluminando todos os espaços vazios e enchendo-os com um belo calor. Mas, quando o sol abandona você, tudo parece mais escuro e mais frio do que antes.

Mais vazio.

Mais solitário.

Obrigo-me a abrir a porta e entrar, sem ter certeza se ela ainda está me seguindo. Quando me viro, ela está de pé na minha sala de estar. Eu quero que ela fique. Quero esses sorrisos e aquela risada maluca e suas piadas bobas. Mas não quero que este sentimento volte com força total quando ela me abandonar novamente. Só posso fazer isso uma vez, portanto, para todos os efeitos, vou fazer isso direito.

— O que você quer, Allison?

Ela hesita, olhando ao redor da sala de estar. Viro-me novamente e começo a ir em direção ao quarto.

— É melhor você ir embora.

— Espere — ela grita. — Eu só... por favor, Justice. Eu não posso deixar as coisas assim.

Eu a encaro com um ar irritado, meu aborrecimento tão palpável quanto o atrito se arrastando entre nós.

— Assim como?

— Sei que eu te magoei e...

— Eu não estou magoado.

— Ah! — Ela parece surpresa, como se esperasse ter me ferido. Como se achasse que fosse alguma merda essencial para a minha felicidade. Ela balança a cabeça, como se percebesse só agora que não é. Nem perto disso.

— Bem, eu sei que não deveria ter levado você a acreditar em nós... que poderia haver mais do que amizade entre a gente.

Dou um passo em sua direção com um sorriso zombeteiro nos lábios.

— É isso que você pensou que fosse?

— O que você quer dizer? — Ela franze a testa.

— O quê? Você pensou que eu fosse seu amigo? Pensou que eu realmente gostava de você? Que eu queria que se transformasse em algo mais? — Dou uma risada irônica; o som é áspero e alto demais até mesmo para os meus ouvidos. — Allison, você é uma cliente. Uma obrigação. Não minha amiga. Eu não tenho amigos, e, se quisesse, certamente não iria procurar um em você.

— Como?

Eu me movo rápido, raiva e irritação me guiando a cada passo, até que estou a um centímetro do seu rosto. Faíscas de medo preenchem aqueles olhos azul-turquesa e ela ofega em surpresa, os lábios macios e trêmulos. Imagino-me mordendo-os, sugando-os em minha boca e provando o tremor.

— Será que eu estou falando grego, cacete? Você não é minha amiga, e nunca vai ser. Você é amiga da sua empregada doméstica? Do seu motorista? Da pessoa que cuida do seu cachorro, que o leva para passear e até cata a droga da merda dele? Você me paga por um serviço, e eu o forneço. Fim da história.

Ela finalmente recobra o bom senso e dá um passo para trás, nojo gravado no rosto lindamente pintado.

— Por que você está agindo assim? Como pode dizer que nós nunca fomos amigos, Justice? Eu lhe contei coisas. Coisas *pessoais*. E você agiu como se realmente se importasse. Você foi tão atencioso e gentil...

— Gentil? *Gentil*? — grito, o som perfurando meu crânio. Essa dor não é nada comparada com a outra se espalhando no espaço frio e vazio do meu peito. O espaço que a luz já não penetra. — Gentil o caralho, Ally. Não há porra nenhuma em mim que seja gentil.

Ela aperta os olhos como se só agora estivesse me vendo pela primeira vez.

— É, agora eu percebo isso.

— Bom. — Viro de costas, esperando me sentir triunfante. No entanto, aquela dor vazia continua se espalhando até que esteja na garganta, me sufocando. Quase não consigo respirar, mas não posso deixá-la ver isso. Não posso lhe mostrar o que ela faz comigo... o que está fazendo comigo agora. — Vá embora — murmuro, minhas cordas vocais sentindo a pressão.

Fico completamente imóvel até ouvir o clique da porta atrás de mim. Eu expiro, liberando um som quebrado e irregular, impossível de ter vindo de mim. Eu não me sinto o mesmo. Sinto-me como se um impostor tivesse se infiltrado no meu corpo, se apossado da minha pele, e controlado meus ossos, mudando o funcionamento. Foi ele quem disse essas coisas para Ally, não eu. No entanto, fui eu quem ficou com o resultado.

A pressão no peito e na garganta, causada pela raiva, faz subir a minha bile, e me esforço para retirar a roupa, desesperado para lavar os restos dela do meu corpo. A água do chuveiro está quente, mas não a sinto. Não sinto nada, e, ao mesmo tempo, tudo de uma vez, emoção e sensação me sobrecarregam a ponto de uma entorpecente dor. Tudo é demais para digerir, tudo é demais para me manter perfeitamente contido sob meu manto de desapego. Estou falhando em uma coisa que eu sempre fiz tão bem: não dar a mínima.

Sinto sal na água que cai no meu rosto, enquanto outros sons quebrados saem de minha garganta. Inclino-me na parede do chuveiro para me preparar para vomitar, embora a bagunça não seja no estômago. Bato o punho contra o azulejo liso, me segurando para não xingar. Eu preciso de alívio. Estou me destruindo de dentro para fora, e, se eu não limpar essa doença do meu corpo, ela vai me consumir como um câncer.

Passo os dedos sobre meu pênis e assisto com olhos embaçados como ele desperta ao meu comando. Endurece quase que instantaneamente, e eu exalo aliviado no primeiro curso da minha mão. É uma sensação boa, quase boa o suficiente para fazer desaparecer a pressão em outras regiões do meu corpo. Ansioso para continuar com essa sensação, apalpo as bolas com a outra mão e um profundo gemido me escapa. Fecho os olhos e me entrego ao prazer e nada mais.

Meus movimentos se tornam urgentes e desesperados, e eu ofego alto com o esforço doloroso. Sinto o alívio se aproximando, disparando desde a base da minha espinha e infectando os músculos com a excitação. Uma sensação de arrepio passa pelas minhas coxas e rastreia até a virilha. Ela se aprofunda nos testículos e surge um calor, um nó latejante, roubando toda a força do meu corpo, em preparação para o orgasmo.

Apenas mais umas batidas e estarei aliviado. Vou emancipar qualquer sentimento de merda que eu já tive por Ally. Tudo o que tivemos, em breve, será levado pelo ralo até que seja dissolvido a nada.

Se eu não tivesse ficado tão consumido com a sensação da minha mão apertando o meu pau aflito, teria percebido que não estava sozinho. Teria, pelo menos, detectado o movimento do outro lado da porta do box. Teria sentido aqueles olhos azul-celeste em mim, no meu momento mais vulnerável e exposto através do vidro fosco. Poderia antecipar o ar frio batendo nas minhas costas nuas, quando a porta se abre atrás de mim.

POSSE

Abafo um gemido e abro os olhos inchados, mas não me viro de frente para a minha espectadora. Sei que ela está aqui, mas não posso deixar que me veja assim, com os olhos vermelhos de lágrimas e o pau duro latejando na mão. Ela já me vê como um selvagem, alguém que quer corromper sua perfeição, sua pequena existência, e substituí-la por algo grosseiro e pervertido. Talvez eu seja. Talvez eu realmente seja o vilão nisto. Não seria a primeira vez.

A porta se fecha e eu suspiro de alívio e frustração. Ela viu o que precisava ver. Ela vai voltar para o Evan, percebendo que seu lugar era com ele o tempo todo. E eu... eu fui apenas algo temporário.

Mãos quentes envolvem minha cintura e eu me assusto com a sensação inesperada da pele macia, um contraste tão grande com a minha. Olho para as mãos delicadas no meu estômago enquanto Ally passa os dedos sobre o meu abdômen. Quero perguntar o que ela está fazendo, mas tenho muito medo que ela pare. Só quero que ela me toque, mesmo que seja uma mentira.

As mãos dela descem ainda mais, e eu estremeço quando ela envolve a mão em volta do meu pau ainda duro, inchado e à beira de um orgasmo.

— Ally — eu gemo quase soluçando. Não sei dizer se é de prazer ou dor.

— Shhh — ela sussurra, seus lábios na minha pele. — Deixe-me fazer isso. Por favor.

Ela beija minhas costas enquanto sua mão lentamente acaricia meu pênis. Ele pulsa freneticamente, emoção e antecipação correndo pelas veias rígidas. Seus dedos acariciam a ponta antes de ela torcer o pulso e tomar tudo na mão, apertando com a pressão perfeita. Ao sentir o calor de sua pele me segurando e os lábios beijando minhas costas, me afogo na sensação.

Ela parece tão bem aqui, me tocando, explorando as minhas partes mais íntimas. Com uma mão ainda me masturbando, a outra alcança as bolas. Ela gira a mão em volta do meu pau a cada movimento de sobe e desce e, em seguida, puxa suavemente com a outra. Acaricia, aperta, acaricia, aperta. Não é doloroso, mas a mistura de sensações está me deixando louco. O aperto da mão dela me faz querer gozar, jorrar meu esperma em toda a parede do box. No entanto, o toque suave me força a segurar, prolongando o prazer intenso.

Estou impressionado pra caralho.

A necessidade de tocá-la e beijá-la torna-se irresistível, e eu, relutantemente, me viro para encará-la. Vejo aqueles olhos se arregalarem, maravilhada enquanto ela toca meu corpo nu, e meu pau ereto e orgulhoso. Ele fica na altura da barriga dela, ainda coberta por seu vestido, agora completamente encharcado. Ele se molda ao seu corpo molhado como uma segunda pele, e seu cabelo ruivo está grudado no seu rosto e pescoço.

— Justice... — ela sussurra, seu olhar passando por cada centímetro meu. Seus lábios tremem, seja por medo ou por estar molhada e com frio. — Você é... você é lindo.

Eu a envolvo em meus braços, e, no momento em que meus lábios tocam os dela, me sinto renascido. Não tinha respirado desde que ela se afastou de mim na noite anterior. Eu não sabia que era um homem morto até sentir a vida dela em mim — dentro de mim —, experimentando esperança e perdão. Ela envolve os braços no meu pescoço e minhas mãos fazem o trabalho de despir a roupa encharcada, ansioso por sentir sua pele deslizar na minha. Eu a empurro contra a parede do box e me afasto apenas tempo suficiente para tirar seu vestido pela cabeça. O sutiã é o próximo, e o minúsculo pedaço de renda chamado calcinha segue rapidamente.

Eu sei que deveria ir devagar e aproveitar meu tempo com ela. Posso não ter outra chance de beijar um anjo novamente. Mas, com o sabor de Ally na língua e sua pele macia suavemente pressionada na minha, compartilhando meu calor, não consigo nem pensar em parar agora.

Lendo minha mente, ela enrosca a perna em volta da minha coxa, e estamos de volta no tempo, exatamente onde estávamos quase vinte e quatro horas atrás: eu entre suas pernas e seus tornozelos trancados na minha cintura. No entanto, sem a barreira das nossas roupas, meu pênis desliza diretamente acima de sua boceta. Tudo o que tenho que fazer é dobrar os joelhos um pouco mais e estarei dentro dela.

Mesmo querendo estar completa e profundamente enterrado dentro dela, quero fazer isso durar. Quero Ally se lembrando deste momento para sempre, mesmo que seja um acaso feliz. Mesmo que eu nunca toque o céu novamente, quero que ela se lembre de que eu comandei seu corpo como ninguém e lhe dei o que ela ansiava. O que nunca lhe foi dado antes.

Com ela montada na minha cintura, coloco um mamilo na boca enquanto pressiono o outro com os dedos. Ally suspira alto e crava as unhas curtas em meus ombros. Minha outra mão a segura pela bunda, e a deixo escorregar ainda mais para baixo, encontrando sua entrada molhada. Com meu pau esfregando ritmicamente seu clitóris, insiro a ponta de um dedo dentro da vagina, fazendo-a gritar. Ela é apertada, e eu a sinto pulsando e implorando por mim. Empurro mais e começo a fodê-la com o dedo lentamente, ainda com meu pau brincando com seu clitóris, enquanto continuo chupando seus seios.

Sou excelente em multitarefas.

Quando empurro um segundo dedo, sinto suas paredes tremerem, se aproximando do orgasmo. Ela descontroladamente geme, arranhando meu couro cabeludo e ombros. Combino o ritmo dos meus quadris com os dedos, chupando e mordiscando seus mamilos ainda mais forte.

— Espere, espere, ai, Deus... — ela geme.

— O quê? — eu respondo contra seu mamilo enrijecido. Eu desacelero, mas não paro. Não conseguiria parar, mesmo se eu tentasse.

— Tem alguma coisa errada comigo. Eu me sinto estranha. Ah... não... está muito forte... aiiiiii.

Eu retomo o ritmo e sorrio maliciosamente contra sua pele aquecida.

— Não há nada de errado. Você está gozando, baby. Está gozando pra *mim*.

Eu pressiono a ponta do meu pau diretamente em seu clitóris e seguro, sentindo-a pulsar fora de controle. Com um grito estrangulado, o corpo de Ally fica rígido, antes de ela encharcar completamente meus dedos e minha mão. Deixo as ondas de seu orgasmo a tomarem, acariciando seu clitóris e deixando minha boca trilhar até a dela para beijá-la profundamente, engolindo seus pequenos gemidos de prazer.

Ela tira os lábios dos meus, seu rosto corado e os olhos sonolentos.

— Eu vi cores. Tantas cores aparecendo, brilhando no meu céu. — Ally sorri e a luz toca cada espaço vazio e frio dentro de mim. — Fogos de artifício.

Tiro os dedos do sexo dela e os coloco na boca, saboreando-a antes que a água nos lave.

— Eu ainda quero mais.

Com ela ainda em meus braços, desligo a água e abro a porta do box. Ela grita e ri quando o ar frio nos atinge, enterrando o rosto molhado na curva do meu pescoço. Rio junto com ela quando eu desajeitadamente vou para o quarto, ainda com ela enrolada em mim como um macaco. Nós despencamos na cama molhados e eu coloco as cobertas sobre nós enquanto me aninho em suas coxas.

— Justice, eu só quero dizer que eu...

Coloco um dedo sobre seus lábios antes que ela possa terminar.

— Shhh. Não faça isso. Sou eu quem deve pedir desculpas. Mas não agora. Não quero pensar em nada a não ser isso. Nada mais além do seu corpo e do que eu pretendo fazer com ele pelo resto da noite.

Ela beija meu dedo e agarra minha mão, deslizando a ponta do dedo entre os lábios, mordendo-o alegremente.

— Me dê o seu pior, Drake.

Eu a beijo profundamente, consumindo cada pedacinho de sua boca. Ela coloca seus braços e pernas em volta de mim, e meu pau desliza no meio de suas pernas, a cabeça cutucando sua entrada. Balanço os quadris para trás e para frente, reacendendo essa deliciosa fricção do chuveiro e Ally geme na minha boca.

— Ah, Deus, eu quero dentro. Coloque, por favor... — ela lamenta.

— Coloque o que, baby? — Sorrio, olhando para sua expressão de fome.

— *Isso*.

— Isso? — Balanço a cabeça e a pressiono um pouco mais, o meu pau passeando em sua entrada. — O que é *isso*, Ally? Se você quer *isso*, tem que dizer o nome *disso*.

Ela aperta os olhos com força, e um belo rubor pinta suas bochechas.

— Seu pau. Eu quero o seu pau dentro de mim. *Por favor*.

Cerrando os dentes, eu entro nela, provavelmente com mais força e mais rápido do que deveria, mas estou tão ansioso quanto ela. Os olhos de Ally se arregalam em choque e seus lábios abrem em um "O". Um grito estrangulado fica preso na parte de trás de sua garganta.

— *Isso*? — eu pergunto ofegante, a sensação de seu corpo apertado me envolvendo é quase demais. — É *isso* que você quer?

Ela assente com a cabeça freneticamente, tentando engolir um gemido.

— Sim. Sim. Agora cale a boca... e *me fode*.

Os palavras dela parecem uma doce melodia na minha cabeça, como se Ally acabasse de abrir uma caixa de Pandora e desencadeasse todo o desejo lascivo dentro de mim. Eu retiro até a ponta e empurro de volta dentro dela, sentindo seu tremor e excitação.

Deus, é tão bom. *Muito bom.* Tão bom que todas as terminações nervosas dentro de mim estão piscando vermelho brilhante, me sinalizando para parar. Eu retiro rapidamente, antes que a sensação dissolva cada senso comum que me resta.

— O quê? — ela geme, um olhar quase magoado no rosto.

— Puta que pariu — eu digo em frustração. Chego até a mesa de cabeceira e pego um preservativo da gaveta de cima. Os olhos de Ally ficam arregalados com a visão do pequeno pacote brilhante.

— Ah — ela sussurra, tentando olhar para qualquer coisa, menos para mim, enquanto eu rasgo o pacote.

— É. — Eu desenrolo o látex e o posiciono sobre a cabeça do meu pau, ainda brilhando com sua umidade.

— Espere. — A mão de Ally está sobre a minha, puxando o preservativo para longe. — Espere. Você não tem que... não tem que usá-lo. Eu confio em você. E espero... Espero que você confie em mim também.

Sento-me para trás em meus calcanhares para que eu possa avaliar seu rosto claramente.

— Eu confio. Confio em você, mas... — Cacete. Como posso dizer que é em Evan que eu não confio? Que eu não deveria fazer isso por causa de todas as traições dele?

— Nós sempre usamos preservativos — diz ela, lendo meus

pensamentos. — Sempre. Eu não confio nele. Mas... Justice, eu confio em *você*.

Eu jogo o preservativo de lado, não dando a mínima para onde ele cai e me deito sobre o corpo de Ally, sugando sua língua, enquanto me empurro lentamente dentro dela. Ela quase canta de apreciação, sorrindo contra meus lábios quando balanço a pélvis para cima, garantindo que eu alcance o ponto mais doce. Ela move os quadris juntamente com os meus, me encontrando a cada movimento, me sugando mais fundo dentro dela.

Por que ela está aqui? Eu me pergunto quando deslizo a mão debaixo da sua bunda, nivelando-a para que ela possa receber tudo de mim.

Quer dizer, eu estou feliz pra caralho que ela veio, mas Ally não tem de estar aqui no Oásis. Não há nada de errado com ela. Nenhuma coisinha de merda. O jeito que ela geme enquanto acaricia e arranha minhas costas; a maneira como suas coxas macias apertam minha cintura, me dizendo para ir mais fundo; a maneira como seu corpo se move perfeitamente com o meu, como se fôssemos feitos para fazer isso. Como se fôssemos especificamente concebidos para se fundir um com o outro... Ally não precisa de qualquer ajuda sobre como ser uma boa amante. Ela já é. Ela já está onde eu jamais poderia esperar. E parte de mim sempre soube que ela estaria.

Fogo lambe minhas coxas e inflama brasas na base das minhas bolas e sei que todo o senso de controle dentro de mim será abandonado logo. Sua vagina começa a estremecer, persuadindo a bola de fogo em mim. Eu a sinto ficar mais molhada para mim, pronta para apagar meu fogo com seu próprio fluxo de rendição.

Com uma mão em sua bunda e a outra descendo para esfregar o clitóris, pego o ritmo dos meus impulsos, ansioso para me afogar em suas águas quentes. Ally grita em êxtase e seus dedos encontram os seios, onde ela começa a pressionar e beliscar. Eu me inclino e chupo um mamilo endurecido, em seguida, lambo o outro enquanto Ally pressiona-os juntos, oferecendo-os a minha língua e dentes.

Eu fodo seu corpo todo, submergindo em sensação. Ela está rouca de gemer e gritar meu nome. Dizendo como eu fodo gostoso. O quão profundo eu estou. Como se ela quisesse que eu continuasse indo e nunca parasse. Nunca, jamais parar de foder, ou eu-vou-morrer-porra-por-favor-não-pare.

Suas costas arqueiam para cima, na cama, até que apenas seus ombros permanecem no colchão e eu a sinto explodir de dentro para fora. Seus olhos estão fechados e a boca, aberta, mas nenhum som sai.

— Sim, assim, baby — eu digo com a voz rouca, ainda empurrando para dentro dela. — Continue. Continue gozando para mim.

Ela é linda. Brutalmente bonita. Eu quero vê-la desmoronar uma e outra vez até que ela esteja muito sensível para se mexer. Mas vê-la selvagem, tão vulnerável enquanto suas entranhas estremecem em volta do meu pau, provoca o meu próprio orgasmo se apossando da minha espinha. Quero diminuir as estocadas, mas já é tarde demais. Minhas costas estão tensionadas e meus dedos estão segurando seus quadris, metendo uma última vez. Eu afundo dentro de Ally tanto quanto consigo, chamuscando seu ventre com a minha semente quente. Marcando sua boceta para que ela não possa negar que não só eu estive aqui como a possuí.

Eu desmorono em cima dela, a exaustão me cobrindo como um manto pesado. Só meus cotovelos trêmulos me impedem de esmagar a sua pequena estrutura.

— Que lição foi essa? — ela pergunta, com um sorriso sonolento nos lábios. Eu os beijo, provando o sol.

— Nenhuma lição, baby. Algo incrível pra cacete que não pode ser ensinado.

— Coca-Cola ou Pepsi?

— Coca-Cola.

— Pepperoni ou calabresa?

— Calabresa.

— Filmes de ação ou comédia?

— Existe um motivo para essas perguntas?

— Precisamos conversar. Eu gosto de conhecer você. Então, responda a pergunta, Esquilo Sem Grilo.

— Ação. Agora cale a boca para que eu possa alimentá-la.

Deslizo a colher fria entre seus lábios e ela lambe todo o resquício de sorvete.

— Hummmmmm. Achei mesmo que você escolheria ação.

Roubo uma colherada para mim, o sabor gelado ainda melhor depois de me perder no corpo de Ally como seu próprio *personal trainer* erótico.

— Por que isso?

Ela descansa o cotovelo no travesseiro e vira seu corpo nu para o meu.

— Bem, considerando que você tem o nome de um super-herói e tudo...

— Super-herói?

— Nada a temer! Justice Drake está aqui! — ela anuncia com uma cara séria, jogando o punho no ar. — Pronto para matar os vilões de Scottsdale com vibradores de duas pontas e lasers de lubrificação anal!

Nós dois rimos até nossos olhos se encherem de lágrimas. Até as risadas desaparecerem em gemidos suaves e toques. Então, estamos peito-a-peito, pele-a-pele, e estou devorando sua boca, o sorvete esquecido. Abro as coxas de Ally para mim e rolo o corpo em cima dela, segurando seu rosto para que eu possa beijá-la mais profundamente.

— Eu nunca vou me acostumar com isso, vou? — ela comenta, quando sugo delicadamente a pele sob o queixo.

— Você quer? — eu pergunto, antes de lamber uma trilha do pescoço até o espaço entre os seios.

— Não. Eu quero este entusiasmo, esta novidade e diversão... eu quero que seja sempre assim.

É possível?

A pergunta está bem ali na minha língua, mas a abafo engolindo o mamilo de Ally, fazendo-a gemer meu nome. Todas as perguntas e consequências vão ter que esperar. Nada mais importa quando ela está nos meus braços. E não sei quanto tempo isso pode durar.

— Ei — diz ela, deixando seus dedos deslizarem até a minha nuca para agarrar um punhado de cabelo. — Você está tentando me distrair da minha tarefa.

Minha mão deriva de seu estômago até cobrir seu sexo.

— Eu pensei que esta fosse uma tarefa manual.

— Hummmm, bem colocado.

Tapo o clitóris suavemente, sabendo que ela ainda está dolorida e sensível, enquanto deslizo meu corpo ainda mais para baixo para posicionar suas coxas sobre meus ombros. Quando substituo os dedos pela minha língua, Ally faz um som distorcido que se assemelha a um grunhido raivoso.

— O que foi, baby? — pergunto, o clitóris em meus lábios.

Eu o pego entre os dentes, mal beliscando.

— Eu não consegui te ouvir.

— Foda-se — ela sussurra através de um gemido.

Eu a chupo com mais força antes de sacudir a língua sobre ele para aliviar a dor.

— Oh, uma boca tão suja, Allison. Talvez eu devesse preenchê-la com algo para que você não possa dizer essas coisas feias para mim.

Ela suspira quando insiro um dedo nela e volto a lamber seu clitóris.

— Não se atreva a parar. A menos que você queira que seu instrumento seja permanentemente prejudicado, devido a um movimento das minhas coxas como um quebra-nozes.

— Mas eu pensei que você quisesse conversar, baby? — Insiro outro dedo e a masturbo rapidamente por apenas alguns segundos antes de removê-los. — Eu não deveria fazer isso. Precisamos conversar.

— Se você parar o que está fazendo, Justice Drake, que Deus me ajude, vou te amarrar a esta cama e vou bater com toda a minha força na sua bunda!

Eu dou risada, permitindo que a transferência de vibrações da minha boca agrade sua pele sensível. Eu aumento a sensação, inserindo o dedo indicador, e lambendo-a em círculos lentos e preguiçosos.

— Ok — eu digo, beijando seus lábios. — Você fala. Eu chupo.

— Você realmente espera que eu seja capaz de formar palavras? Frases? Algo que faça sentido?

— Quer que meu dedo a foda e eu chupe seu clitóris até você desmaiar por gozar tão forte na minha boca?

Seus olhos se arregalam com prazer.

— Sim, por favor.

— Então, fale comigo, baby.

Eu devoro seu sexo como se fosse a minha última refeição antes de morrer, saboreando o doce-salgado. Estou faminto por ela; sinto como se eu não tivesse comido nas últimas semanas e só Ally pudesse saciar minha necessidade. Seus joelhos tremem contra meus ouvidos, e eu removo os dedos para agarrar suas coxas, abrindo-a mais largamente para mim. Então, com um ritmo alucinante, alterno entre sugar seu clitóris e fodê-la com a língua. Quero provar cada pedacinho de Ally. E, quando ela gozar, que nem uma gota caia sobre os lençóis.

— Fale — eu ordeno, quando o prazer começa a dominá-la, impossibilitando-a de pronunciar uma palavra coerente.

— Deus! Oh, você... oh, meu Deus.

— Isso é lisonjeiro, mas me chamam de Justice. — Mais uma chupada. Outra lambida.

— Justice. — Ela está tão sem fôlego e meu nome soa como uma suave brisa. — Justice. Seu filho da puta. Como você se atreve... como se atreve a fazer isso comigo?

— Fazer o que, *baby*? — Chupada. Lambida.

— *Isso*. Tudo... isso. Agora eu sei... Sei o que eu estava perdendo. E não posso... Não posso ficar sem isso. Nunca vou poder voltar.

Meu ritmo vacila, e eu gemo contra sua carne trêmula, tentando me enterrar nela. O que ela quer dizer com isso? Nunca voltar? Será que ela quer ficar comigo e deixar Evan? Isso é mesmo uma opção para ela?

Mas, pior ainda, cacete... Isso é mesmo uma opção para *mim*?

Sei que eu quero seu corpo mais do que quero a minha próxima respiração. E sei que a conhecer, me deliciar em seus sorrisos e a desejar em mim como uma segunda pele, me mudou para sempre. Mas posso querer mais? Posso passar todas as noites contando suas sardas, como uma vez contei as estrelas? Posso substituir o meu nascer do sol pela visão dela dormindo ao meu lado, cabelo de fogo, selvagem e emaranhado por todo o rosto? Posso nadar naqueles olhos turquesa grandes demais e me afogar em sua risada todas as noites?

Acho que a grande questão é: *Como posso não querer?*

Não há dúvida de que eu quero ficar com Ally. Eu soube disso no dia em que bati na porta da sua suíte. Não eram aquelas paredes se fechando em mim; era o destino. E se Ally é o meu destino, perdê-la — estar sem ela e cada peculiaridade que a torna tão singularmente impecável — será fatal para mim. E é isso que me assusta mais do que eu jamais poderia admitir.

Então, se tudo o que temos é o agora, eu vou fazê-la lembrar. Vou me tornar uma mancha permanente em seu corpo, a qual ela nunca vai ser capaz de lavar. E quando ela fechar os olhos e juntar as coxas, apertando-as, garantirei que ela esteja me imaginando ali. Desse jeito. Soltando fogos de artifício dentro dela, um calor sufocante, como Quatro de Julho.

Ally grita com seu orgasmo, me xingando e elogiando enquanto se desintegra em minhas mãos. E, tal como prometi, sugo e absorvo cada gota que escorre de seu sexo pulsante, prolongando as ondas violentas de clímax. Ela me implora para parar, mas eu não paro. Ela acha que vai acabar morrendo, enquanto eu lambo os pingos isolados que escorrem para sua bunda. Mal sabe ela que reivindiquei sua vida no momento em que ela gozou na minha mão contra a parede do box.

Aquele foi o segundo em que ela se tornou minha, não importa que sobrenome ela carrega. E cada vez que ela gozou depois disso, eu só estava marcando meu nome mais e mais em sua pele como uma tatuagem.

Conquistando um espaço que seria só para mim.

Justice + Ally.

CONFISSÃO

— Diga que você está doente amanhã.

Eu sorrio, sonolento, e beijo sua testa.

— Já é amanhã.

— Então fala que está doente hoje.

— Eu nunca uso essa desculpa, mesmo que esteja doente.

— Por favor? Eu não sei... Não sei quanto tempo eu posso ter você assim. Não estou pronta para deixá-lo ir.

Aperto seu corpo no meu e inspiro porque quero gravar este momento. Seu cheiro, seu gosto, sua suavidade.

Eu quero que isso queime em minha mente como um tumor, crescendo e influenciando cada pensamento e ação.

Ally beija meu peito nu, seus lábios tão quentes e delicados como o roçar de uma pluma.

— Por favor?

Um braço ainda está debaixo do seu corpo, e eu estico o outro para pegar meu celular.

— Pronto — eu digo depois de mandar uma mensagem para Diane. — Estou doente hoje. Tão doente. Gostaria de saber se alguém vai cuidar de mim até eu melhorar.

Sinto Ally sorrir contra o meu peito.

— Você está me pedindo para bancar a enfermeira safada, Sr. Drake?

— Eu não sei. Você está procurando uma cura sexual?

Ela me beija novamente.

— Com certeza. Mas mais tarde, ok? Eu realmente quero conversar com você.

Viro meu corpo em sua direção e posiciono meu braço para que ela descanse a cabeça no meu bíceps.

— Sobre o quê?

— Sobre... — O olhar dela está nublado e distante — Depois.

— Depois?

— O que vem depois?

Engulo em seco e respiro algumas vezes para organizar meus pensamentos. Eu não posso fazer esta mulher abandonar o marido. Eu não posso dizer a ela para arruinar seu luxuoso estilo de vida em troca de refúgio e isolamento. Ela não conhece esta vida. Financeiramente, eu poderia dar Ally o que ela quiser, mas e socialmente? Ela seria como eu. Um exilado. Uma estrela cadente que um dia brilhou mais do que um milhão de diamantes.

Não sei ao certo se uma vida comigo seria suficiente para ela. Nem posso ter a certeza de que *eu* mesmo seria o suficiente para ela.

— O que você quer, Ally? — Prendo a respiração.

Seus olhos varrem meus lábios, meu queixo, meu pescoço, e, em seguida, voltam para o meu rosto.

— Eu não sei. O futuro é assustador. Só sei que eu nunca me senti assim antes. Nunca estive tão fora de controle e imprudente e totalmente envolvida com uma pessoa... Nunca. Mas, novamente, e se tudo isso for apenas algo temporário? E se for o tabu o que está nos unindo?

Acaricio seu rosto, apenas para que eu possa continuar a tocá-la. Eu preciso me lembrar que ela está aqui. Aqui comigo. Não com ele.

— É isso que você acha que pode ser?

— Honestamente? Não. Mas eu estive errada antes. E isso custou a minha liberdade. Fugir sem repercussão não é uma opção para mim. Minha vida iria desabar.

Fico em silêncio, porque qualquer coisa que eu pudesse dizer seria apenas estática. Ela está certa. Ela não pode simplesmente fugir. Não importa o que Evan fez, não importa o que ele faz com as putinhas dele, Ally tem que cumprir o seu papel. A esposa solidária, amorosa, forte, resistente e tolerante. Uma imagem perfeita de graça e elegância.

— Justice?

Sorrio mediante meus pensamentos sendo infectados pela minha consciência.

— Sim?

— Você quer que eu vá embora? Quer que eu o deixe?

Meus lábios se separam, a resposta queimando minha língua. Engulo antes de responder.

— Eu quero que você faça o que te faz feliz.

Ela beija meus lábios em resposta antes de se aninhar no meu peito como um gato sonolento. Meus lábios estão em seu cabelo, e eu envolvo os braços em volta de seu corpo, recusando-me a deixá-la ir.

Eu poderia fazer Ally feliz. Poderia preencher esse vazio que seria deixado pela saída da sociedade. Mas e depois? O que isso significaria para o meu negócio? Minha reputação? Eu estaria me expondo e reacendendo a caça às bruxas que me levou aos meus anos solitários no deserto?

Sinto sua respiração mais profunda e pesada, então deixo os meus próprios olhos cansados se fecharem.

— Por favor, não me deixe, meu anjo — eu sussurro, em algum lugar à margem do sono e de um dos mais lindos sonhos. — Eu não quero mais ficar no escuro.

Vestindo apenas calças de pijama de flanela, vou para a cozinha, guiado pelo aroma de bacon, ovos e torradas. E café. Ah, o doce café maravilhoso.

Um café da manhã quente e fresco seria o suficiente para fazer a maioria dos homens salivar, mas a visão de Ally desfilando com uma das minhas camisetas da escola e nada mais e um coque bagunçado no alto da cabeça é simplesmente maravilhosa. O algodão grosso cinza é aproximadamente cinco tamanhos acima do dela, e desliza sobre um ombro, deixando-o nu e expondo a parte superior do seio. Sem perder tempo, cubro esse delicioso pedaço de pele com a boca.

— Bom dia. — Ela sorri, sua atenção voltada para a panela de ovos mexidos no fogão.

— Bom dia. Você não estava na cama quando eu acordei.

— Eu estava pegajosa e quente, e precisava de um banho. Além disso, eu estava com muita fome para dormir. Nós só tomamos sorvete no jantar. — Ela vira a cabeça e me dá um beijo casto.

— Fale por você. Eu comi mais do que isso.

Um rubor pinta seu rosto; não resisto e a beijo, sentindo o calor da pele sob meus lábios. Logo, eles estão deslizando para baixo do pescoço e para a área sensível em seu ouvido.

— Ei! — ela grita. — Um de nós está se esforçando muito para ter comida quente aqui! Vá se sentar; está quase pronto. E o seu café está no balcão.

Dou a um tapinha na bunda dela antes de me virar.

— Ah, o jornal de hoje estava no balcão quando eu vim para cá. Espero que quem o trouxe não tenha ficado bisbilhotando. Puta merda, você pode imaginar?

— Não. Meu pessoal não é assim — eu digo bebendo meu café quente. Deixo de lado o Arizona Republic e pego o New York Post, agradecido que ele ainda esteja bem dobrado. Ally não leu.

Eu paro na história de capa da página de fofocas, e raiva cega me faz ver vermelho. Sou incapaz de ler com clareza a manchete, ver a falsidade dele, parece patético pra cacete, mas não consigo digerir isso. Não posso aceitar isso. É um mito, uma mentira, como o coelhinho da Páscoa ou o Papai Noel, droga.

Playboy de Manhattan, Evan Carr diz:
"Eu cometi erros, mas estou pronto para me retificar."

Evan Carr, neto do ex-governador, Winston Carr, quebrou seu silêncio e desabafou sobre o casamento conturbado com a Sra. Allison Elliot-Carr, traições e rumores de gravidez, e como ele espera consertar as coisas.

"Eu amo minha esposa", ele disse. "Ally é minha vida. E eu nunca iria fazer nada intencional para machucá-la. Eu sei que tenho muito trabalho a fazer, mas vou mostrar a ela que eu posso ser o marido que ela merece. Mesmo que isso me destrua."

No início desse mês, Evan foi visto com uma mulher que dizem ser Kelsie van Weiss, grande amiga de Allison, mas ele não confirmou nem negou as acusações. Mesmo assim, ele não nega os rumores da infidelidade.

"Eu estraguei tudo; sei disso. Fui infiel, e agora estou pagando o preço. Mas estou disposto a fazer o que for preciso para recuperar a confiança dela. Eu faria tudo por ela."

A Sra. Carr está no momento de férias, sozinha em um SPA exclusivo, apesar de rumores anteriores sobre clínicas de reabilitação. Ela está completamente saudável e ansiosa para se reconectar com o esposo em seu retorno.

Eu leio a história novamente, dissecando cada palavra. Mentira. É tudo mentira. Evan foi ajudado por seu pai igualmente mau caráter, e esse arrependimento foi necessariamente premeditado. Ele provavelmente deve ter memorizado as palavras, considerando que vomitou o mesmo lixo mais de uma vez.

— Ei, eu posso ler isso depois? — Ally pergunta, assustando meus pensamentos homicidas.

Olho para o papel à minha frente. Evan parece tão perturbado, tão arrependido. Ele se parece exatamente com um marido amoroso, como se estivesse perdendo a sua outra metade.

— Claro — assinto.

Então, *infelizmente*, a caneca na minha mão, que estou levando aos lábios, de repente, escorrega, e afoga as páginas repletas de heresias com café quente.

— Merda! — eu digo, saltando da cadeira antes de o líquido escaldante bater na minha pele nua. Pego alguns guardanapos e enxugo a bagunça, dobrando os papéis em ruínas em uma bola. Ally corre com um pano de prato apenas alguns segundos depois que o rosto de Evan fica irreconhecível.

— Está tudo bem — diz ela, enxugando a bancada enquanto eu descarto a bagunça. — Eu te dou outra caneca.

— Não — respondo, vindo por trás dela. Beijo seu pescoço, enquanto minhas mãos pegam sua camiseta, que para no meio de suas coxas. — Senta. Eu cuido do resto.

Evan pode ser um marido apaixonado na frente das câmeras, mas eu sou o único que põe creme e açúcar no café de Ally. Sou o único que serve o café da manhã, alimentando-a, enquanto suas suaves pernas nuas descansam no meu colo. E serei o único a espalhar seu corpo no balcão da minha cozinha e cobrir seu sexo com a boca, enquanto ela repete meu nome como uma oração.

Ally pode ser de Evan por lei, mas ela é minha por natureza. E em uma batalha entre leões, ninguém dá a mínima para o que é legal. É tudo força bruta, astúcia e instinto. Três coisas que eu tenho utilizado por toda a minha vida para sobreviver.

Estamos sentados no sofá nos beijando como adolescentes cheios de tesão, enquanto a TV está ligada ao fundo. Ally insistiu em usar uma cueca boxer minha antes de se sentar, embora eu estivesse mais do que feliz em deixar seu cheiro permear o couro macio.

— Então, o que você quer fazer? — ela pergunta, montada no meu colo.

Eu arqueio os quadris para frente, de modo que o volume endurecido sob minhas calças finas pressione contra sua virilha.

— Eu posso pensar em algumas coisas.

Ela revira os olhos e morde os lábios, reprimindo um sorriso.

— Tenho certeza de que você poderia. Mas, falando sério, vamos fazer algo divertido.

— Como o quê?

Ally pega meu celular, e eu quase morro de susto.

No entanto, ela não desliza o ícone de desbloqueio e, em vez disso, abre a câmera.

— Sorria — diz ela, tirando uma foto antes que eu possa reagir.

Agarro-a pelos quadris e inclino a cabeça para o lado.

— O que você está fazendo?

— Levando para casa um souvenir. Vou mandar essas fotos para mim. Vamos, me dê algo com que eu possa trabalhar. — O zumbido da câmera soa três vezes mais, enquanto ela tira fotos do meu rosto, peito e barriga.

— Hummmmm, muito bom. Isso vai ficar ótimo!

Agarro o celular antes que ela possa ter outra chance, fazendo-a protestar.

— Peraí! Eu não terminei ainda!

— É a minha vez de criar uma lembrança — eu respondo, virando a câmera para ela. Ela cobre instantaneamente o rosto com as mãos.

— Você está louco? É exatamente isso que eu não preciso. *Fotos seminuas da socialite sardenta enquanto ela está de férias sozinha com um homem desconhecido.* Os tabloides vão transformar isso, me mostrando chupando um pirulito vermelho, esparramada de perna aberta num sofá gravando uma fita de sexo.

— Agora, sim. Essa é uma boa ideia. — Sorrio, o visual na minha cabeça me dando água na boca.

— Eu *não* vou dar uma de Kim Kardashian, Drake. Então, devolve.

Tiro uma foto de seus lábios pressionados em uma linha dura e sua mão estendida.

— Ally, são apenas para mim. Para o meu prazer. Eu mataria alguém antes de compartilhar essas fotos. Só quero ser capaz de olhar para você... sempre. Se eu não posso continuar com você, pelo menos, deixe-me com isso.

Seu olhar cai para sua mão descansando contra o meu estômago, e ela morde o lábio inferior.

— Ok. — Seus olhos encontram os meus, e ela me dá um sorriso solene. — Está bem, você pode ter isso.

Capturo imagens dela olhando para mim com aqueles olhos tristes tão peculiares. Um fio vermelho se desvencilha de seu coque, e aproveito a oportunidade para tirar uma foto dela colocando-o atrás da orelha, seu olhar distante e pensativo.

— No que você está pensando? — pergunto, estudando-a através da lente.

— Que eu não me lembro de ter me divertido tanto. E de ser feliz. E como eu tenho pavor do que o futuro nos reserva.

Lágrimas se alojam nas bordas de seus olhos, e eu acaricio seu rosto, forçando-a a olhar para mim.

— Não pense nisso agora. Vamos continuar nos divertindo e sendo livres. Vamos ser felizes juntos por agora e não pensar no amanhã.

Eu a beijo avidamente, tirando uma *selfie* do momento. Em outro lugar, em outro momento, essa foto seria a minha tela inicial. E Ally... Ally seria o primeiro número na minha lista de contatos favoritos. E ela me ligaria para me contar sobre o seu dia, ou contar uma história engraçada, ou apenas para dizer que vai voltar para casa em breve e seu rosto sorridente iria iluminar a tela, os olhos brilhando como estrelas brilhantes no céu.

Ela se afasta apenas o suficiente para trazer o corpo para o meu, com um sorriso maroto nos lábios. A pequena safada está de volta, e eu tenho toda a intenção de capturá-la e nunca deixá-la ir.

— Tire a camisa — eu ordeno, meus olhos fixos na tela exibindo seu rubor.

— O quê?

— Sua camisa. Tire. Eu preciso de um pouco disso para a minha coleção também.

Ela puxa a bainha da camisa, revelando apenas um pedacinho de pele.

— Juro por Deus, Justice, se você mostrar a alguém...

— Confie em mim, Ally. Você confia em mim. Lembra-se?

— Sim — ela concorda. — Eu confio. — E, com isso, ela levanta a camisa até que a mesma esteja no chão, seus belos seios a apenas alguns centímetros da minha boca faminta.

Ally cobre o peito com as mãos e olha para longe.

— Eu pareço ridícula, não é? Você está acostumado a enormes peitos sacudindo em seu rosto. E aqui estou eu... peitinhos de doze anos de idade. Sou praticamente um menino.

A câmera zune outra vez antes que eu a abaixe, então Ally pode ver a seriedade gravada no meu rosto.

— Por favor, não estrague isso para mim, comparando-se a um menino. Ou qualquer adolescente nesse assunto. O que eu te ensinei, Ally? Sex appeal não é sobre ter seios grandes ou uma bunda redonda. Não é sobre o tamanho do vestido ou até mesmo como sua roupa é sensual. Começa aqui dentro. — Acaricio sua cabeça delicadamente e Ally estremece sob o meu toque. Então, eu deslizo os dedos para o seu peito e para as aréolas de seus seios. — E aqui — eu digo, colocando a mão sobre seu coração. — Ally, se você se sentir sexy, você vai ser sexy. Se você acreditar nisso, eu também vou.

Quando as mãos dela estão enroladas em seus lados, retomo meu estudo intensivo de seu corpo. Passo pelo conjunto de sardas no nariz, o pequeno espaço entre os seios. O formato de coração de seus lábios, o inferior apenas uma fração maior do que a parte superior, dando-lhe um beicinho permanente. A forma como a cintura parece tão pequena e estreita, mas sólida o suficiente para que eu não tenha medo de quebrá-la quando estou dentro dela até a raiz.

Ally é arte. Ela pode parecer simples e discreta para olhos destreinados, mas, para mim, ela é uma peça rara, exótica, que deve ser valorizada e apreciada.

— Levante o queixo — eu a instruo, gravando a imagem de seu pescoço delgado.

— É melhor eu não ver Mary Kate e Ashley na internet, querido.

— Mary Kate e Ashley?

— Sim. Minhas meninas — diz ela, gesticulando entre os seios — Pequenos, talvez um pouco tristes, mas fofos.

Eu me inclino e cubro seu seio esquerdo com a boca.

— Quem é esta?

— Aiii... Essa é a Mary Kate. Ela é a menor, a alegre.

Eu passo a língua para o direito, sacudindo o mamilo antes de sugá-lo totalmente para dentro da boca.

— E essa tem que ser a Ashley.

— Sim — ela responde com um suspiro. — Qual delas você mais gosta?

Jogo o celular de lado, e ele cai do sofá com um barulho. Eu não me importo. Não quando seus seios estão em minhas mãos, pressionados juntos para que ambos os mamilos fiquem eretos para mim.

— Eu não sei. Preciso provar.

Os olhos de Ally se fecham quando eu chupo e mordo o bico rosado, tomando o cuidado de dar a cada um atenção igual. Ela geme meu nome e arqueia os quadris, correndo seu sexo revestido em algodão sobre a minha ereção saliente. Quase consigo sentir a pequena mancha molhada saturando minha boxer emprestada através da calça de pijama.

— Eu preciso estar dentro de você — digo contra sua pele aquecida. — Agora, baby. Eu preciso agora.

Eu a levanto do meu colo para que ela possa tirar a boxer e rapidamente faço o mesmo com a minha calça de flanela. Então, ela está montando em meu colo, a ponta do meu pau em sua entrada. Nós dois prendemos a respiração ao ver nossos corpos se unirem, nossas partes íntimas vibrando. Corações batendo juntos em perfeita harmonia. Eu aperto sua bunda e coxas para orientar sua descida.

— Devagar, baby. Olhe para mim enquanto eu te encho centímetro por centímetro.

Os olhos vidrados de Ally me tocam, luxúria e selvageria brilhando dentro deles. Eu alivio um pouco, apenas o suficiente para que a cabeça esteja dentro dela, e assisto as emoções brincarem em seu rosto. Surpresa. Dor. Êxtase total e absoluto.

— Mais? — pergunto.

Ally balança a cabeça, lutando para manter os olhos abertos e focados em mim.

— Sim. Mais.

Mais um centímetro glorioso. Suas paredes se expandem, mas ela ainda está apertada e um pouco inchada de ontem à noite. Mesmo muito molhada, eu sinto suas paredes me apertando.

— Deus, baby. — Eu forço para fora, restringindo minha direção apenas nela. — Mais?

— Sim, sim. Justice, por favor — ela geme.

Ela grita quando dou o que ela anseia. Implora por mais, e não consigo resistir e cumpro seus desejos.

— Oh, isso é demais. Muito... muito... muito. Eu não aguento — ela geme.

— Só mais um pouco, baby. Fique comigo.

Eu enfio nela os últimos centímetros, empurrando para atender seus pedidos e sinto Ally quebrar em meu colo. Eu a sinto se desintegrar no meu colo e crio um ritmo de cima para baixo, rápido e implacável. Seu interior continua tremendo, e ela cavalga um orgasmo sem fim, gritando meu nome, o rosto enterrado na curva do meu pescoço.

— Porra. — Eu tiro meu pau de dentro, quando o clímax agarra minha espinha. Meu orgasmo chega apertado na virilha. Levanto Ally de mim antes que seja tarde demais e a coloco sobre minhas pernas trêmulas.

— Sinta seu gosto, baby — eu digo com a voz rouca, segurando a base do meu pau. — Prove o quão doce você é. Chupe logo.

Seus olhos se arregalam com choque e delírio quando ela eleva o olhar para mim, acariciando meu reluzente pau molhado. Relutante, ela lambe os lábios e desliza de joelhos entre as minhas pernas.

— Não tenha medo, baby. Confie em mim, você vai adorar.

Seus olhos vão até os meus, desejo ardente quente e brilhante.

Ela envolve a mão ao redor de mim antes de lentamente trazer os lábios até a ponta lisa, e eu gemo alto quando sinto sua língua lamber círculos ao redor da cabeça.

— Está gostando? — pergunto, minha voz grossa com necessidade esmagadora.

— Sim — ela responde sem fôlego.

— Então, lambe tudo, baby. Não desperdice uma só gota.

Eu latejo violentamente enquanto ela desliza minha ereção entre os lábios e na língua, até tocar o fundo da garganta. Ela começa devagar, se acostumando com a sensação diferente. Depois, me chupa avidamente, fazendo meu pau vibrar com seus gemidos enquanto ainda me espreme na base. Empurro os quadris para cima, ansioso para gozar.

— Tão perto. Tão perto, *baby* — eu gemo. — Toque-se. Brinque com seu clitóris enquanto me faz gozar.

Ela não hesita desta vez, e uma mão desaparece entre as pernas.

Sinto o momento exato em que seus dedos chegam em seus lábios suaves, porque ela me suga com mais força, com mais entusiasmo. Vê-la tão excitada com seu próprio sabor, meu pênis em sua boca e sua mão se acariciando, faz com que o calor no meu âmago exploda e se expanda em uma bola de fogo brilhante, quente e líquida, passando através do meu corpo mais rápido do que eu posso pará-lo. Com um grunhido agonizante e a contragosto, saio da boca de Ally quando o primeiro jato sai do meu corpo. Ela observa com fascinação extasiada quando o esperma é derramado na minha barriga musculosa, e quando eu sacudo e estremeço atingindo o clímax número 5.

— Uau — ela sussurra, os lábios vermelhos e inchados. Eu gemo em resposta, incapaz de fazer muito mais.

Como se eu pudesse estar ainda mais apaixonado por ela, como se ela pudesse fazer ainda mais para a magnitude da paixão crescer, ela se inclina e lambe o rastro salgado e leitoso da minha porra resfriando sobre os músculos rígidos do meu abdômen. Eu embalo seu rosto amorosamente e acaricio seus cabelos, tão dominado pela emoção neste momento, e muito cru para sequer começar a colocar isso em palavras.

É o último ato de submissão, mas Ally domina todos os meus pensamentos confusos, cada sensação percorrendo meu corpo, e cada respiração irregular em meus pulmões.

Ela se aconchega dentro da minha coxa, enquanto sua cabeça repousa sobre a minha perna depois de devorar cada gota de mim.

Eu a levanto em meus braços e a embalo contra o peito, nossos corpos nus pegajosos de suor e excitação.

— Você deveria ter gravado isso para usar sozinho depois — diz ela, quando sua respiração se estabiliza.

— O que faz você pensar que eu não fiz?

— É verdade. Apenas use o Photoshop e acrescente peitos maiores em mim. As gêmeas Olsen precisam de um pouco de carne em seus ossos.

— Você é perfeita, anjo — eu sussurro em seu cabelo. — Perfeita do jeito que você é.

CONSUMAÇÃO

É engraçado como você nunca percebe o quanto odeia dormir sozinho até que é forçado a isso.

Sim. Eu disse isso. Odeio dormir sozinho.

Ou talvez eu simplesmente odeie dormir sem Ally enfiada do meu lado, seu cabelo ruivo despenteado caindo em meu rosto e me sufocando no sono. Ou a baba dela escorrendo no meu peito, ou seus surtos espontâneos de ronco me assustando pra cacete no meio da noite.

Deus. Cacete. Eu adoro isso.

Não consegui pregar o olho depois que ela saiu pela minha porta da frente, deixando-me satisfeito, mas ainda faminto por ela em todos os sentidos e formas.

— As pessoas vão começar a falar — disse ela, calçando as sandálias. Aquelas sandálias feias. Deus, eu amo essas merdas também.

— Deixe falarem.

— Você é engraçadinho. — Ela sorriu, antes de tocar os lábios nos meus. — Engraçadinho, mas não descuidado. Você sabe como as pessoas gostam de falar. E essas mulheres estão sem nenhuma fofoca há meses.

— Fodam-se elas — eu respondo, envolvendo-a em meus braços, recusando-me a soltá-la.

— Hummmm. — Ela corre o nariz desde a base da minha garganta até o queixo. — Eu gosto quando você não faz a barba. Fica sexy em você.

— *Você fica sexy* em mim — respondo, apertando sua bunda. Ela se encaixa perfeitamente nas minhas mãos. — Fique. Não vá.

— Você é diabólico, Sr. Drake — ela diz, balançando a cabeça.

Ela beija meus lábios e desenrola minhas mãos de seu corpo.

— Hoje à noite, ok? Volto logo após o jantar. Então, é melhor ter um pouco de sorvete para mim.

— Eu vou ter mais do que isso pra você.

Ela se vira e sorri para mim pouco antes de passar no batente da porta, e tudo o que eu posso fazer é aproveitar esse sorriso como se fosse o mais quente, mais brilhante raio de sol que eu já vi.

Gostaria de ficar cego antes de parar de olhar para ela.

— Hoje à noite — disse ela. — Nós teremos esta noite.

Eu gostaria de tê-la feito ficar. Gostaria de ter dito que eu precisava falar com ela, que não podia esperar nem mais um minuto, que havia alguma coisa que ela precisava saber sobre mim antes de irmos mais longe. Mas eu apenas fiquei ali, atônito, olhando para aquele rastro de fogo até que ela desapareceu na casa principal.

Mesmo com a falta de sono, estou ansioso pela aula desta manhã. Tomo banho, faço a barba e visto as roupas com mais zelo do que eu já fiz. Nem sequer me preocupei em fazer o meu ritual diário de verificação de alertas do Google, sites de celebridades, ou todos os outros sites de fofocas. Nada disso importa mais. Não quando a memória do corpo de Ally sob o meu, tremendo com as réplicas do orgasmo enquanto geme meu nome, está permanentemente gravada no meu cérebro.

Eu mal entro quando Riku se aproxima de mim, seguido por Diane, minha recepcionista, e alguns membros da minha equipe.

— Cara... você está bem? — pergunta ele, a preocupação gravada em seu rosto. Ele aperta os olhos estreitos, fazendo-os parecer pretos sob as sobrancelhas escuras.

— Sim. — Eu franzo a testa, vendo os olhares ansiosos de todos. — O que está acontecendo?

— Você não viu o noticiário? Eu mandei mensagens para você.

Pego o meu celular do bolso. Completamente apagado. Eu devo ter esquecido de carregá-lo depois que Ally e eu tiramos *selfies* nus ontem. Merda, esse não sou eu.

— O celular descarregou. Por quê? O que está acontecendo?

Riku olha em volta, nervoso, quando algumas das donas de casa surgem na sala grande para a aula desta manhã.

Meu olhar vai direto por cima do ombro, passando por tudo e todas as outras, na expectativa de ver Ally.

— Você realmente deve verificar as notícias, JD — diz ele com gravidade. — Heidi está vindo.

— Heidi? — Isso atrai a minha atenção. Eu trabalhei com ela durante anos, mas só realmente a vi menos do que um punhado de vezes. Isto, obviamente, não é uma visita social.

— Sim. O voo foi no início desta manhã. Ela estará aqui a qualquer...

— Ela já está aqui — diz uma voz atrás de mim.

Heidi Ducane, conhecida como a melhor relações públicas do mundo e renomada pit bull de saias. Heidi é provavelmente a única pessoa no mundo que pode me fazer tremer com sua atitude fria. Ter se tornado a rainha do gelo na busca de resultados perfeitos fez dela a mais procurada e mais bem paga relações públicas no negócio. E suas características nórdicas afiadas e sua constituição física, definitivamente, fazem dela a mais gostosa.

Eu olho a loira alta de pernas longas, segurando uma pasta elegante ao lado, e aceno para ela aproximar. O rosto perfeito de Heidi está tão carrancudo que faria até mesmo o mais duro macho alfa murchar. Riku se encolhe e volta para a cozinha antes de ela parar na minha frente.

— Carregue a merda do celular, Drake — ela diz, sem nem ao menos um olá. E depois ela se vira e sai para o jardim na direção da minha casa.

Olho para Diane, me sentindo um garotinho.

— Libere as clientes. Diga para voltarem para suas suítes e que estão com o dia de folga.

Quando olho para cima, lá está ela, roubando o ar dos meus pulmões e o substituindo com o que parece ser gás hélio. Sinto como se estivesse flutuando quando ela está por perto, tão alto que poderia beijar o sol. Ela olha para mim, congelada no lugar, aqueles lábios cor de cereja entreabertos como se tivesse acabado de suspirar ou gemer.

É preciso todo o meu controle para não caminhar até ela e descobrir eu mesmo.

— Fique alerta. Falo com você mais tarde — murmuro para Diane, sem olhar para ela. Então, viro as costas e volto para a minha realidade fria e escura.

— Isso é tão fodido, Drake. Sério. Como você pôde deixar isso acontecer?

Heidi anda de um lado para o outro na minha sala em seus quinze centímetros de salto *Louboutin*, um smartphone em cada uma das mãos. Ela traz um até sua orelha e rosna uma ordem, mas eu não a ouço. Meus olhos e ouvidos não se movem após as cenas lançadas na tela da televisão. Variações de uma mesma manchete jogadas repetidas vezes quando as pessoas tentam especular e dissecar o pouco de informação que foi dada em uma bandeja de prata.

Notícias de última hora: Doutor do Sexo é revelado!

Especialista do sexo transforma socialites em máquinas sexuais.

Duzentos e cinquenta mil para transar com sua esposa?
Você não vai acreditar em quem são suas clientes famosas!

Um Dr. Gostoso da vida real? Suas pacientes desmascaradas.

Quem é Justice Drake?
Um consultor de celebridades ou um predador sexual?

Quem é Justice Drake?

Quem *é* Justice Drake?

Nem eu mesmo posso responder isso.

— Justice. Justice! — Eu me viro em direção ao som da voz nervosa de Heidi, mas não olho para ela. — Você ouviu o que eu disse?

— Eles não têm nada. Apenas um nome. Tudo o que tem é um nome — eu respondo quase roboticamente, ignorando sua pergunta.

— Sim, mas quem é que sabe quem vazou isso? E é apenas uma questão de tempo antes que eles tenham muito mais.

Eu me viro de volta para a TV, mudando os canais, exibindo uma nova matéria: "*A busca por Justice*". Esta foi inteligente.

— Justice... Minhas mãos estão repletas de clientes irados. Você lhes prometeu total discrição e agora eles estão com medo de isso vazar. — Ela caminha até mim e coloca uma mão magra no meu pulso. É a primeira vez que Heidi me toca. Sua pele é mais suave do que eu imaginava, mais delicada. Mesmo com o exterior duro, Heidi é uma mulher completa. Eu brevemente me pergunto sobre sua vida amorosa. Ela é casada? Está namorando? Gay ou hétero? Alguém está fazendo-a gozar regularmente?

— Ei — ela murmura com um sorriso triste. — Você tem que tomar uma decisão aqui. O cerco está se fechando. É hora de mandá-las para casa.

— Não. — Levanto, os punhos fechados em meus lados.

— Não? Justice, você ouviu o que eu disse? Nós violamos o contrato. Você vai perder tudo se não consertar essa merda agora. Mande as mulheres para casa, devolveremos o dinheiro e desapareceremos antes que alguém revele sua identidade.

— Eu não dou a mínima. Não posso deixá-la... Não estou pronto para isso. Não posso mandá-las de volta ainda. Eu não acabei.

— Jesus Cristo! Ouça o que você está dizendo! — diz ela, jogando as mãos para cima, exasperada. — Eu não posso representá-lo se você não me ouvir. Nós ainda temos tempo para corrigir isso se agirmos agora. Não é como se você estivesse realmente transando com qualquer uma destas mulheres.

Meus olhos cruzam com os dela, como num reflexo, cheios de culpa. Ou medo. Ou talvez uma mistura de ambos. Ela lê a minha expressão como a parte traseira de uma caixa de cereal.

— Puta que pariu, você não fez isso. Diga-me que não, Justice. Diga-me agora que você não fodeu com tudo!

— Heidi, não é assim... — eu gemo. Mas não soa convincente nem para os meus ouvidos. Aparentemente, Heidi não compra também.

— Eu não posso acreditar em você. Eu sabia. *Eu sabia*. Desde a última vez que nos falamos. Eu só não queria acreditar que você podia ser tão descuidado. Você, de todas as pessoas, com suas regras de controle e anonimato. Você nunca faria algo tão estúpido.

— Eu posso consertar isso.

— Você não pode fazer nada. Quem é ela, Justice? Qual delas? Talvez ainda haja uma maneira de salvar essa bagunça. Se eu souber quem ela é, nós saberemos o quanto oferecer pelo seu silêncio.

Eu fico quieto. Em parte, porque não vou trair Ally assim, e também porque sou muito covarde para dizer a ela que não quero corrigir nada. Agora que o segredo foi revelado, posso respirar. Não tenho que esconder mais quem eu sou. Não tenho que esconder o que sinto.

— Nome, Justice. Agora.

Eu olho para Heidi, sentindo como se isso fosse o começo do fim.

Por mais que eu tente lutar contra, sei que acabou. Sei que o sol se pôs sobre Ally e mim.

— Nós não podemos pagá-la. Ela não está à venda.

Heidi levanta uma sobrancelha arqueada meticulosamente.

— Todo mundo está à venda, Justice. Você deve saber disso melhor do que ninguém.

— Bem, ela não está. Não Ally.

— Ally? Allison Elliot-Carr? *A* Allison Elliot-Carr? Pelo amor de Deus, Justice, por que você tem que trepar com a cadela mais rica daqui? Você tem razão, não há nada que possa ser oferecido que ela não tenha no bolso.

— Como eu disse, não é assim. Ela não iria aceitar, de qualquer maneira.

— E como você sabe? Vocês dois estão apaixonados ou algo assim? Você acha, mesmo que por um segundo, que ela deixaria sua vida de excessos e luxos por uma pessoa como você? Ela tem Evan, o "Homem Mais Sexy Vivo", de acordo com a revista People. Mesmo Oprah teria concordado com isso. Sem ofensa, Justice, mas o que ela quer com você?

Eu não respondo, porque não tenho o que responder. Heidi está certa.

Comparado com Evan, eu sou um mendigo deitado em jornais. E isso nunca realmente me incomodou... até agora.

Os flashes da tela da televisão com as palavras **"Últimas Notícias"** rolam na parte inferior. Heidi aumenta o volume assim que a apresentadora Giuliana Rancic começa.

"A mídia está fervilhando depois de ter sido revelado que um homem não identificado, conhecido como Justice Drake, é, na verdade, o terapeuta sexual

das famosas. E, aparentemente, ele tem alguns clientes de alto perfil. Notícias anteriores confirmaram que a estadia de Allison Elliot-Carr, esposa de Evan Carr, em um SPA *exclusivo eram falsas, e que ela foi vista em um local secreto com este sexpert de celebridades. Quando entramos em contato com os agentes do Sr. Carr para questioná-los, eles responderam: "Sem comentários". A questão agora é: será que Evan Carr realmente contratou um homem para dormir com sua esposa, a fim de torná-la uma amante melhor? Fiquem ligados para mais detalhes sobre esta história..."*

— Viu? — diz Heidi, apontando para a tela em branco. — Pedaços estão caindo no lugar. E agora eles têm os Carrs envolvidos? Isso é ruim, Justice. Mesmo você tem que admitir isso.

— Eu sei. — Levo as mão à cabeça e esfrego as têmporas.

— Deixe-as ir. Você pode começar de novo em outro lugar, conseguir um novo nome, funcionários novos. É melhor sair agora, antes que você seja forçado a isso.

Olho para Heidi, mas tudo o que eu consigo ver é Ally. Tudo o que consigo ver são aqueles olhos tristes, sorrindo para mim pela última vez. Ela iria para seu mundo, e eu ficaria enfiado no meu.

— Não posso — sussurro, e soube, naquele momento, que eu não poderia. Não posso ficar com ela. A miragem é apenas isso, algo tão bonito e desejado, mas não é real.

Uma batida leve na porta me faz levantar a cabeça e correr para abri-la. Abro sem verificar quem é.

— Ally. — É como se eu tivesse começado a respirar depois de estar debaixo d'água por horas.

— Sinto muito interromper... — Ela espia ao redor da minha sala e, quando seus olhos se arregalam, sei o que ela vê: uma loira alta, de pernas compridas, com um corpo formidável, saltos e uma saia lápis que parece que foi pintada nela. — Hum, hum, eu posso voltar depois.

Eu agarro seu braço antes que ela possa se mover um centímetro.

— Não. Fique. — *Fique*. Se ela pudesse sentir o peso dessa pequena e minúscula palavra. — Heidi estava de saída.

— Você só pode estar brincando comigo — resmunga a relações

públicas sexy, caminhando atrás de mim. Ela caminha até a porta, parando para pressionar seus lábios vermelhos na minha bochecha. — Você tem vinte e quatro horas, Drake. Tome uma decisão — ela sussurra antes de virar seu olhar cinza gélido para Ally e acenar com a ponta de sua cabeça. — *Sra.* Carr.

Observamos enquanto Heidi se distancia, balançando os quadris ao ritmo dos saltos altíssimos. Quando Ally se volta para mim, ela parece pensativa.

— O quê? — eu pergunto a ela, puxando-a para minha casa e para os meus braços.

— Ela é...

— Alta? Fria? Um pouco assustadora?

— *Linda*. E, sim, um pouco assustadora. Ela é como a versão feminina de você.

Eu balanço a cabeça.

— Você acha que eu sou assustador?

— Você era. — Ela limpa a marca brilhante dos lábios de Heidi da minha bochecha e substitui pela sua. — Mas acredito que posso enfrentar meus medos. Agora você está quase tão assustador quanto um gatinho. Quem era, afinal?

— Relações públicas.

— Tudo bem? — Ela franze a testa com preocupação.

— Claro. Apenas alguns papéis que precisavam ser assinados pessoalmente — minto sem problemas.

— Ah, eu espero não ter interrompido. — Ela olha para a porta e franze a testa. — Ela não suspeitou de nada entre a gente, né?

— Você se incomodaria se ela tivesse?

Ally encolhe os ombros e se vira para mim, seu olhar desfocado.

— Eu não sei. Quer dizer, eu sei, mas realmente não sei ao certo como me sinto sobre isso.

— Você não sabe o que sente sobre nós. — Não é uma pergunta.

Os olhos dela encontram os meus, pesquisando.

— Não. Sim. Eu sei, claro que sei, mas sinto que é errado me sentir assim. Como se eu fosse uma pessoa horrível, nojenta, por ter esses sentimentos por causa da minha situação. E, se eu reconhecê-los, eles vão assumir o controle. Eles vão me consumir. *Você* vai me consumir.

Eu me aproximo tanto quanto é humanamente possível. Perto o suficiente para sentir seu batimento cardíaco contra o meu peito.

— Eu quero te consumir, Ally. Quero devorar cada pedacinho seu até que não exista você sem mim. Até que não haja nada além de sensação e exaustão. Até que você veja a música e ouça as cores. — Meus lábios estão apenas a um sopro de distância dos dela, ansiando por uma prova. — Você não tem que definir seus sentimentos por mim, Ally. Me deixe fazer isso por você.

Ela abre a boca para falar, mas eu abafo suas palavras com um beijo ardente. Sua resposta não é necessária. O que temos, o que eu sinto por ela, vai muito além da explicação racional. Quando me afasto, há estrelas tristes em seus olhos.

— Por que isso parece um beijo de despedida?

Eu a beijo novamente, apenas para evitar que minha boca admita que foi. O princípio do fim. O início do adeus mais triste da história.

Porque, depois de hoje à noite, ela vai se afastar de mim e voltar para *ele*, segurando um pedaço de mim na palma da mão. E sempre que eu olhar para o céu à noite, perguntando-me onde ela está, se ela está feliz, se Evan ri de suas piadas bregas ou sorri com tudo o que ela faz, o espaço vazio deixado para trás, dentro de mim, vai doer com a lembrança. Porque a sua luz uma vez me preencheu. Ela *me* completou de uma forma que ninguém na Terra conseguiu. E eu nunca vou me sentir inteiro novamente.

Nós não falamos enquanto a levo para o quarto. Nossos olhos estão fixos um no outro enquanto lentamente nos despimos. Quando eu a toco, ela estremece, mas sua pele queima sob meus dedos. Eu a envolvo nos braços, desejando que eu pudesse cobri-la de uma forma que iria fazê-la desaparecer em mim. Eles não podem tirar o que não conseguem encontrar.

— Você é tão pequena — sussurro em seu cabelo.

— Você é tão grande. Mas eu gosto.

Eu a abraço até que a dor da minha ereção torne-se demasiado grande para ser ignorada por mais tempo. Ela desliza a mão entre nós e me aperta, ouvindo meus pensamentos e me fazendo gemer sem um pingo de dignidade.

— Tão grande — ela repete com um sorriso satisfeito. — Mas eu gosto.

— Ele gosta de você também.

Então, não há mais palavras, todos os sinais de brincadeira apagados quando eu cubro seu corpo com o meu. Eu beijo sua boca, seu pescoço, cada um dos seios, o umbigo. Quando minha língua encontra o ápice de suas coxas, ela se abre para mim automaticamente. Arrasto um dedo no meio dela, antes de pressionar seu clitóris. Ela estremece, e repito o movimento, arrastando lentamente o polegar para baixo através da carne rosa, traçando seu sexo com precisão antes de trazê-lo de volta para aplicar mais pressão. No momento em que eu lhe dou a minha língua, ela quase se rompe.

— O que você está fazendo comigo? — ela suplica, oscilando à beira do orgasmo.

— Exatamente o que eu te ensinei — respondo. Então, a envio voando no esquecimento, lhe dando boca e dedos. Chupando-a até que seu prazer escorra pelo meu queixo. Até que ela me puxe para cima pelos ombros, me implorando para parar.

— Oh, Deus — ela grita. — Eu não aguento mais. É demais.

Eu a beijo para que ela possa provar a si mesma, minha língua dançando com a dela enquanto nós compartilhamos sua excitação.

Estou perfeitamente alinhado na sua entrada lisa e quente, então, eu lentamente empurro até que a cabeça do meu pau esteja dentro dela. Ally ofega com a intromissão. Eu mergulho um pouco mais e vejo as emoções estampadas em seu rosto, todos os tons de insanidade carnal. Quando estou completamente submerso até o fim, puxo para fora tão de repente que ela geme, e eu a viro de bruços.

— Assim — eu digo, elevando sua bunda e quadris, e dobrando as pernas de uma forma que as solas dos pés se toquem. Admiro a forma como seu sexo se contrai, implorando para eu enchê-la mais uma vez.

Com uma mão no quadril e a outra no ombro, entro nela por trás, lentamente no início. Estou tão profundo neste ângulo, que eu posso sentir o batimento cardíaco em seu estômago. Os lençóis amassam sob seu aperto e Ally solta um palavrão.

— Tudo bem? — eu pergunto. Nem sei por que estou perguntando. Eu nunca quis saber nada, tenho sempre a maldita certeza de que não me importo o suficiente para fazer perguntas durante o sexo.

Ally descansa no travesseiro, os olhos fechados apertados.

— Sim. Muito mais do que bem.

Eu retiro a ponta e mergulho de volta, puxando-a de volta para mim pelos ombros. Nós dois gememos em uníssono, e os seus joelhos tremem.

— Bom? — Eu não sei por que estou perguntando novamente. Eu sei que é bom. Posso sentir que é bom para ela.

— Sim — ela rosna entre gemidos.

Eu me entrego, me deixo ir, empurrando dentro dela com intensidade voraz. Eu me inclino para frente e a beijo nas costas, sufocando meus gemidos de prazer em sua pele e cabelo. Ela vira a cabeça, e nossos lábios se encontram instantaneamente.

Se isso estivesse acontecendo num momento diferente, e eu fosse um homem profundamente diferente, com uma mulher diferente, eu olharia em seus olhos enquanto meu corpo mergulha e rola sobre o dela. Ela olharia para mim com amor e acariciaria meu queixo, um olhar de puro êxtase no rosto. Eu colocaria seu cabelo para um lado por cima do ombro e deslizaria a língua de seu pescoço até a orelha. E quando suas costas começassem a arquear e os primeiros arrepios do orgasmo tomassem seu corpo, eu sussurraria "Eu te amo", porque gostaria que fossem essas as únicas palavras que ela ouviria quando chegasse ao clímax para mim. Apenas para mim.

Independentemente dos meus sentimentos por Ally, existe a sensação de que eu não sou aquele homem e ela não é aquela mulher. E todo o tempo que temos é o agora. Pronunciar essas palavras só provocaria confusão e conflito para nós dois. Então, engulo nossa rendição enquanto dou partes de mim que posso dar. As partes de mim que anseiam e pulsam até o ponto em que dor e prazer se tornem um. Até que o calor e o frio deslizem pelas minhas costas, que meu corpo esteja tão saciado que eu nem consiga me mover depois de liberar tudo dentro dela: o medo, a raiva, a felicidade de apenas tê-la em meus braços, é tudo dela.

Eu sou dela.

Algo agita meu sono, mas tento ignorar. Eu não quero me mexer, não quero nem respirar. Mas o barulho continua na sala de estar, e sei que tenho que sair desta cama e do calor do corpo de Ally.

Foda-se. Meu celular.

As luzes invadem as cortinas, e eu percebo que nós transamos e dormimos o dia inteiro. Houve conversa, um lanche, até mesmo alguns banhos, mas o nosso tempo foi gasto, principalmente, beijando, tocando e empurrando nossos corpos além do prazer.

Tão gentilmente quanto posso, retiro meu braço de debaixo do corpo de Ally. Ela se mexe, murmurando algo ininteligível antes de retomar o ronco suave. Balanço a cabeça e rio silenciosamente enquanto me encaminho para a sala de estar. Antes de Ally, toda mulher com quem eu já tinha estado parecia supermodelo, mesmo de pijama. Cabelo e maquiagem, de alguma forma, ficavam meticulosamente no lugar. Parte de mim até acreditava que elas realmente nunca dormiam, só agitavam aqueles olhos com cílios longos e posavam como estátuas de cera na cama. Mas com Ally tudo é diferente, mais real. Seu cabelo vermelho está nos nossos rostos; ela ronca um pouco, não alto, mas alto o suficiente para que eu saiba que ela está dormindo; e uma pequena gota de baba se instala no canto da boca.

Talvez todas as mulheres realmente durmam desta maneira. Eu não sei. Nunca fiquei tempo suficiente para descobrir.

Sigo o barulho insistente do meu celular e o encontro na mesinha de centro. Chamadas não atendidas e mensagens de texto de Heidi. Uma de Diane e outra de Riku me perguntando se está tudo bem. Ignoro todos eles e dou uma olhada nos alertas do Google entupindo minha tela.

Últimas Notícias...

Acabou de chegar...

A verdade chocante revelada...

A mesma porcaria, uma manchete diferente. Mas tudo o que vejo é um rosto, um nome. Um lobo em pele de cordeiro chorando lágrimas de crocodilo de remorso e saudade.

A revelação chocante de Evan Carr:
Eu mandei minha esposa para o doutor do sexo

Em um comunicado liberado hoje mais cedo para a imprensa, Evan Carr revelou que ele, infelizmente, mandou sua esposa, Allison Elliot-Carr, para o terapeuta sexual de celebridades, Justice Drake, assumindo que Drake fosse um profissional privado, NÃO um pervertido sexual.

"Quando nós ouvimos falar do Sr. Drake e sua prática, pensamos que ajudaria Allison a construir sua autoconfiança e promover uma aproximação com a sua sexualidade", disse o playboy. "Nós assinamos, assumindo que teria efeitos positivos no nosso casamento. Mas não sabíamos exatamente o que Justice Drake fazia. Eu jamais colocaria minha esposa nessa situação, se eu soubesse."

Um entristecido Carr continua dizendo que vai fazer tudo em seu poder para localizar sua esposa e trazê-la de volta. "Seu lugar é comigo", diz ele. "Não com esse bastardo vendedor de mentiras. Eu nem posso imaginar o que ele pode estar fazendo com Ally e sabe Deus com quem mais."

Evan Carr forneceu detalhes dos formulários e disse que as mulheres são enviadas para um local desconhecido, onde não podem ter contato com o mundo exterior por seis semanas. Quando perguntado sobre a identidade de Justice Drake, Carr apenas balançou a cabeça.

"Ninguém jamais o viu. Eu não tenho nem certeza se ele é homem. Todos os contatos foram pela sua relações públicas ou por e-mail."

A relações públicas de Drake, Heidi DuCane, não estava disponível para comentar sobre o assunto.

Eu ligo para ela, meu coração batendo dolorosamente na cabeça.

— Você tem sorte que eu tenho mais o que fazer — diz Heidi depois de atender no primeiro toque. — Ou eu teria invadido seu ninho de amor e arrancado seu traseiro de lá.

— Onde você está? — Minha voz está rouca de sono.

— Voltando para Nova York, mas tive que fazer uma parada antes. — Ela faz uma pausa para dar as instruções ao motorista para um hotel na Michigan Avenue. — Algo aconteceu e eu quero dar uma olhada.

— Você está em Chicago?

— Sim. Art vai me encontrar aqui.

Eu respiro fundo e me inclino para trás no sofá. Arthur Cambridge III é o meu advogado. Se ele está envolvido, algo está acontecendo.

— O que aconteceu?

— Você está sendo chantageado, Justice. Algumas horas atrás, foi enviada uma gravação de áudio de você tendo relações sexuais. Eu não sei com quem foi, mas a mulher era muito vocal. Ela não parava de chamar seu nome. Sabe alguma coisa sobre isso?

Fecho os olhos e esfrego a tensão em minhas têmporas.

— Não. Como você sabe que não é falso?

— Nós verificamos. É autêntico. No entanto, a minha equipe foi capaz de rastrear o endereço IP de Chicago.

Eu quase dou um sorriso.

— Você tem uma equipe de hackers, Heidi?

— Tem alguém que não tem? E mesmo que seja de anos atrás, não podemos correr esse risco. Não com a imprensa pedindo sua cabeça em uma bandeja. Estou mandando a mensagem para você agora. Ouça e me ligue assim que terminar.

Uma mensagem soa, um segundo depois, e eu desligo para abrir o anexo. Respiração pesada. Gemendo. Uma doce voz cantando o meu nome enquanto dou as instruções para ela me chupar.

Não preciso ouvir mais nada. Eu estava lá. Ainda ontem, eu estava lá.

Ligo de volta para Heidi e ela responde imediatamente.

— Eu tenho uma boa ideia de quem está por trás disso, e tenho certeza de que você também.

Erin.

A estúpida e idiota da Erin.

Volto o pensamento para enquanto eu transava com Ally aqui neste mesmo sofá. Lembro-me de dizer para ela tirar a blusa e, em seguida, capturei sua beleza através da lente da minha câmera do telefone. Então, minha boca estava devorando seus mamilos cor-de-rosa e exigindo que ela tirasse a boxer ridiculamente grande. Em seguida, eu estava dentro dela, perdendo-me no prazer, o meu telefone esquecido.

Como diabos Erin conseguiu uma gravação disso? O número dela foi o último número discado, mas a tela estava bloqueada. Será que ligou sozinho? Será que nós acidentalmente tocamos o ícone verde enquanto Ally me cavalgava?

— Nós vamos enterrá-la — Heidi continua. — Seus netos vão pagar o dinheiro do seu almoço.

Balanço a cabeça em frustração.

— Quanto é que ela está pedindo?

Heidi faz um som estrangulado.

— Dois milhões, o que tecnicamente não vai te matar, mas ainda assim...

— Dê a ela.

— O quê?

— Diga a Art para dar a ela. Dê o dinheiro.

A voz de Heidi vai um tom mais alto do que eu já ouvi.

— Você não pode estar falando sério! Essa cadela está em violação direta de contrato, e você quer recompensá-la? Ela não tem nada, Justice. Não há nenhuma maneira que ela possa provar que foi você...

— Não importa, Heidi. Nada disso importa. Recupere a prova, dê a ela o dinheiro, e faça o que precisa ser feito para garantir que ela desapareça.

A linha fica em silêncio por vários segundos antes das risadas de Heidi aparecerem.

— Você está completamente louco, não é?

Solto uma risada alta. Não sei por quê. Meu negócio está se desintegrando a olhos vistos, eu estou sendo chantageado por uma mulher que não tinha duas moedas no bolso antes me conhecer, e estou tendo um caso com uma mulher casada da qual não consigo me afastar. Eu sou louco. Louco, mas eu nunca me senti mais normal. Estou mais ligado à vida que deixei para trás, à vida de Ally.

Percebo uma luz se acender atrás de mim, e olho para cima a tempo de ver Ally encostada no batente da porta, usando uma das minhas camisas, sono e sexo transparecendo em seus olhos. Ela sorri para mim, e um sentimento muito forte explode no meu peito antes de se alojar na boca do estômago.

— Cuide disso para mim, Heidi. E o que falamos anteriormente... eu vou fazer isso. Vou enviar.

Sua voz assume o som suave e feminino novamente. Como se ela tivesse pena de mim. Como se ela cuidasse de mim.

— Entendi. Vai dar certo, Justice, e tudo vai ficar bem. Você pode começar de novo, reconstruir. Você pode ser quem você quiser depois disso.

Eu não tenho uma resposta, pelo menos, não a que eu quero, então, simplesmente desligo. Heidi está acostumada com o meu jeito. Eu sou assim com todo mundo. Todo mundo, exceto Ally.

Como se pudesse ouvir o nome dela tocar melodicamente na minha cabeça, ela vagueia até o sofá, quando eu coloco o meu celular na mesa de canto. Agarro-a pela cintura e a puxo para o meu colo, enquanto ela grita. Enterro meu rosto em seu cabelo, tentando absorver o máximo do seu cheiro, pelo menos enquanto eu ainda posso.

Sinto meu cheiro nela misturado com seu perfume e suor.

— Eu não tive a intenção de te acordar — digo contra a pele macia atrás da sua orelha. — Eu estava prestes a voltar para a cama.

— Estou cansada de ficar na cama. — Ela suspira.

Eu olho para ela, a minha sobrancelha levantada em ironia.

— Você está cansada de *ficar* na cama?

Ela me belisca no braço.

— Ai, você sabe o que quero dizer.

Pego sua mão e a beijo. E depois ficamos quietos observando sombras crescerem diante de nossos olhos, sumindo na noite.

— Posso te fazer uma pergunta? — Ally fala, a voz baixa no grande silêncio.

— Você não faz isso o tempo todo?

Ela me belisca novamente.

— Para com isso! Pode ficar sério por cinco minutos?

Dou a ela um olhar firme.

— Você está pedindo para eu ficar sério?

— Droga! — Ela tenta se desvencilhar dos meus braços, mas eu a aperto.

— Está bem, está bem, eu sinto muito. Me pergunte qualquer coisa. Sério dessa vez.

Ally acena para as bancadas.

— Você não tem nenhuma foto.

— Isso não é uma pergunta.

— Cale a boca, vou fazer, deixe-me terminar. — Ela sorri e balança a cabeça, antes de se encostar no meu ombro. — Você não tem nenhuma foto, e nunca falou sobre sua família. E já que você sabe tudo sobre mim e sobre a minha vida, eu pensei...

— Você quer saber sobre a minha família.

— Sim. — Ela se vira para mim, um pedido de desculpas choroso em seus olhos. — Eu quero conhecer você. Nós só temos pouco mais de uma semana juntos. Não é o suficiente, Justice. Eu preciso saber o máximo possível sobre você.

Respiro fundo e posiciono o corpo dela para que eu seja forçado a olhar para ela. Sou obrigado a ver o julgamento e o arrependimento, que estarão, sem dúvida, em seu rosto.

— A minha história não é nova; você já ouviu isso antes. Meu pai nunca amou minha mãe. Ele era encantador, rico, poderoso e um mentiroso impecável. Ela era gentil e ingênua, pensando que seu amor por ele iria mudá-lo ao menos o suficiente para fazê-lo sentir algo por ela. Ela era boa demais para ele, mas muito estúpida para enxergar as coisas e largá-lo.

Ela me dá um sorriso suave.

— Entendo.

— Ela não fez isso, é claro. E logo ele encontrou um novo brinquedinho brilhante para alimentar seu ego. Minha mãe tinha servido ao seu propósito e me teve. O relacionamento dele comigo terminou junto com o deles.

— Onde está sua mãe agora?

— Em algum lugar de luto e com o coração partido, provavelmente com uma taça de martini na mão. Ela nunca conseguiu esquecê-lo. Quando ele nos mandou embora, eu disse a mim mesmo que quem estava perdendo era ele. Mas nós perdemos também. Perdi aquela mulher ativa, compassiva, que era muito otimista para seu próprio bem. Aquela que me dizia que eu ia crescer um dia e ser uma estrela de cinema e me casar com a mulher mais bonita do mundo, e dar a ela meia dúzia de netos. Eu a perdi e ela se perdeu. Ela perdeu a razão de viver.

Ally segura meu rosto e me olha como se pudesse ver através de meu exterior impassível. Como se ela pudesse realmente ver os pedaços de mim colados por mentiras e enganos.

Eu reúno um sorriso fraco e retiro sua mão.

— Não sinta pena de mim.

— Mas você deve se sentir só.

— Como eu posso me sentir só? — Sorrio. — Estou constantemente rodeado por mulheres bonitas e uma muito eficiente, senão incrível, equipe.

— Não é a mesma coisa, Justice. Todo mundo precisa de alguém.

— Eu não.

— Sim, você também. Todos nós precisamos.

Eu a agarro com mais força, puxando-a tão perto que meus lábios roçam nos dela.

— Então, de quem você precisa, Ally?

Seus olhos pesquisam as partes de mim que ela pode ver. Ela abre a boca para responder, mas não diz uma palavra. E eu percebo que não quero ouvir a resposta. Não quero ouvir que ela precisa de alguém mais além de mim. Então, meus dedos se enrolam na bagunça emaranhada de seu cabelo, e eu a beijo, apesar dos meus medos. Eu a beijo para que ela possa provar o quanto eu a desejo, o quanto preciso dela. Embora seja mais do que meu coração pode suportar, beijo esse anjo sentindo que cada parte de mim está sendo destruída até o pó.

Cada beijo é um adeus. Especialmente os que te matam.

ERUPÇÃO

— Ai, meu Deus, não acredito que estou fazendo isso, Justice. Eu não posso, não consigo, Justice.

Eu olho para cima, com a testa franzida, para a deusa de cabelos vermelhos diante de mim, enquanto calço meus sapatos *Ferragamo*.

— Ally, não é tão ruim quanto você pensa.

— Como você pode ter tanta certeza? Eu nunca fiz nada parecido com isso. Nunca! Oh, meu Deus, eu me sinto doente.

Pânico se instala.

— Espera... do que exatamente você está falando?

— Da caminhada da vergonha — ela responde, jogando as mãos para o alto. — Eu sabia que deveria ter ido para o meu quarto ontem à noite. Tudo o que preciso agora é ter o rosto com a maquiagem borrada e o cabelo completamente desengonçado. Aiii...

Levanto-me e a envolto em meus braços, beijando-a.

— Primeiro de tudo, você é linda. E ainda é cedo, ninguém vai te ver. E, não, você não deveria ter ido embora. Você queria ficar comigo tanto quanto eu.

— Você está certo, eu queria ficar. — Sua expressão suaviza antes de a testa cair no meu peito. — Isso é tão difícil. Por que isso é tão difícil?

Beijo o topo de sua cabeça.

— Porque é para ser. Porque coisas como essas são destinadas a nos torturar até envergarmos e nos fazer em pedaços. Você só precisa descobrir se tudo isso vale a pena.

Ela olha para mim, e cada canto escuro do meu coração está cheio de luz ofuscante.

— Você sabe, quando tudo isso começou, eu me senti culpada. Uma parte de mim ainda se sente. E estou com nojo de mim mesma por me sentir completamente devastada, porque eu sei que isso não pode durar. — Ela fecha os olhos e balança a cabeça de um lado para o outro. Quando olha de volta para mim, aquelas íris estão se afogando em lágrimas. — E eu estou tentando não pensar sobre isso. Estou tentando apenas aproveitar o pouco tempo que temos juntos. Mas, caramba, dói, Justice. Dói porque eu já estou envergando e me despedaçando. E não há nada que eu possa fazer para corrigir isso. Sei que tudo o que temos é o agora e sei que nunca vou ser inteira novamente. E, Deus... vale a pena. *Você* vale a pena. Eu vou com prazer ficar despedaçada por você.

Toda a emoção dentro de mim trava uma batalha, e eu abro e fecho a boca seca, tentando não derramar tudo que está dentro de mim. Aqui estamos nós, dois solitários, almas destroçadas e perdidas para os nossos próprios desejos. Eu nasci dentro da vida que ela vive, e tudo o que eu quero fazer é levá-la para longe dela. Roubá-la de todos que ela ama e conhece, e cobiçam seus sorrisos e coração gentil. Mas eu não posso dizer isso. Não posso lhe dizer o quanto dói quando penso nela me deixando. Não posso descrever o quanto ela mudou completamente o homem que eu pensei ser, e o quão despedaçado já estou. O quão despedaçado estou nesse exato momento.

— Eu também vou.

Ally sorri. E uma vida de solidão e dor se desintegra sob seu brilho. Então, sorrio de volta, porque qualquer momento com ela, seja um dia ou uma hora, vale a pena.

— Eu gostaria de ter te conhecido antes... antes de sair de Nova York. Quem me dera ter te encontrado antes. Mas, novamente, não teria sequer importado. Eu teria encontrado você, eventualmente.

— Por que você diz isso?

— Porque... porque você é minha lagosta — ela sussurra.

— O quê? — pergunto, levantando uma sobrancelha questionadora. Ela disse... *lagosta*?

Ela apenas balança a cabeça, sorrindo. Entrelaço meus dedos nos dela, beijando cada nó, conduzindo-a para fora da minha casa pela última vez. A casa que uma vez foi fria, um lugar estéril que abrigava meus segredos e solidão. O espaço se encheu com mais calor do que o sol.

— Vamos, Ally. Está na hora da aula — digo quando cruzamos a porta.

Fique, Ally. Não vá. Deixe-o e fique comigo.

Isso é o que eu deveria ter dito.

— Primeiro, eu quero dizer que foi um prazer ter a oportunidade de ensiná-las e orientá-las a uma direção mais saudável e mais gratificante de suas vidas sexuais. Não só isso, tem sido um prazer conhecer cada uma de vocês. Todas têm sido grandiosas e sempre dispostas a aprender e melhorar, mesmo quando não estavam cem por cento confortáveis ou convencidas. Eu só quero dizer obrigado.

Respiro fundo com uma determinação de aço e analiso os onze rostos confusos olhando para mim. Tenho orgulho delas, todas elas. E realmente dói que eu tenha que expressar essas próximas palavras para protegê-las.

— É por isso que eu lamento informar que o curso será encerrado um pouco mais cedo do que o esperado e todas estão indo para casa.

— O quê?

— Por quê?

— Aconteceu alguma coisa?

— Fizemos algo de errado?

As perguntas me batem todas de uma vez, e faço um movimento com as mãos abertas para acalmá-las.

— Senhoras, eu lhes garanto, vocês não fizeram nada de errado. Apenas algumas questões vieram à tona e exigem a minha atenção imediata. Claro, vocês vão receber um reembolso total e...

— Por que você está fazendo isso? — a voz está despedaçada, assim como eu. Não consigo nem olhar em sua direção.

— Como eu estava dizendo, um reembolso total será...

— Você não pode fazer isso. Não pode simplesmente me mandar embora. Você não pode fazer isso, Justice!

Abro a boca para explicar, mas Diane corre, poupando-me de mais uma desculpa ensaiada.

— Sr. Drake, temos um problema — ela murmura apenas para meus ouvidos. Dou um aceno de cabeça antes de virar para a classe.

— Me deem licença por um momento.

Estou seguindo Diane para o escritório, onde estão trancadas todas as informações dos clientes e papeladas de arquivo. É quando eu ouço. A voz que eu não ouvia há mais de uma década. Uma voz que não deveria estar aqui.

Viro-me para Diane, cuja pele muito bronzeada, de repente, parece pálida. — Eu tentei explicar — ela grita. — Sr. Drake, o que está acontecendo? O pessoal está preocupado...

A voz fica mais alta, mais irritante. Ecoa pelo foyer e perfura meus tímpanos com a dor da lembrança. Paro de cabeça baixa do lado de fora da sala grande, antes que eu possa ser visto.

— Isole a situação, Diane. — Minha voz é calma e nivelada, mas, verdade seja dita, todo o meu corpo está em alerta vermelho. — Certifique-se de que as senhoras não saibam.

Mas, assim que eu digo as palavras, sei que é tarde demais.

Muito tarde.

Podem aplaudir, a cortina está fechada. É hora de ir para casa.

— Ally, gatinha. Venha aqui, baby.

Olho pelo canto do olho a tempo de ver Evan Carr puxar Ally — *minha Ally* — em seus braços. Ele toca seu cabelo vermelho como se estivesse com medo de ele mordê-lo, sua testa franzida ao vê-lo tão solto.

— Uau, você está... diferente. — Ele avalia sua roupa, a pele bronzeada pelo sol, os lábios inchados, ainda formigando com meu gosto. Ally devolve seu olhar com espanto.

— Evan... Evan, o que você está fazendo aqui?

— Eu senti sua falta. E com o escândalo envolvendo esse cara, Justice Drake, eu sabia que precisava levá-la para casa.

Nesse momento, as outras donas de casa já começam a surgir, enquanto

Diane tenta levá-las de volta para a sala grande, mas seus esforços são inúteis. O estrago já está feito.

— Escândalo? Do que você está falando? — Ally faz uma carranca. Não parece certo nela, e algo dentro de mim estremece com a visão, desejando traçar seus lábios e aliviar a preocupação, trazendo de volta o sorriso que eu conheço e amo.

— O cara é um enganador, Ally. Uma fraude. Ele nos enganou só para entrar nas calças de dezenas de inocentes mulheres ingênuas. — Evan levianamente passa a mão pelo cabelo loiro despenteado, como se não *tivesse* acabado de difamar meu caráter e meu negócio.

— Você sabe que não é verdade — Ally responde com firmeza. Ela puxa as mãos do aperto dele.

Evan se move para mais perto, como se estivesse prestes a beijá-la, mas para a apenas um milímetro de distância de seus lábios.

— Sim, mas temos companhia. E nós queremos fazer isso ser muito bom para eles, certo? — Então, ele coloca seus lábios nos dela, bem quando uma câmera clica e um clarão ofuscante invade a sala.

Evan trouxe um paparazzo.

Este filho da puta está fazendo isso por publicidade. Não porque ama e sente falta da esposa. Nem porque está preocupado com ela e com o bem-estar das outras dez mulheres. Ele está fazendo tudo isso para a imprensa.

Um fotógrafo sai de trás de um pilar e tira mais algumas fotos do casal, bem como do interior da casa.

— Onde está esse Justice Drake, afinal? — ele grita, atraindo mais olhos e ouvidos. — Onde está o grande e maligno doutor do sexo agora?

É preciso toda a minha força para não sair das sombras e confrontá-lo. Só para mostrar-lhe quem diabos eu sou. Mas isso é exatamente o que ele quer. Quer a reação, mas ele pode tirar o cavalinho da chuva. Está tudo muito claro agora. *Evan Carr expõe o predador sexual Justice Drake.* Foda-se isso. Não vou alimentar seu pequeno show de merda.

— Deixe-o em paz — Ally ordena nervosa, olhando ao redor. — Só... deixe-o pra lá. Vou pegar minhas coisas e podemos ir.

Ela se afasta dele e começa a caminhar em direção à escada, na minha direção. Vejo a apreensão em seus olhos enquanto ela olha o corredor. Talvez esteja preocupada pelo fato de que eu a esteja vendo com o marido. Talvez uma pequena parte dela sinta como se estivesse me traindo por estar com ele. Ou talvez a preocupação gravada em seu rosto seja o resultado de sua vergonha. Eu não sei e não me dou tempo para debater sobre os *porquês* e *o quês*, antes de a minha mão segurar seu cotovelo quando ela passa por mim.

— Justice, o que você...

— Não vá. — As palavras estão fora da minha boca antes que eu me dê conta. E elas continuam vindo, todas as minhas dúvidas e discrição sufocadas em desespero. — Não vá com ele, Ally. Fique comigo. Por favor. Você não pertence a ele.

Seus olhos analisam a desesperança nos meus.

— Eu não posso... O que você está dizendo?

Dou um passo em direção a ela e agarro seus ombros. É agora ou nunca. Se eu não tentar, nunca vou ter outra chance.

— Estou dizendo que eu não quero que você vá. Nunca. Estou dizendo que não posso viver sem o sol brilhando sobre o meu rosto e não posso sonhar sem as estrelas me dando um beijo de boa noite. Não posso ficar sem você, Ally. Então... aqui estamos nós: suas duas escolhas. Fica comigo. Escolha a *mim*.

Eu nem sequer percebo que a sala inteira está em silêncio, além das minhas determinadas respirações e o som do meu coração correndo para fora do peito. Mas, quando ouço sua voz, sei que o meu apelo foi ouvido alto e claro.

— O que diabos está acontecendo aqui?

Eu sinto a abordagem de Evan atrás de mim, mas não me viro.

Meu olhar fixo ainda está voltado para Ally, à espera de uma resposta, um sinal. Qualquer coisa que vá me dizer que ela vai ficar.

— Evan. — Ela respira, embora seus olhos estejam em mim. — Evan, eu, uh...

— É ele? Este é o Justice Drake? — ele cospe as palavras com acusação e diversão. Eu o sinto atrás de mim, e sei que eu tenho que me mostrar. Não posso ficar escondido nas sombras por mais tempo.

Se isso tivesse sido uma comédia extravagante ou novela, esta seria a parte onde a câmera iria desaparecer no escuro para um comercial. Ou talvez este fosse o fim do episódio, deixando os telespectadores na ponta de seus assentos, garantindo que eles sintonizem da próxima vez.

Mas isso não é TV. Não existem créditos finais seguindo o olhar de puro choque e desgosto no rosto de Evan Carr, quando eu viro o rosto para ele. Não tem música de suspense tocando, sinalizando que chegamos a um momento crítico.

Esta é a vida. Minha vida. A vida que me mastigou, me cuspiu e me descartou sem um segundo pensamento.

— Sean Michael? É você? O que você está fazendo aqui? E o que diabos está fazendo com a minha mulher?

Eu não digo uma palavra. Não consigo. Fico de boca fechada, enquanto as câmeras disparam na nossa frente, o nosso público prendendo a respiração em antecipação. Minhas articulações e membros estão congelados onde estou, até que eu sinto a mão macia e delicada de Ally agarrar meu antebraço. Ela fica ao lado de Evan, sua expressão confusa disputando com a dele.

— Justice, do que ele está falando?

Evan quase a empurra de lado para dar um passo mais perto de mim.

— Espere um minuto. Espera a merda de um minuto... *Você* é Justice Drake? Você é ele? — Ele solta uma risada sarcástica e joga as mãos para cima de forma dramática. — Você só pode estar brincando comigo! Sean Michael é a droga do Justice Drake. E, aparentemente, ele quer roubar a minha mulher de mim. *Essa é demais.*

Cada músculo parece tão fortemente ligado à minha raiva que mal posso me mover. Nem sequer percebo quanto tempo fiquei ali, olhando para o show de Evan e querendo fulminá-lo com o olhar, até que Ally aparece na minha linha de visão.

— Justice, o que está acontecendo? Por favor, fale comigo. — A preocupação está em seu rosto lindamente sem falhas, e imediatamente me sinto culpado porque eu sou a causa.

Abro e fecho a boca, tentando encontrar as palavras para explicar, mas Evan, sendo o idiota egoísta que sempre foi, rouba isso de mim. Com uma mão nas costas de Ally, ele acena com a outra em minha direção.

— Ally, meu amor, conheça Sean Michael. O bastardo do meu pai e meu meio-irmão.

E todo o medo e a vergonha, tudo vem borbulhando para a superfície, transbordando com meus segredos e mentiras. Vejo a repulsa em seu rosto enquanto ela olha para mim. Mágoa e traição em seus olhos, com destaque para o flash de uma meia dúzia de câmeras. Ela não se sente injustiçada por Evan, seu marido, por manter um enorme segredo, ela se sente injustiçada por mim. Como se tudo isso fosse obra minha. Como se eu tivesse forçado o pai dele — *meu* pai — a trair sua esposa com a empregada jovem e ingênua, e fazer um filho, apenas dois meses depois de Evan nascer.

— Você é irmão dele? — ela sussurra com a voz quebrada. — Você é um Carr?

— Meio-irmão — eu digo, encontrando a voz. — E, porra, não, eu não sou um Carr.

Há fogo na água de seus olhos.

— Então, você sabia sobre mim? Sabia quem eu era desde o início? — Ela balança a cabeça, os lábios torcidos em desgosto. — Ai, meu Deus! Você sabia o tempo todo. Você só queria me usar...

Eu tento alcançá-la, mas ela dá passos para longe.

— Não! Não ouse sequer *pensar* nisso. Sim, eu sabia sobre você, mas...

— Mas o quê? Como você vai explicar isso, irmãozinho? — Evan diz presunçosamente. — Você sabe o quê? Ainda não consigo decidir o que faz de você um maior babaca: o fato de você se aproveitar da minha esposa, ou que esteja tentando traçar seu caminho de volta para onde você obviamente não pertence. Você e sua mãe foram muito bem pagos para ficarem longe de nós. Acha mesmo que mudar seu nome, de alguma forma, anula o contrato? Os advogados do meu pai vão ter um dia cheio com o seu traseiro! — Ele puxa o celular do bolso.

— Os advogados do seu pai? Não quer dizer os advogados *da sua mãe*? Já que você gosta tanto de se esconder atrás da saia dela, você deve saber muito bem que é a merda do dinheiro dela que orquestra tudo isso.

Evan dá de ombros.

— É verdade. Mas, veja só, a questão sobre o casamento é que eles estão unidos. Eles são um. E *nós somos* uma família. Você e a vagabunda da sua mãe estarão para sempre do lado de fora.

Não existe nenhum pensamento. Nenhuma intervenção do Grilo ou qualquer persuasão do diabinho narcisista pressionando em minhas têmporas. Apenas fúria vermelha e um borrão de movimento quando eu agarro Evan pela garganta e o jogo contra a parede. Não ouço as mulheres gritando de medo, ou o clique das câmeras congelando o momento. Não sinto Ally puxando meu braço, me implorando para parar, ou mesmo Riku tentando me puxar para trás antes de eu fazer o que queria ter feito há décadas. Há apenas raiva cega entorpecendo minha mão enquanto eu aperto mais sua garganta e assisto aqueles olhos azuis, como os meus, acenderem-se com pavor.

Eu vou matá-lo.

Vou matar esse desgraçado.

Minha infância foi roubada porque a mãe de Evan se recusou a permitir que o meu pai me aceitasse. E quando meu pai conseguiu que eu ingressasse na melhor escola preparatória na cidade, isso foi tirado de mim porque Evan se sentiu "desconfortável" com a minha presença. E agora ele rouba minha felicidade. Eu não dou a mínima se Ally é dele por direito. Ela é minha até nos ossos. Ela foi concebida para ser uma parte de mim. E Evan quer levar isso também.

Então, eu vou tirar a sua vida, assim como ele e a cadela da mãe dele tentaram tirar a minha.

— Por favor, Justice, não faça isso! Por favor, você não quer fazer isso!

A voz de Ally corta o sangue em meus ouvidos, mas soa tão distante como uma memória. Eu aperto ainda mais o pescoço de Evan. Ele tenta gritar, mas não escapa nenhum som.

— Onde está sua mamãezinha agora, Evan? — vomito as palavras através da minha mandíbula dolorosamente cerrada. — Quem vai salvar você de mim agora, hein? Quem? Responda-me, seu idiota!

Um gemido ininteligível escapa de seus lábios trêmulos e aperto seu pescoço com tanta força que os nós dos meus dedos ficam brancos. Aproximo mais o meu rosto do dele, garantindo que ele possa ver a raiva nos meus olhos, e que eu possa ver o medo nos dele.

— O que foi? Não consigo ouvi-lo por causa de todo o seu choro, Evan. Você vai contar para sua mamãe querida sobre mim? Você vai mentir e dizer que eu fui mau com você, como fez quando éramos crianças? Ou vai dizer que eu fui vasculhar suas coisas e roubei tudo?

Um sorriso malicioso se curva em meus lábios e solto uma risada sarcástica antes de me inclinar para frente e sussurrar no ouvido dele.

— Bem, na verdade, eu roubei uma coisa de você. Transei com ela uma e outra vez até que ela gritou meu nome me pedindo mais. Até ela gozar com tanta força que a fez *chorar*.

— Pare com isso! Por favor! — Ally grita. — Alguém faça alguma coisa!

— Vamos lá, cara. — Essa é a voz de Riku. Está muito longe, porém mais perto do que antes. Posso sentir o aperto sobre os meus ombros, puxando-me de volta à realidade. — Todo mundo está assistindo. Não estrague a sua vida por este filho da puta. Ele não vale a pena.

— Por favor. — O anjo quebrado chora. — Por favor, não. Por favor, não faça isso.

Apenas sua voz continua repetindo na minha cabeça, me implorando para parar. Me implorando para poupar o seu precioso marido. Porra, ferir Evan me faria sentir muito melhor, mas também a destruiria. Uma parte dela morreria com ele. E deixá-la viúva com vinte e sete anos a faria me odiar para sempre. E isso... isso *me* destruiria.

Solto a garganta de Evan e deixo Riku me puxar para trás, permitindo que Ally se mova rapidamente para ajudar o marido quando ele desaba no chão, tossindo. Ela tira o cabelo molhado de suor da testa dele, e acaricia seu rosto vermelho como uma beterraba, chorando por ele. Chorando pela vida que ela quase testemunhou desaparecer pelas minhas mãos.

Alguém corre para ajudar Evan a se levantar, e, com Ally pressionada ao seu lado, eles o levam em direção à saída.

— Você não a roubou — ele tenta cuspir por cima do ombro em um sussurro tenso. — Você acabou de pagar por ela com cada maldito centavo que você possui.

Eu não respondo. Nem sequer olho para ele. Apenas assisto enquanto Ally faz sua escolha. Evan é o menor de dois males. E eu sou... Sou apenas o menor.

Ele é a estrela em sua vida. Eu, apenas o substituto.

Pouco antes de ela cruzar a porta, se vira para olhar para mim uma última vez. A luz do sol atravessa uma única lágrima de corre pelo seu rosto. Quero ir até ela, agarrá-la e beijá-la até que ela se dissolva em nada. Mas as lágrimas não são para mim. Elas são por minha causa.

O anjo angustiado vai para longe de mim, fugindo do meu inferno pessoal enquanto trilhas de fogo vão atrás dela. Estrelas queimam e caem do meu céu, e as nuvens choram, escurecendo em tristeza.

O sol se foi. Eu a perdi para sempre.

ABANDONO

Mensagem 12 de 23

Caro Justice,

Feliz Ano Novo (atrasado).

Eu não tenho certeza se você está recebendo meus e-mails, mas, como sua assessora e ainda como sua relações públicas, quer você goste ou não, eu sinto a necessidade de manter contato com você. Você sabe, para atualizá-lo sobre o que está acontecendo aqui. E para que você saiba que estamos todos preocupados com você.

Sim, eu disse isso. Estou preocupada com você.

Da última vez que ouvi, você estava em Tóquio, e, em seguida, escondido em um castelo na França. Sua mãe entrou em contato e me disse que você esteve na Polônia por um curto período, visitando seus avós no feriado. Ela é uma mulher linda, por sinal. Ainda contou a história infeliz por trás do seu nome. Sean Connery e Michael Douglas, hein? Não posso dizer que eu a culpo.

Enfim, depois da Polônia, a trilha ficou gelada. Isso foi há três semanas.

Olha, eu entendo. Você está chateado com o mundo agora. Mas, pelo menos, deixe-me saber que você está vivo, então vou saber que eu não estou escrevendo para um cadáver.

Eu duvido que você esteja mantendo-se atualizado com as notícias, porque, se você estivesse, estaria em casa agora.

Então, eu vou poupar os detalhes sórdidos e ir direto ao que interessa: Evan Carr tirou todas e quaisquer acusações contra você.

Aparentemente, você tem um anjo da guarda cuidando de você, porque seu time estava pronto para ir à guerra. Então, conte isso como uma vitória, sua casa está segura.

No entanto, as coisas podem parecer completamente diferentes se você não trouxer o seu traseiro de volta aqui em breve. Diane e Riku vieram com essa ideia maluca de transformar completamente o Oásis em um resort para casais. E considerando que você tem pessoas tentando visitar este lugar como se fosse uma Disneylândia para pervertidos, acho que é um plano sólido. Laura e Brad decidiram participar em tempo integral, ensinando ioga tântrica, dentre outras coisas. Eles até conversaram com Candi e Jewel sobre uma aula tipo aeróbica e um curso de striptease mais íntimo para casais. Estão todos felizes em ajudar, Justice. Eles se preocupam com você... todos nos preocupamos.

Obviamente, Erin não foi convidada a voltar. Da última vez que ouvi, ela abandonou a faculdade de medicina e estava prestes se tornar garota de programa. Para o azar dela e de suas mentiras chantagistas, quando foi divulgado o vídeo, você sabe, daquele dia... sua fita de áudio tornou-se inútil. Assim, ela não só é uma vaca desgraçada, mas também está sem dinheiro, sem emprego, e a ponto de se tornar uma prostituta barata.

Eu não sei se você está lendo isso, ou se está em um lugar que tenha Wi-Fi, mas só sei que nós estamos torcendo por você. Ninguém o culpa pelo que você fez com Evan; aquele idiota merecia. E agora que todo mundo sabe que você é o filho abandonado do Winston Carr II, o mundo inteiro se solidariza e entende porque você reagiu daquela maneira.

Eles roubaram tudo de você, Justice. Não os deixe tirarem tudo o que você fez de bom.

Bem, até a próxima. Talvez você realmente responda e me deixe saber que não está morto, em alguma vala no Rio de Janeiro. Como eu disse antes, estamos todos aqui para você. Se você quiser deixar Justice Drake para trás, eu entendo perfeitamente. Mas não nos deixe para trás. Não abandone as pessoas que te amam. Ok?

Heidi

{apagado}

O e-mail é um dos muitos que eu já li e descartei, organizando-os aquele lugar dormente dentro de mim, onde não é permitido sentir ou lamentar. É melhor assim, para mim e para todos.

Heidi está certa, eu não estou a par dos acontecimentos atuais.

Eu nem sequer assisto televisão. Às vezes, passo numa banca de jornal em um aeroporto, e um rosto familiar me olha de volta nessas páginas, mas até isso ocorre cada vez menos. De acordo com a conversa entre a juventude local que eu ouvi, uma jovem estrela de Hollywood está grávida e não tem certeza qual dos irmãos Franco é o pai. Que merda! Considerando que ela acabou de completar dezoito anos, eu apostaria no irmão mais velho.

Estou sentado em um café em Amsterdã, desfrutando de uma xícara de chá de ervas, você sabe... a diversão é ouvir os sons da cidade. É barulhento aqui, vivo. No entanto, há algo tão relaxante e suave neste lugar. Talvez a minha mente esteja finalmente distraída o suficiente para sentir algo diferente de raiva e arrependimento. Estou quase rindo. Quase.

A menina da loja sorri para mim, e eu aceno de volta. Ela é linda, traços exóticos e cabelo escuro, mas seus olhos são assombrosamente luminosos. Alguns meses atrás, o meu olhar poderia ter admirado o dela apenas um pouco mais. Talvez eu tivesse lhe dado um pequeno sorriso de volta. Apenas o suficiente para mostrar que ela tinha a minha atenção, e poderia mantê-la, por uma noite.

A loja está vazia, então, ela muda a televisão de um jogo de futebol para o que soa como um seriado de comédia.

— Este está bom? — ela me pergunta em inglês com forte sotaque.

Assinto com a cabeça, sem olhar para a tela e dando um sorriso forçado. Ela entende como um convite e vem se sentar em minha mesinha.

— Este é o meu favorito — diz ela, sorrindo para a TV. — E eu estou feliz que eles colocam as reprises em inglês. Me ajuda a aprender.

Eu finalmente afasto minha atenção para longe das pequenas folhas flutuantes na minha xícara de chá e olho para a televisão. E, no momento em que meus olhos caem na tela, me sinto como se eu tivesse sido despejado em uma escura piscina infinita de água gelada. Bem quando eu acho que alguém me mostrou misericórdia e me jogou uma boia salva-vidas, percebo que eu afundo.

Eu não posso escapar disso.

Eu não posso escapar dela.

Não importa onde eu vá, ela está lá. Mesmo quando ela está a um milhão de quilômetros de distância.

A Phoebe está reconfortando Ross, dizendo a ele para aguentar, porque, não importa o que aconteça, Rachel é a sua lagosta. E uma vez que as lagostas se encontram e se apaixonam, elas se acasalam para a vida. Elas sempre se encontram. E mais cedo ou mais tarde, Rachel e Ross estarão juntos.

Pela próxima meia hora, eu vejo o quão patético Ross parece ao usar esse raciocínio com Rachel, tentando fazê-la ver que ele é o único para ela. Ele falha miseravelmente, é claro, e Rachel o descarta em troca de perspectivas mais atraentes. Perspectivas como os Evan Carrs do mundo. Porque garotas como Rachel não vão para casa com Ross. Ninguém quer o segundo colocado.

O grupo está sentado em torno de sala de estar de Monica assistindo a uma fita VHS antiga do baile de formatura. Rachel está triste, pois Chip a deixou esperando. Lá no fundo, está o solitário Ross, silencioso e invisível. Seus pais o convenceram a levar Rachel para o baile, e, depois de alguma pressão, ele concordou. E eu vejo uma luz nos olhos de Ross. O momento em que ele está cheio de esperança, sonhos e loucura cega.

Todos se assustam quando Rachel levanta e vai para fora com Chip.

Ninguém nunca soube o quão profundo era o sentimento de Ross por ela. Ele nunca disse a ninguém. Isolou-se em sua dor e rejeição porque achava que não era bom o suficiente. Ele sabia que *era menos.*

A Rachel adulta o vê, finalmente *o vê*. E ela entende. Ross foi feito para ela. Ela foi feita para ele. E nenhuma quantidade de tempo ou distância ou circunstância pode mudar isso.

Os dois se beijam e uma animada Phoebe repete sua declaração sincera de mais cedo: "*Viu... ele é a lagosta dela*".

Quando o episódio termina, eu entendo. Finalmente consigo ver o que significavam as palavras de Ally naquele dia. E, sem motivo nenhum, eu dou risada.

Tipo, *realmente* dou risada.

Eu dou tanta risada que me dobro, segurando a barriga. A barista se afasta lentamente, assustada com a minha súbita explosão de histeria. Ela provavelmente pensa que estou drogado, e talvez esteja. Não me importo. É bom apenas liberar... *alguma coisa*.

— Maldita seja, Phoebe Buffay — digo em voz alta, balançando a cabeça com um sorriso idiota na cara. — Maldita seja.

PERCEPÇÃO

Querida Ally,

~~Eu sei que você deve estar pensando por onde eu tenho andando desde que aquilo tudo aconteceu. Ou talvez não. Talvez você nunca queira falar comigo de novo. E eu acho... que dá para entender isso. Mas mesmo assim...~~

~~Eu tenho que me esforçar mais. Tenho que fazer você entender que eu nunca quis te machucar. Preciso fazer você ver isso.~~

~~Sei que Evan provavelmente fez você acreditar que eu te usei para chegar até ele, mas eu nunca te usei, isso não poderia estar mais longe da verdade.~~

~~Não ligo pra merda nenhuma sobre Evan.~~

~~Isso não é sobre ele.~~

~~Ally, sim, eu sabia quem você era desde o início, mas não foi isso que me atraiu em você, foi seu jeito gentil, suave e... Honestamente? Ally, você é inesperadamente pateta, besta, desajeitada pra cacete, e, sempre que eu estava com você, não conseguia evitar o sorriso bobo no meu rosto. Foi isso que me atraiu para você. Isso me fez ver que minha atração por você era mais do que curiosidade mórbida. E uma vez que aceitei isso, soube que tinha que estar com você. Não existia outra maneira.~~

~~Tudo mudou quando você entrou na minha vida. Eu mudei. As coisas que eu queria, a pessoa que eu pensava ser... nada disso faz mais sentido. Mas você faz todo sentido para mim.~~

~~Gosto de como você me faz sentir quando estamos juntos. Gosto de MIM quando estamos juntos.~~

~~Eu não sei o que dizer para você acreditar que realmente é a minha lagosta. E não importa o que nós passamos, ou com quem você se casou, ou a distância entre nós, nós vamos nos encontrar de novo. Temos que nos encontrar.~~

Me perdoa.

ABU DHABI

Eu estava pensando em voltar para casa há semanas. Mas toda vez que eu pensava, chegava à mesma conclusão amarga: eu não tenho mais uma casa.

O Oásis era e ainda é meu, mas foi manchado por paparazzi e turistas, na esperança de dar uma espiada em Justice Drake. Não é mais o refúgio que encontrei depois de me livrar da cidade, assim que terminei o ensino médio. Eu costumava culpar minha mãe por ter aceitado dinheiro em troca de silêncio, mas então percebi que ela fez o que teve que fazer para sobreviver. Ir contra os Carrs teria sido suicídio, e eu não quero dizer isso figurativamente. Se eles realmente quisessem, não há nenhuma dúvida em minha mente de que acabaríamos envolvidos em algum "acidente" conveniente e desapareceríamos. E mesmo sendo uma jovem imigrante polonesa, com grandes sonhos na cidade grande, ela sabia o tipo de influência que os Carrs tinham. Então, eles compraram o nosso silêncio, e eu aprendi o poder do todo-poderoso dólar. O dinheiro pode comprar felicidade, amor e liberdade. No meu caso, eu comprei uma nova vida.

Então, aqui estou eu, trocando um oásis por outro, ainda tentando descobrir o que vem pela frente, e exatamente quem eu era antes que as pessoas sequer soubessem que Justice Drake existia.

Sinto-me como ele; eu sou o *Justice*. Mas também sou Sean Michael Dovak, o garoto que foi batizado para ser uma estrela de cinema. O mesmo garoto que se parecia com Winston Carr II e seu filho, Evan.

Em uma tentativa de me separar desse estigma, fiz tudo o que podia fazer *não* parecer com nenhum deles. Cortei o cabelo curto, enquanto os homens Carr tinham cabelos naturalmente longos, e passei cada momento que pude ao ar livre, deixando o sol transformar minha pele. Felizmente, as fortes características europeias da minha mãe apagaram a maior parte de todos os vestígios remanescentes da genética Carr quando eu cresci. Mesmo assim, de vez em quando, alguém olhava de soslaio e inclinava a cabeça para o lado, cheio de curiosidade depois de me ver ao lado de Evan. E a Sra. Carr, a encarnação do diabo, não apreciava a especulação.

Ser Sean Michael sempre teve uma conotação negativa.

Então, eu me tornei Justice Drake. E não existia nenhuma vergonha nisso.

O apartamento que eu aluguei é aproximadamente um terço do tamanho da mansão no Oásis, mas me convém. Lugares grandes nunca tiveram apelo para mim, e me apaixonei pelo design limpo e moderno do espaço no momento em que o vi. E como eu realmente não tinha planos imediatos de voltar para o Arizona, pensei: por que não? Que lugar melhor para começar de novo do que um país totalmente diferente?

Isso foi há cerca de um mês, e meu pequeno pedaço de Abu Dhabi ainda não parece uma casa. E parte de mim acha que possivelmente nunca seja.

Desço para a rua e saio para o sol da manhã, sentindo os aromas dos carros, alimentos condimentados e incenso. Eu contorno as feiras próximas e áreas turísticas, e sigo na direção de um café local perto da praia. Felizmente, é cedo, e me sento na minha mesa favorita do lado de fora. Um dos garçons me reconhece e corre para me trazer uma xícara de café.

— Fruta fresca hoje, senhor? — pergunta ele, lembrando do meu pedido habitual.

— Sim, por favor — eu confirmo.

Ele se curva com um olhar compreensivo e volta para dentro do restaurante para preparar meu prato habitual de melão, uva, manga e pera.

— *Hmph*. Você pediu comida saudável. Pergunta: se só pudesse escolher entre comer frutas ou frango e waffles pelo resto da sua vida, o que você escolheria?

Eu congelo e quase derrubo o café. Coloco a xícara sobre a mesa com o mesmo cuidado em que me viro para a voz. Olho na direção da voz e vejo uma mulher envolta numa roupa preta, com um *véu* cobrindo a cabeça e uma *túnica* de seda longa tocando seus pés que calçam sandálias.

E eu estou em casa.

Estou em casa, admirando aqueles olhos nem verdes nem azuis. Olhos que são muito selvagens e muito brilhantes para serem reais. Uma única mecha de cabelo cor de fogo se liberta e cai na frente daqueles olhos excitados.

Ela tenta tirá-la, mas o *véu* cai e ela ri. Ela ri, e este som é a música mais doce já escrita depois de sofrer por anos em silêncio ensurdecedor.

Eu não sei o que dizer.

Só rio também.

FIM

NOTÍCIAS// Recém-divorciada, Allison Elliot e a celebridade do sexo, o gostoso Justice Drake, vão juntos ao festival de Coachella

Recém-chegado das férias em St. Tropez, o novo casal do momento parecia revigorado e muito apaixonado enquanto se divertia ao som de músicos como Pharrell e Arcade Fire no festival de música Coachella, na Califórnia, no final de semana. O casal andou de mãos dadas e deu beijos escondidos em sincronia com suas músicas favoritas. Allison até mostrou alguns movimentos mais audaciosos de dança para seu namorado, Justice, enquanto ele sorria.

— A Allison nunca esteve tão feliz — alguém falou. — Nós nunca vimos esse lado dela. É como se ela fosse uma pessoa de verdade, comum como o resto de nós, e agora pode finalmente ser ela mesma!

Esta aparição foi apenas uma semana após seu divórcio com Evan Carr ter sido oficializado. Também foi revelado meses atrás que Carr é, na verdade, meio-irmão de Drake, produto de um relacionamento casual de seu pai, Winston Carr II, trinta anos atrás. Drake foi o centro do frenesi da mídia devido a um programa moderno desenvolvido na sua propriedade, Oásis. Desde então, inúmeras esposas de celebridades têm se apresentado para falar em sua defesa.

— Ele salvou meu casamento — comentou Lacey Rose, esposa do lendário roqueiro, Skylar Rose. — Eu tinha perdido minha confiança, o que tinha feito meu marido se apaixonar quando eu era mais jovem. Achei que, depois de ser esposa e mãe, eu não podia mais ser sexy. Justice Drake mudou isso. Ele nos mostrou que todas podemos ser honestas sobre a nossa sexualidade e agradar nossos maridos, e ainda nos sentirmos muito bem com nós mesmas.

Desde então, Justice reorganizou o seu programa e está focando em uma atividade mais voltada para casais.

— Ele percebe que precisa dos dois para manter um relacionamento — uma fonte próxima ao misterioso doutor do sexo nos disse. — Ele estava colocando toda a responsabilidade de arrumar o casamento sobre as mulheres, quando eram os homens quem os destruíam. Agora, ele vê as coisas de um jeito diferente... agora que ele tem a Ally.

AGRADECIMENTOS

Eu sou péssima em escrever esse tipo de coisa. Mesmo sendo imensuravelmente grata por todas as pessoas que fizeram essa viagem comigo, eu sempre sinto que não posso expressar tudo apenas nos Agradecimentos. E às pessoas que têm estado ao meu lado, nos momentos difíceis e fáceis, nos altos e baixos, e em todos os pontos dessa montanha-russa literária, eu tento ao máximo mostrar o quanto aprecio seu carinho, apoio e amizade. E nenhum espaço pequeno em um livro seria suficiente para descrever isso por completo. É uma tarefa impossível.

Então, ao invés disso, apenas quero dizer a todos OBRIGADA. Amigos escritores, leitores, blogueiros... Muitíssimo obrigada por tudo o que fizeram e fazem por mim. Obrigada por todo encorajamento e gentileza. Obrigada por cada ajuda, compartilhamento, tweet, comentário e recomendação. Obrigada a todos por lerem e resenharem.

Obrigada. VOCÊS tornaram isso possível.

Entre em nosso site e viaje no nosso mundo literário.
Lá você vai encontrar todos os nossos
títulos, autores, lançamentos e novidades.
Acesse www.editoracharme.com.br

Além do site, você pode nos encontrar em nossas redes sociais.

https://www.facebook.com/editoracharme

https://twitter.com/editoracharme

http://www.pinterest.com/editoracharme

http://instagram.com/editoracharme